RETÁBULOS, PREDELA

Contos

RETÁBULOS,

JOÃO CÂMARA

PREDELA

Contos

TOPBOOKS

EDITOR
José Mario Pereira

EDITORA ASSISTENTE
Christine Ajuz

REVISÃO
Fernanda Pedrosa

CAPA, PROJETO GRÁFICO E DIAGRAMAÇÃO
Miriam Lerner | Equatorium Design

DADOS INTERNACIONAIS DE CATALOGAÇÃO NA PUBLICAÇÃO (CIP)
(CÂMARA BRASILEIRA DO LIVRO, SP, BRASIL)

Câmara Filho, João
Retábulos, Predela / João Câmara Filho. ;[ilustrações do autor]. -- Rio de Janeiro : Topbooks Editora, 2025.

ISBN 978-65-5897-037-8

1. Contos brasileiros 2. Ilustrações, imagens etc
I. Título.

25-270589 CDD-B869.3

Índices para catálogo sistemático:
1. Contos : Literatura brasileira B869.3
Eliane de Freitas Leite - Bibliotecária - CRB 8/8415

Topbooks Editora e Distribuidora de Livros Ltda.
Rua Visconde de Inhaúma, 58 / gr. 203 – Centro
Rio de Janeiro – CEP: 20091-007
Tels.: (21) 2283-1039 / 98563-3713
topbooks@topbooks.com.br/www.topbooks.com.br
Estamos também no Facebook e Instagram.

SUMÁRIO

INTRODUÇÃO

Sidney Rocha

Este livro pode ser lido de modo isolado ou como parte de um sistema maior, do qual já conhecemos outros elementos: os dois livros anteriores de contos ou, como prefiro chamá-los, os protorromances de João Câmara: *Lidando com o passado e outros lugares* (2022) *e A caminho de Querétaro* (2024).

Naqueles volumes, tenho certeza de haver mais panos, painéis e punhais escondidos a cada leitura. Neles, o leitor tem menos chances de decifrações quanto mais se aprofunde no texto. São esfinges que nos devoram. Em *Lidando com o passado…* e *A caminho de Querétaro,* não podemos assistir a tudo e tudo ler passivamente ou simplesmente crer. Aqueles contos de Câmara exigem um leitor ativo, capaz de dialogar, aprender e se divertir com a narrativa. Não importa se as disputas históricas encobertas pelas camadas de erudição são evidentes ou obscuras.

Mas façamos uma pausa nestas digressões, e falemos deste livro, propriamente.

Recomeço:

Este livro de contos pode ser lido de modo isolado. Até deve. Como cada uma das abas deste retábulo. Suas três partes são dobráveis. Seus personagens se misturam, porque pedestres, suburbanos, gente velha e envelhecendo obtusas. As abas deste retábulo são três contos: Anselmo, Emanuel e Carol.

"Anselmo" é um conto com sete capítulos, de cenas bem delineadas e lineares. Se fôssemos decupá-lo para um roteiro de filme, veríamos com nitidez mais sete partes, incluídas aí as ondulações do mar interior do protagonista.

Anselmo é um leitor cuja biblioteca cabe no bagageiro da sua bicicleta: o sonho de acumuladores de livros, a biblioteca-valise, básica. No caso dele, podem ser livros que o atormentaram a vida toda e que, agora, aposentado, poderá enfrentá-los. Não dá para saber. Anselmo é um andarilho-nômade, tardio, e um leitor. Nisso, é um Quixote, todavia sem quixotismos. Um leitor que a leitura o persegue.

Ele procura uma segunda vida como todos nós, velhos, contra as "marés da eternidade". Para ele, vida & morte são o mesmo "moto perpétuo". Recolhido a um quarto alugado onde a mobília fala e range, Anselmo pensa no mar. Ele é menos introspectivo, trágico e contemplativo que Gustav von Aschenbach, protagonista de *A morte em Veneza*, de Thomas Mann (outro autor, talvez, na garupa da bicicleta da personagem).

Enquanto Aschenbach resolve se instalar em um luxuoso hotel à beira-mar, Anselmo não busca o mar por suas belezas & metafísica. A beira-mar é a realização do seu sonho de classe média, a idealização de um tempo somente para si, para ler, a ideia de justiça, do 'eu-mereço', comum na juventude, e que retorna ao se chegar mais próximo do fim do passeio.

Sem grandes elevações, Anselmo se contenta em ver o mar imanente, de sargaço, nascer da boca do rio, manchado de minhoto pelas usinas, sem reflexos prateados. Todo distante do sonho ciano infinito de anjinhos e ovelhas azuis daquela canção "La mer", cantada por Charles Trenet. Aos 65 anos de idade, o aposentado Anselmo deve ouvir mentalmente a canção escutando a batida do mar ordinário na praia de Poço Seco e sua pobreza autista.

Como Ivan Ilitch, também aposentado, de Tolstói, Anselmo não enfrenta grandes reflexões existenciais. Ilitch está doente. Anselmo, que acredita pouco nos remédios e médicos, talvez não.

Diferentemente do universo de Dostoiévski, onde todos têm consciência de tudo, Anselmo, de João Câmara, não se presta a certas investigações. Suas antenas de detetive estão alinhadas para outras curiosidades. Ainda crê na vida. Numa segunda. Acredita até em plantar e cultivar uma terceira. Há pouco tempo era um putanheiro inveterado, alguém vitalista, apesar do manejo com que o narrador desbota suas esperanças, que o faz apontar para o naufrágio e a melancolia. Em termos gerais, é o retrato do homem comum.

Anselmo não é um preguiçoso como Oblomov, do romance de Goncharov. Nem de longe é um aristocrata como o Eugênio Oneguin, de Pushkin. Tampouco eloquente e idealista como o Rudin, de Turguêniev. Não se parece com nenhum desses homens supérfluos do século 19, a não ser pelo inapagável traço de Câmara o ter construído com incapacidade igual de se conectar emocionalmente com a vida outra vez.

Talvez Anselmo esteja em sua melhor fase, embora o narrador nos leve a temer, enquanto lemos, que o dinheiro do contador aposentado Anselmo não dê senão para alguns meses. Não sabemos.

Esse narrador de João Câmara, nos três contos deste livro, é mesmo assim: um observador cínico, o tempo todo fascinado pela tragédia dos personagens, através de um prazer intelectual particular. Ele desmonta as grandes motivações dos personagens com comentários indiretos, enfia agulhas nos pensamentos daquelas almas para relembrar a cada um como é péssima a ideia de sonhar, diante de tantas limitações humanas, as nossas, expectadores frustrados de nós mesmos. Importam as cracas no casco dos barcos, os cupins, o lodo; se as moscas verdes de Câmara não forem as mesmas do "*velado voar de moscas reluzentes/ Que zumbem ao redor dos acres lodaçais*", de Rimbaud, em um mundo, o de Anselmo, que encolhe cada vez mais.

Eis aqui um ponto rico na técnica de João Câmara contista: os contrastes. Os conflitos nascem já a partir das perspectivas sobrepostas ou desencantos, entre narradores e outros personagens, cujas implicações ou intenções ocultas o leitor certamente encontrará.

Há a história dos personagens, claro, ela caminha bem por todo o livro, mas há a poderosa presença de um narrador, ou narradores, um demiurgo disfarçado, cujos traços psicológicos são desafiadores, a quem estamos inclinados não a pedir uma carta de intenções, mas um laudo ou uma tomografia cerebral.

"Anselmo" é uma homenagem a muitos autores, mas, quanto à técnica, vejo nele mais a cara de Isaac Babel, ao menos nisso de as histórias se entrecruzarem. Isso já começa no segundo capítulo, onde surgem a vertigem, o inusitado, o implausível.

Deus conosco

Imagine-se o leitor: viver no começo do século 20, em Angola. Portanto, em um lugar perfeito, generoso, colorido, onde os rios serpenteiam para se desviar de igrejinhas aparentemente ingênuas. Onde as cabeças são degoladas nos átrios e nas praças, torturas em público, suplícios, justiçamentos a tortíssimo e a direito. Onde a única razão para a existência humana é a guerra. Aliás, nesse panorama, os homens são Lobos, Javalis e Elefantes, onde tudo é demasiado raciocinável, pois são assim as guerras e seus senhores.

Esse é o panorama de "Emanuel", o segundo conto deste retábulo.

Talvez o leitor vá preferir ouvir o som do silêncio dos vales ou do nicho das igrejas, onde as imaculadas imagens feitas por pintores-missionários portugueses mostram santos mortos, mas incólumes; supliciados, mas inalcançáveis, morando em painéis, nas paredes, a ver o rio Muxima, aquela cloaca, e sua água podre escorrer das calhas dos aquedutos para dar de beber ao povo.

Bem pode ser essa a ideia de contraste oferecida por João Câmara. Seu narrador tem um estilo ramoso, as frases longas, um fraseado às vezes difícil de decifrar, ao modo de Faulkner, mas sem deixar cair qualquer gota de sobrecarregamento emocional, muitas vezes presente no autor americano. Em outras palavras, a abstenção emocional carregou melhor a narrativa, em coerência com o narrador.

A opção desse fraseado é intencional: o jovem Jeronimo Ndalu, narrador, é parte da guerra, ela mesma uma linguagem. Tudo no conto é, e precisa ser, opressivo.

O outro ponto de mirada, se o leitor cansou do verde céu e dos campos azulados, é a paisagem agora demasiadamente real, de campos verdes e céus cianóticos, subjugada à condição humana.

"Emanuel" é o diário de campanha do coronel Jeronimo. Cuida de guerras e traições. Nele, cresce a sombra emergente de um fantasma, vivo, Emanuel Zindongu.

A estrutura do conto se apoia na ideia de rotina e segredos militares e, ao final, toma a forma de carta de Jeronimo à esposa, outro modo de gerar interesse do leitor pela intimidade do narrador, especialmente em torno dos fatos ocorridos a partir de 6 de agosto de 1902, importantes para o desenlace. A melhor divisão, expressão militar, para esse conto não está somente nas seções, mudança de local, passagens, tempo, foco narrativo nem nos fragmentos narrativos. Mas na linguagem: João Câmara usa modos da crônica, do conto e do romance, com algo de *thriller,* no bom ritmo, na arquitetura, onde se acentuam as conspirações, ambientes perigosos e antagonistas imprevisíveis, para melhor dosar a atenção de quem lê.

Esses elementos na forma de contar: proporção e escala, escuros e claros, movimento e estática, como um rio incontrolável ao lado de um penhasco imóvel, mas não menos opressor; calor e frio, abundância contra o vazio e o nada, me levam à ideia de um rosto de olhos fechados e sorrindo, a cabeça já bem afastada do corpo.

Nesses contrastes, com a ironia de Câmara, sabemos de Emanuel, filho de Madalena, a lavadeira, e José, o taberneiro, embora invente melhor descendência e mitologias pessoais, como outros messias. Há alegorias irônicas por toda parte. Nessa Angola apocalíptica, Inocêncios sucedem Clementes. Todos traídos. Todos traidores.

Emanuel é um líder retórico. Teatral. Suas contradições estão à vista do freguês, como nesta passagem:

"Emanuel é um espírito atormentado pela grandeza que ele amplia e imagina existir no passado. [...] quer transformar o pretérito em acumulação de riqueza – até mesmo o conhecimento do passado lhe parece lucro – ele labora numa épica, numa empolgação de ganho."

Essa figura me lembra o capitão Kurtz, do romance de Conrad, cuja trama se situa no finalzinho do século 18, no Congo. Embora bem distintos, são homens do mesmo tempo, semelhantes por serem sujeitos cultos e idealistas, ao seu modo crentes nos ideais "civilizatórios" do colonialismo. Aliás, Joseph Conrad poderia ser outro autor na garupa de Anselmo.

As frases de Câmara nesse conto têm aquilo de Conrad, e de Faulkner, de quem falamos aqui: são enunciados longos, mas com estruturas equilibradas. Para refletir a lógica interna do pensamento de Jeronimo ou das cenas. Contudo, enquanto Conrad busca algum peso filosófico e moral na atmosfera e tudo o mais na narrativa, Câmara só dá uma única missão, no sentido militar, a seu narrador: narrar. Narrar hipnotizado pelo horror.

Aí está um tipo de magia: o autor mostra ao narrador memórias de um passado fictício a ocupar o lugar de um outro passado, do qual de nada temos certeza – nem, ao menos, se é falso. Promove um tipo de caução, antecipação mental, sobre casualidades improváveis no seu narrador. Ou seja, primeiro, é preciso o narrador crer. Jeronimo crê. Isso o torna real. O resto da mágica é com o leitor. Só desse modo ele sabe de não estar sendo enganado. Por isso, ele poderá ver, por exemplo, em detalhes, o horror do retábulo dos desvalidos, do pintor itinerante e retablista Armênio Hossi e, pela técnica narrativa de João Câmara, a partir do olhar de um bispo, uma barca cercada de leviatãs, a triste figura de uma viúva, um céu chispando raios de fogo, "iconografia em segunda mão", e toda desgraça e horror, tudo útil ao Novo Estado oferecido enfática e demagogicamente por Emanuel.

O conto de Câmara mostra um mundo arcaico, que é todo e qualquer lugar de ontem e de hoje, a partir dessa Angola toda imaginada, de 1902 àquela de 1992, das eleições, até o fim da Guerra Civil, em 2002, em seu longo e lento processo de reconstrução. Estica mais: é

possível vermos raízes dos episódios ocorridos ao longo de 2022, de extrema violência, protestos e repressão, após as Eleições Gerais no país. Nas entrelinhas, dá para ver sombras de dias mais recentes ainda, onde MPLA, católica, e Unita, protestante, terminam misturadas, incompreendidas e incompreensíveis.

Porém, Câmara não é um geógrafo, como o Euclides da Cunha narrando outra guerra, publicada em 1902, no Brasil.

João Câmara enxerga o coração das trevas em todas as sociedades. Sua preocupação é com a fabulação, e não com a História. Quando isso ocorre, é somente para realizar essa fusão, em excelente *faro shuffle*, técnica/espetáculo dos embaralhadores de cartas, dos mágicos ou jogadores em cassinos.

"Emanuel" é sobre a exploração das feras ocultas (leões, lobos, javalis, elefantes) incompreensíveis, que habitam as profundezas de cada um de nós.

O que querem *essas* mulheres?

As pessoas não sabem, mas a pergunta remete mais à mulher de Bath, de um dos contos de Chaucer, que à psicanálise de Freud. A pergunta está implícita no conto "Carol", neste volume. Estamos, outra vez, na técnica *in media res*. Nesse caso, porém, a narração aponta a desconstrução do tempo, para momentos banais tomados depois por definidores a uma vida inteira, se o leitor atentar para desencontros e os encontrões na vida de Carol, por exemplo.

A história tem cinco capítulos. Como a vida não sucede em capítulos, o narrador entregou-a em muitas partes. Coisas em meio a coisas, onde se sobressai uma linda e tocante teoria sobre o tempo e suas particularidades.

Essas partes do conto não são quebra-cabeças. São mesmo a vida, se pudéssemos prendê-la por alguns parágrafos. É a história com nuances mais trágicas aqui neste retábulo. Nesse terrível *aqui*, surge, outra vez, o aroma de ureia, da velhice, de uma mulher como Elisabeth, a envelhecer "ainda rija", padrão de vitalismo muito elogiável antigamente, porque esses antigos não se deram conta da proximidade disto à última e definitiva rigidez. Talvez se referissem a manter qualquer dignidade com o passar dos anos, de não nos submetermos, sem luta, à fragilidade. Como se a decadência pudesse conter algum ato de criação e resistência.

Estou pensando nisto enquanto o vento entra pela janela e tenta arrancar as páginas do pesado volume de *Lidando com o passado...*, neste domingo, 12 de janeiro de 2025, quando João Câmara completa 81 anos de idade.

De volta a essas *heroínas*, Irani e Carol, posso chamá-las de trágicas por um ponto de fusão: a falibilidade, mesmo na "rigidez". Carregam um defeito fatal. A elas se junta a senhora Edite, do conto "Anselmo". De novo e outra vez, nesta antologia as personagens de João Câmara não conhecem seu destino e não estão nem aí para as consequências. Não têm *hybris*. São carregadas. Não tentam evitar nada. Estão sendo empurradas para o abismo. Para elas, tudo já ocorreu e já é tarde demais. São mulheres marginalizadas, em busca de um seu lugar no mundo, não especialmente de soberania como a mulher de Bath. Evanescentes como a senhorita Brill, do conto de Katherine Mansfield, desgraçada pela idade e pela solidão. Ou a também olfativa personagem Eveline, que dá nome a certo conto de James Joyce, entorpecida quando o "odor de cretone empoeirado enchia-lhe as narinas".

"Carol" é o contralto deste livro. Essas mulheres, embora hesitem em refletir excessivamente sobre a própria vida, a não ser por impertinências da memória (olfativa, para Carol; visual, para Irani). Não agem como vítimas, talvez por ignorância, talvez humildade, porque não se consideram tão destacadas no universo, como geralmente nos sentimos nós.

João Câmara apresenta em seus contos a tragédia de pessoas ordinárias, não porque amem ou desejem acima da conta, ao modo dos personagens de Arthur Miller, para ficar no exemplo de escritor algo dramático, cuja ruína está em desejar demais. Para Câmara, me parece, independente do amarmos ou odiarmos ou desejarmos, tudo ocorrerá como costuma ocorrer. No máximo, se por alguma aberração tivermos aprendido algo nessa vida, teremos sido somente obscuros cúmplices do nosso próprio destino, aceitando o papel como parte de algo mais complexo.

Em relação ao narrador de Câmara (ou a ele mesmo), não parece sequer acreditar nesse panorama mais amplo. Isso o torna mestre na construção de um novo tragicismo, com sua literatura.

O que *realmente* está acontecendo aqui?

O viço desses contos em *Retábulos, predela* está na manifestação do sublime e desassossego em um universo que não força aparições fantasmais de máquinas pobres de terror. O horror não-fantástico, neste livro, é gerado pelo desconforto em situações políticas, familiares, pessoais. Exploradas, decepam mais fios a cada camada do vazio perturbador da rotina às contradições da vida moderna. O horror ético e social. Ele reside na luta pela sobrevivência e na fragilidade dos laços humanos. Esse horror surge da passividade e da aceitação do destino pelos protagonistas. O horror muitas vezes sutil, presente na precariedade da vida, na solidão de pequenas tragédias diárias, batalhas não nomeadas. Câmara usa esse horror e mal-estar como ferramentas estéticas. O autor descobriu essa forma engendrando sua própria maquinaria, para se tornar um contista de respiração inovadora.

Essa história é a mais afeita a multifocos, caleidoscópios ou retábulos, como cada leitor prefira, instrumentos quaisquer para testar os sentidos e encarar a ilusão e a liquefação da realidade.

Os contos de Câmara estão fiados na sua capacidade também peculiar de armar certa percepção e sentimento, tanto do autor quanto do leitor. Armados em uma "ordem secreta e menos comunicável", como outro JC, Julio Cortázar, define seus próprios contos. Encapsulam sua visão da literatura como uma construção enérgica. Consistem em um processo de rejuntar realidade e ficção em espaços reais, sob efeito de algum *trompe-l'œil* literário.

Em todos os casos, estes contos de João Câmara elevam a curiosidade do leitor ao grau da emoção. No mesmo tope e oscilações da alegria, tristeza, medo, raiva, nojo. A certo gosto, ligado à experiência imediata da leitura, e a seu retrogosto, surgido quando a história fica ecoando em nossa mente. Os melhores contos dos melhores contistas têm essa característica: o impacto inicial é complementado por um sabor residual, poderoso, permanente, para sempre amadurecendo na alma do leitor.

O leitor precisará sempre das interrogações para sentir o que, de fato, ocorre ali, para além dos acontecimentos e cenas. Há sempre algo mais escondido, não revelado, imprescindível. Então precisará se aproximar mais, semicerrar os olhos para compensar temporariamente a visão desfocada para objetos distantes, ver melhor as tramas, a intenção de quem sofre, mas também de quem narra.

Outra forma de se ler estes contos é se afastar um pouco dos painéis centrais, dos frisos, das asas. Perder um pouco a atenção do cimo, do coroamento. Dar marcha à ré mais um pouco. Até se perderem de vista as pequenas cenas da base, a predela. Ir para mais longe ainda das pilastras. Andar dez passos rumo à porta de saída, para ver o nicho central mais panoramicamente, e continuar recuando, recuando, até ver, finalmente, esse algo: o que importa, de fato.

Em mim, essas narrações se comunicam, no mesmo nível, à surpresa ligada à exploração sensorial, à novidade, ao interesse repentino por lugares como Chihuahua e Spruceville, objetos como mapas e cruzes, ovíparos como peixes, alfas, ômegas, paisagens, eventos incomuns, dos tantos que você encontrará também neste livro.

O nadador

Umberto Eco nos entregou um pós-escrito ao seu romance *O nome da rosa*. Entre os críticos, o texto é tão famoso quanto o próprio romance.

Os pós-escritos são praticamente um gênero literário. Eco, Raymond Roussel (*Como escrevi alguns dos meus livros*), José de Alencar (em relação a *Diva*), o contista Jorge Luiz Borges (um ensaio sobre

"O Aleph" e outro texto, escrito posteriormente ao seu conto "Tlön, Uqbar, Orbis Tertius"), com "ocasionais encontros do narrador com objetos reais pertencentes ao mundo de Tlön", são exemplos de autores famosos também por esses paratextos ou peritextos. Aqui, podemos incluir o célebre texto de Edgar Allan Poe sobre processo de escrita, realizado após a publicação de seu poema narrativo "O corvo".

Na maioria das vezes, esses textos servem de explicações às obras, modos de iluminar o caminho com uma exposição racional de sua produção. Como falar disso para comentar a obra de João Câmara, se ela não pede qualquer explicação? Talvez para falar do método e obra criada a partir de incontáveis combinações de todo tipo e de toda fonte? Sim. Ou de como ele a escreve de forma soberana, sem necessidade qualquer de ser esclarecido? Sim. Porque, neste caso, podemos aproximar Câmara, especialmente de *A caminho de Querétaro,* de Eco, a partir desse trecho do seu pós-escrito, no qual fala do rascunho de uma cena de *O nome da rosa:*

"É claro que a cena de amor na cozinha é toda construída com citações de textos religiosos, desde o *Cântico dos Cânticos* até São Bernardo e Jean de Fecamp, ou Santa Hildegarda de Bingen. [...] Mas quando alguém me pergunta agora de quem são as citações e onde termina uma e começa outra, eu não estou mais em condições de dizê-lo."

Cito Umberto Eco porque seu pós-escrito vai além do "explicativo" ou paratextual. É um manual de leitura. Mais ou menos como aquelas instruções dadas aos aventureiros minutos antes de saltar de paraquedas ou as instruções, nos voos comerciais, de como retirar o assento e transformá-lo em boia para o caso de o avião cair no mar. Tudo em vão.

Mas Umberto Eco comenta de um tipo de respiração, de alpinista, para enfrentar as páginas do seu romance. A metáfora nesse contexto mostra como a experiência de leitura exige dedicação, paciência e esforço dos leitores. Similar ao alpinista se adaptando à pressão atmosférica enquanto escala e vê diminuir a quantidade de oxigênio no ar. Para evitar o chamado de Mal da Montanha, cujos sintomas são dor de cabeça, náusea e insônia. Os bons contos são também assim.

No caso de Câmara, estamos diante de outra metáfora: o fôlego de nadador: o leitor se adapta ao fluxo do texto, entre imersões profundas (em camadas simbólicas ou poéticas) e giros da cabeça em emergências para respirar, nos momentos de narrativa mais clara ou linear.

O prazer é patológico: como deve acorrer aos praticantes de apneia. Ele vem do ritmo e da beleza da linguagem, próprio das leituras que suscitam sensibilidade, mas não necessariamente resistência extrema. O leitor estabelece o limite. Ele, não a montanha.

O texto de Câmara, nos livros de contos anteriores, e neste, apontam para o fato de que nem todo texto precisa ser fácil, como ensinam por aí a publicidade e os péssimos manuais de leitura e escritas das escolas mais vulgares. Naquelas e nestas histórias, o leitor deve explorar suas múltiplas profundidades, ou camadas, como ensina Babel sobre a técnica do conto. Deve atravessar. Cruzar. A braçadas, como faz Gilliatt, o personagem de Victor Hugo, em *Os trabalhadores do mar*, nadando sozinho em águas abertas para resgatar um navio preso nas rochas no meio do oceano. Ou o menos heroico e mais suburbano, portanto mais ao Ulisses de Joyce que o de Homero, Neddy Merrill, protagonista do conto "O nadador", de John Cheever. Estou falando desse tipo de resistência e fé. Do fôlego de nadador que une o prazer intelectual ao emocional. Se mantém da curiosidade recompensada e não apenas da vitória menor, o consumo da história, a chegada à outra borda da piscina-oceano. Eis o perfil dos leitores de *A caminho de Querétaro*, *Lidando com o passado e outros lugares* e deste livro.

Os críticos de arte e literatura, os poetas Mário Hélio e Weydson Barros Leal, já disseram o melhor sobre os contos anteriores de João Câmara. Eu, que não sou crítico literário nem poeta, somente um leitor de Câmara, posso aqui deixar apenas minha leitura de narrador, de contista, de romancista.

Todavia, a vontade de comentar se torna, para mim, irresistível, talvez por motivos meus psicológicos, estéticos, de contista, de leitor, por uma condição peculiar à obra, como a enxergo. Creio que não tenha receio algum em assumi-los como Aureliano Padilla (do conto "A caminho de Querétaro") assumiu que não tinha dificuldade alguma em matar.

Aqueles dois livros anteriores servem como experiência de leitura subjacente a este, em uma outra maneira de o leitor enfrentar desafios e interpretações. A esse fenômeno (não de deciframentos, mas de escolhas) é que chamamos de leitura, especialmente literária. O jogo literário consciente de Câmara reforça a ideia de a leitura ser um ato lúcido e lúdico, transformador e abissal.

Inocência *versus* experiência

Em uma cena em certo conto de Sartre, talvez em "A prostituta respeitosa", o narrador diz: "Não é fácil fazer uma puta corar". Assim como não é fácil provocar algum constrangimento àquela prostituta, também não é fácil surpreender um leitor de contos experiente. Estas narrativas provocam em mim um estado mental de surpresa e apreensão. Enquanto alguns retábulos têm iconografia interessada em transmitir *mensagens*, as narrativas dos dois livros anteriores são o contrário. Se chegam a vencer na cabeça do leitor, será a vitória pelo efeito.

Que efeito? Será isso que chamam de estilo?

Nada disso: ser um escritor com "estilo" e ser compreendido não estão entre os desejos do autor deste livro. É sobre um efeito: a beleza.

O que busca um contista, qualquer contista?

Busca esse efeito e a mínima dignidade que definem a autodeterminação e liberdade de sua literatura.

Os narradores, mais especialmente em *Retábulos, predela,* muitas vezes agem movidos pela curiosidade de reconstruir histórias fraturadas e de assistir a eventos históricos, pessoais e culturais. Não se trata de uma curiosidade epistemológica, aquela relacionada ao desejo de entender conceitos ou resolver problemas. Tudo é para o efeito perceptivo. Seus narradores são todos cerebrais. Dopaminérgicos. Suas narrativas frequentemente saltam entre tempos, lugares e temas, como se o próprio texto estivesse suficientemente vivo para decidir por si mesmo.

Câmara mescla ficção, história e memórias, conectando o inesperado e o só aparentemente desconexo. A incorporação de documentos visuais em seus textos não tem intenção de ajudar em nada. Vejo neste gosto pelo uso de imagens nas narrativas algo da técnica de W. G. Sebald. Porém, diferente do alemão, o brasileiro é metido com pintura e suas imagens não tentam reforçar enigmas. Elas devem funcionar para provocar o leitor, compulsivamente convidado a negociar sua relação com a narrativa. Assim como o narrador, o leitor se torna um explorador dos sentidos dispersos no texto.

Ninguém se engane. Não se trata de nenhum tipo de Borges. No Brasil, quantos mergulhadores leram a valer W.G. Sebald, James Joyce, Raymond Roussel e Umberto Eco, citados aqui? Ou, ainda, os contos de Hélène Cixous, Marcel Proust, Samuel Beckett, J.M. Coetzee ou Peter Handke? Poucos. Se investigarmos melhor veremos serem os mesmos que gostaram e gostarão de ler aqueles e estes contos. A mim, estes protorromances de João Câmara me fazem voltar à inocência, à ideia de estar lendo como da primeira vez.

ANSELMO

“Não se pode negar que algo como uma vertigem pode tomar conta de um homem, mesmo de um crente, neste estado transitório entre o medo e a esperança; afinal, é um fato corriqueiro.”

Hans Urs von Balthasar
O cristão e a angústia

I

Enfim – estranha palavra para enunciar um começo —, Anselmo aposentou-se. Duas coisas viviam dentro dele, demandas insistentes do terço último de sua maturidade. Tinha, então, 65 anos, queria aposentar-se e morar na praia.

Era do interior, mas vivera e trabalhara em cidade de litoral sem ter gozado a ventura da praia, ou aproveitado do mar o horizonte largo, as ondas e brisas de filosofias e contemplação. Havia o porto, é claro, mas este não lhe inspirava viagens. Somente trabalho. Guias e cotas de exportação de açúcar, o porto era isso, armazéns escuros, cargueiros e porões, o cheiro entranhado da aguardente e do melaço, a fermentação fatal em álcool, o suor dos açúcares.

Trabalhou para engenhos, usinas, cooperativas e sindicatos. Contador, amanuense, escriturário, sujeito anônimo, solteiro, pobre.

Uma biografia de lástimas incluiria que foi criado em orfanatos. Primeiro, na tenra infância, pelas Irmãs do Sagrado Terço, depois, taludo, menino e adolescente magro e alto, por Eustacianos de uma missão nos cafundós do sertão. Estes o nomearam Anselmo — o protegido, defendido por Deus — e deram-lhe parcimoniosas luzes, letras, números, expeliram-no à vida escrevente, aos incunábulos contábeis.

Estava, pois, aposentado, com pequena poupança de celibatário, proventos modestos, mas seguros, saúde sem assédios nem achaques significativos, bom caminhador e ciclista que era — jamais teve automóvel, andava e pedalava os caminhos em que podia se dispensar de ônibus.

Exatamente num ônibus, em retorno de viagem de exploração pelas praias do sul, num sábado, alguém deixara no banco ao seu lado um jornaleco de anúncios, um pasquim gratuito de quatro páginas, com propagandas de farmácias e padarias da região e nele, na terceira página, duas colunas de classificados imobiliários onde a seguinte entrada chamara sua atenção:

> "Aluga-se apartamento de veraneio com entrada independente, a cem metros da praia, com quarto e sala, banheiro e pequena cozinha, mobiliado, somente para solteiro ou solteira, tratar com dona Rosália, da mercearia do Poço Seco, no horário comercial".

A descrição parecia casar bem com suas aspirações e orçamento, pois tudo o que visitara até então ou era muito caro ou perfeitamente indigente. "Cem metros da praia" e "entrada independente", sobretudo isto e o destaque desta qualidade, o estimulavam. "Não deve ser caro", calculou que a provável dona de mercearia de arruado não disporia de uma suíte praiana de luxo. Cumpria descobrir onde ficava o tal Poço Seco. O motorista do ônibus sabia, deu-lhe a indicação de onde ele devia saltar e pegar a trilha na direção da praia. Mas, já haviam passado do ponto. Anselmo voltaria na segunda-feira, programou-se.

No domingo, Anselmo planejou a excursão, estabeleceu escalas. Iria de bicicleta até Vila Agostinho e de lá em carro de praça com bagageiro até o posto de gasolina, depois da cancela fiscal da Fazenda. Neste ponto ficava a entrada para a estrada de terra que levava ao Poço. Não encontrasse em Vila Agostinho um carro capaz de transportá-lo e à bicicleta, desistiria ali mesmo, retornaria pedalando. Vila Agostinho, contudo, ele sabia, era município de comércio de estivas e feira grande, com demanda para fretes dos moradores do entorno.

Haveria um motorista que o pudesse levar e buscá-lo no posto de gasolina pela hora do almoço. Sairia cedo, de bicicleta, ao clarear. Na janta da pensão, pediu que reforçassem o prato de macarrão com guisado. Dormiu cedo, queria estar descansado e com energia nas canelas para a excursão.

Ficou feliz em ver seu plano dar certo. Fez o percurso pela rodovia até Agostinho em duas horas bem pedaladas, tomou um caldo de cana no pátio da feira e lá mesmo achou, não um, mas três carros com bagageiro. Escolheu o motorista mais velho, "deve ser mais responsável para acertos", projetou essa idealização, precavendo-se de falha no resgate, de ter que pedalar 30 quilômetros de volta ou depender de carona de algum caminhoneiro piedoso.

"Levo vosmecê até o Poço Seco, espero lá, cobro só um pouco mais, sô", o homem falou.

"Não carece. Posso demorar, quero conhecer o lugar. Prefiro mesmo que me pegue no posto, aí pelo meio-dia", Anselmo escusou-se.

"Então está certo. No posto, meio-dia. Me pague adiantado."

Anselmo pagou.

A estrada para a praia, uma trilha de terra que se esgueirava pela mata rala, pelo que sobrara de cajueiros e por mangueiras resistentes, era um traço duplo de barro dividido por faixa de capim e chananas, serpente imune às rodas de carros e carroças. Anselmo seguiu pela faixa direita respeitando a inexistente mão dupla que se alargava, ali, para a entrada de uma palhoça de taipa, sede de um sítio precário, acolá, para um telheiro abandonado mal sustentado por alvenaria desfalcada, para um terreiro raspado do mato onde alguém invisível empilhara lenha para venda. Era um longo caminho, mais longo do que ele pensara. Era penoso pedalar na terra de calombos e buracos. Uma cerca se impôs, por fim, na margem da trilha, um regime de posse se declarava num coqueiral ordenado em renques, entre os quais se vislumbravam nesgas de mar. A cerca concluiu-se num poste com letreiro descascado e a trilha se abriu para uma clareira, o arruado

do Poço Seco. Um correr de casas de taipa caiada, algumas de alvenaria em porta e janela, uma que outra com um telheiro frontal alpendrado, um galpão com teto de zinco que Anselmo calculou fosse para reparo de barcos, e a mercearia. Nesta, uma Kombi esburacada estava ancorada à frente, um tipo em bermudas e camisa de meia descarregava caixas de papelão, uma mulher, mãos nos quartos, conferia a carga, óculos de fundo de garrafa, cabelos em maçaroca mais branca que grisalha, vestido de chitinha encardida. Era velha de uns 70 anos ou mais, Anselmo arriscou, enquanto encostava a bicicleta num tronco de coqueiro e previa ser aquela dona Rosália.

Era. A contragosto, ela afastou a vista da conferência enquanto Anselmo se aproximava e ela julgava que aquele pudesse ser um freguês desconhecido, ou um intruso, ou curioso desocupado ou, pior, fiscal da prefeitura para uma extorsão oportunista.

Anselmo sacou do bolso o jornal com o anúncio para aluguel circundado a lápis vermelho, mostrou-o como se exibisse um édito:

" Vim pelo anúncio do apartamento."

Dona Rosália desarmou-se da ameaça de fiscal ou xereta, mas manteve a desconfiança àquele homem alto e desengonçado, em roupas pobres e pardas. Olhou-o de cima a baixo, fixou-se nas pernas das calças de Anselmo, cintadas nos tornozelos com os anéis para pedalar. Não soube o que falar de imediato e saiu-se com uma defensiva:

"Está para alugar, mas é com fiador ou caução."

"Isto se pode arranjar", Anselmo quis mostrar segurança. "Pode-se ver, correr?"

Dona Rosália tinha voltado a atenção às mercadorias descarregadas.

"O quê?"

"Olhar o imóvel, o apartamento. É longe?", ele retomou.

Ela despachou o sujeito da Kombi antes de responder.

"O senhor... êerr... você, entre aí, vou chamar minha filha que é quem trata disso."

Anselmo entrou na mercearia seguindo dona Rosália que empilhara contra o peito magro duas caixas de gêneros. Ele sentiu o hálito azedo da venda, o hausto de azinhavre e condimentos, de cebolas e alho, de barras de sabão, o odor químico de aviamentos de costura, da goma de apresto dos panos. O interior era ensombrado e morno e no chão de cimento queimado, pelos cantos das paredes, encostavam-se rumas de macaxeira, inhame, jacas, abacaxis.

"Vilminha venha cá na frente, tem um homem que quer ver o apartamento", ela chamou de um vão que dava para os fundos, passagem apenas vedada por uma cortina vermelha, uma língua bífida, pendida inerme.

Logo surgiu, enxugando as mãos, uma moça madura, Vilma, seguida pela filha, menina magricela em uniforme de grupo escolar.

"A chave está na gaveta do balcão", dona Rosália endereçou a Vilma, enquanto arrumava mercadorias na prateleira. A menina puxou a saia da avó, ela se curvou, ouviu o sussurro, consentiu: "Vá". A menina despachou-se para fora, esperou a mãe e Anselmo.

Ele pensou em pegar a bicicleta, mas Vilma disse que ele podia deixar ali mesmo, "ninguém vai mexer, e a gente vai perto, dá pra ir a pé". Seguiram na direção da praia, mas não chegaram a ela. Vilma tomou um caminho no fundo do arruado, pegaram trilha num terreno entremeado de capim baixo, cipós de praia, tratos de areia. A menina ia de batedor, à frente, com uma varinha, chicoteando o mato. Anselmo viu um calango verde, grande, escapar-se para baixo de uma moita seca. O caminho chegava a um terreiro baldio e, à esquerda, por trás de uma cerca de troncos de coqueiro caiados, havia um bangalô de três águas, com alpendre.

"É a casa de mãe", Vilma adiantou. "O apartamento fica de lado".

O apartamento ficava ao fundo do terreno do bangalô e a "entrada independente" era um corredor em terra batida, defendido por cerca de treliças com ipomeias e outras trepadeiras. A construção era um quadrado de fachada plana, com janela e porta servida por três degraus. Entraram.

A

Cheirava a pintura recente, Anselmo sentiu as essências abafadas. Vilma tratou de abrir as janelas dos cômodos. Sala, um quarto com janela para o lado da praia, o banheiro e a cozinha vizinhos, fechando o corredor.

A planta era de apartamento, Anselmo notou, indagando-se por que não haviam, ao invés, construído logo uma casa, algo mais ..."praieiro"... intrigou-se.

"Tem água e luz", Vilma disse e completou a informação despejando dados e memórias do local, da história de Poço Seco e dela mesma.

Explicou que a luz elétrica só chegara a Poço Seco depois que o dono do coqueiral montara uma indústria de beneficiamento da fibra, fabricavam capachos e material para estofamento, essas coisas. Com a energia, puderam botar bombas para puxar água das cacimbas e poços, que, ela não sabia por quê, foram se esgotando com o tempo, coisa que devia ser bem antiga, pois esse nome Poço Seco era já de muito antes da chegada da energia, de antes mesmo que o pai, que foi soldado da Polícia Militar, tivesse se mudado com a mãe dela para ali, para assumir a mercearia que foi dos pais dele e que o pai, ao se reformar com fitas de sargento, poucos anos antes de morrer de enfarto, havia aproveitado um pecúlio de aposentadoria para ajeitar a casa em que moravam e construir esse apartamento para ela, que se havia casado com o pai "dessa menina aí, Sandrinha", segundo ela um casamento que não deu certo, o homem desertara, sumira sem dar explicações e ela teve que trabalhar, mudara-se para Pontezinha, um distrito mais ao sul, do outro lado da pista, onde ajudava uma mulher que costurava para fora, morando num puxadinho da casa, mas sempre tinha que vir ajudar a mãe e, para isso, pegava carona com um funcionário da fábrica de fibra, Silvino, um homem bom, evangélico, que gosta muito da Sandrinha, e, que... a desculpasse: "...não sei seu o nome..."

"Anselmo."

"...e lhe digo, seu Anselmo, Silvino é um homem que parece mesmo gostar de mim, diz que aprecia meu cuidado com mãe, que o senhor sabe, deve ter notado, já está muito velhinha para cuidar da mercearia, mesmo teimosa como ela é, querendo fazer de tudo, insistindo em morar sozinha, até me admiro que me deixe cuidar de alugar o apartamento, deve ser porque morei nele, acha que é mais meu que dela mesmo e, penso até que, se me casasse de novo, voltaria a morar aqui, para estar perto da mãe, não precisasse do dinheiro do aluguel para mim e para ela. E para minha filha, não é?"

Anselmo concordou, desatento. Avaliava a mobília, a mesinha redonda de tampo de vidro com quatro cadeiras, uma cômoda, duas poltronas de vime pintadas a óleo creme, ainda com a tinta grudenta. Havia registrado o quarto, a cama de casal esdrúxula à exigência anunciada de "somente para solteiros ou solteiras", um guarda-roupa enorme, antigo, com espelho para corpo inteiro, cozinha com fogão de botijão e alguns utensílios pendurados, ordenados nas prateleiras e sobre o balcão da pia.

Estar o apartamento mobiliado era grande vantagem e também um argumento afetivo e sedutor. O inventário de itens disponíveis ao inquilino somava mais que todas as minguadas posses de Anselmo: sua mala de couro, com fechadura, para as roupas, um feixe de livros, valise sanfonada com documentos, relógio, saco de lona com ferramentas da bicicleta. Afora ela mesma, a bicicleta, velha mas robusta, uma Raleigh inglesa de verdade. Ele nunca tivera mobília própria, vivera em quartos de pensão, sentara raramente nas salas de estar desses albergues de estudantes, de velhos e velhas, de solteiros como ele, pouco tempo passava ali em conversa com alguém depois da janta, ouvindo o rádio comum, falas aleatórias. A mobília, o apartamento com "entrada independente" davam-lhe uma sensação de controle, um pertencimento com seu nome e atribuições, uma presença fixada em espaço físico. Ele estava se inclinando a alugar aquilo, que entendia mais que apartamento, era um sentimento novo que se mostrava, tentador. Queria ver a praia. Sabia que a visão do mar decidiria por ele.

"Quero dar uma olhada na praia", disse, como se praia, areia e mar fossem também itens da mobília a serem verificados. Vilma falou que ele teria que ir sozinho, ela ia terminar de lavar as roupas que havia deixado de molho numa bacia. A menina Sandrinha animou-se para seguir Anselmo, mas a mãe a puxou, levou-a.

Anselmo constatou que a distância do apartamento para a praia era mais que os cem metros apregoados. Talvez cento e cinquenta, cento e oitenta metros, um trecho pontuado por casebres e palhoças, coqueiros esparsos que pareciam rebeldes quando avistados contra o perfil do coqueiral em suas fileiras e renques militares tomando a gleba que se estendia para o sul. Por fim, o caminho se mudava em barranca de areia e uma praia magra exibia-se com a maré baixa: uma planície d'água e seu horizonte de arrecifes, onde o mar, contido, batia com rumor longínquo. Para o norte, que Anselmo enxergou melhor chegando-se à beira d'água e afundando os sapatos na areia grossa, ele adivinhou ficar a boca do rio Mulungu, um rio que ele sabia vir das terras da Usina Sobradinho, onde trabalhara, ainda bem jovem. Dava para ver um rebordo do mangue que orlava a foz do rio e delimitava, fechava a praia, que, dali, ele via, morria numa espécie de elevação, quase um morrete arborizado. Andou um pouco para o norte, mas não queria ir longe, descobrir tudo de uma só vez. Voltou, puxando o ar salino com satisfação, um cheiro marinho de sargaço e peixaria confundindo-lhe os sentidos.

Chegou na mercearia quando dona Rosália discutia com uma mulher sobre duas marcas de óleo em lata. Sandrinha estava sentada no balcão balançando as pernas ao compasso de alguma música fantasma. Vilma reapareceu em cena vinda de entre as línguas vermelhas e olhou-o, em indagação. A tudo isso ele pôde responder apenas:

"Quero alugar. Como fazemos?"

Vilma achegou-se, afastou a filha, alcançou a gaveta de onde tirou uma folha mimeografada que passou a Anselmo. Perguntou: "Tem fiador?"

Anselmo passou a vista no papel, viu que o aluguel era de seis meses, achou o preço em conta, disse que pagaria a caução de três meses

de aluguel, que levava o contrato e que traria cópia assinada junto com o dinheiro, quando viesse no próximo sábado, pela manhã.

Vilma repetiu a fala de Anselmo para a mãe que continuava a disputa com a mulher do óleo. A velha olhou para a cara de Anselmo, olhou para a filha, deu um muxoxo: "Entrego a chave quando trouxer o dinheiro", falou sem botar muita fé no negócio.

Anselmo despediu-se, fez um afago na cabeça da menina, retribuído em sorriso acanhado ou careta. Ele buscou a bicicleta, fez uma volta de reconhecimento pelo arruado, pedalou a volta, vencendo calombos e buracos com um tipo de alegria pacificada, regrada. Chegou na rodovia, consultou o relógio de algibeira, seu presente de aposentadoria. Os ponteiros góticos marcavam cinco para meio-dia. Instalou-se num recesso de sombra do posto de gasolina. Esperou.

E esperou. Já eram passados trinta minutos do meio-dia e o carro de praça contratado não chegava. Pensou ter sido logrado, perdido o dinheiro. Arranjava carona num caminhão ou iria bater na pedalada a estrada de volta para a cidade.

Estava para pedir ao povo do posto para parar um caminhão que passasse, quando o carro chegou com outro motorista, jovem este.

"O senhor é o homem que foi no Poço Seco de bicicleta?", ele perguntou da janela do carro, boca de incisivos ausentes, uma penugem tisnando-lhe o beiço. "Sou Biro, sobrinho do dono. Ele pediu para eu vir buscar o senhor, ele está ocupado fazendo uma mudança de caminhão", explicou enquanto descia. "Entre. Cadê a bicicleta para amarrar no bagageiro?", foi falando.

Anselmo foi pegar a bicicleta, trouxe-a, pedestre.

Biro quis erguê-la num arranco, mas arriou a máquina.

Anselmo ajudou a subir e amarrá-la.

Pegaram estrada.

"Deixo o senhor no pátio da feira?"

Anselmo não respondeu logo. Tinha fome, o ar da praia lhe abrira o apetite.

"Pode ser, mas estou com fome. Como alguma coisa antes de seguir". Ele se deu uma pausa. "Você já almoçou, moço?"

"Eu já, sim senhor."

"Estou pensando em almoçar em Agostinho. Diga uma coisa: quanto iria custar para você me esperar enquanto almoço e depois me levar na cidade?"

Biro fez cálculos silenciosos, Anselmo entendeu que ele computava o que tiraria para ele e quanto daria ao tio. Por fim, sacou um número.

"Está fechado!", Anselmo proclamou, sentindo-se feliz e gratificado com este luxo de aposentado, futuro morador de praia.

Ao longo da semana, Anselmo preparou-se para a vida na praia. Fez compras para mesa, cama, banheiro e cozinha. Juntou provisões, coisas que não queria dependessem da mercearia de dona Rosália e que lá poderiam ser mais caras. Teve o cuidado de deixar algum varejo a regatear com ela, "política de boa vizinhança", ponderou.

Foi ao banco, sacou dinheiro, informou-se do nome do gerente da agência de Vila Agostinho. Passou no Sindicato dos Plantadores de Cana, conhecia um motorista que tinha uma caminhonete caçamba e que fazia uns "bicos" de mudança, combinou-se com ele para o sábado. Acertou-se com a dona da pensão e pediu que ela assinasse de testemunha o contrato de aluguel. Deu uma gorjeta para a copeira que lhe servira na mesa aqueles anos... que mais?

Comprou dois calções de banho e duas camisas esportivas de manga curta, itens que jamais imaginara adquirir, a vida na praia que projetara fora idealizada, conceitual, despida de vestuários, como se ele, Anselmo, praieiro sonhador, fosse um ente que observava, refletia e usufruía o visto sem ser olhado, registrado, comentado.

Dona Rosália limpou os óculos com um pano sujo, conferiu o contrato com a ponta do dedo, deteve-se nas assinaturas, pôs em cima do balcão.

"Assino quando minha filha chegar", disse e, depois de uma pausa cansada: "Trouxe o dinheiro?"

Anselmo fez que sim e voltou para junto da caminhonete, o motorista indagava se era para descarregar, já havia posto a Raleigh no chão. Anselmo pediu um tempo, "paciência, um pouco, a moça, filha da dona, deve chegar logo", e, como por mágica, chegou um carro, de passeio, dirigido por um tipo de cara redonda. O lado do carona estava ofuscado por reflexo, mas a porta abriu e deu ao terreiro uma sorridente Vilma, rosto voltado para o carro, a mão em adeusinhos festivos. A porta de trás se abriu, a menina Sandra saltou, passou para o lugar da mãe. O automóvel partiu, voltou para a trilha do coqueiral. Vilma deu-se conta de Anselmo, passou os olhos na tralha dentro da caçamba e ecoou em retardo e timbre mais jovem a fala da mãe:

"Trouxe o dinheiro?"

Anselmo ansiava por dar uma volta na praia, inaugurar as solas dos pés na areia, talvez molhá-las um pouco, embebê-las dos fluidos marinhos, impregná-las daquele moto perpétuo que seriam as marés da eternidade. Não exatamente isso. Estava curioso em saber como se sentiria tendo dado o passo definitivo que desejara por tanto tempo. Seria uma celebração, aquele momento? Anselmo remoía um paradoxo: um homem se aposenta, quer dizer, recolhe-se da vida a um cômodo, um aposento, era isso o fato, e, então, nessa e dessa espécie de prisão, clausura, quer ter e ver uma nova vida? Isso era possível?

Estas questões não se punham em números, dificilmente se encaixariam no Deve e Haver, na competente e intuitiva expertise de Anselmo para as equações apenas contábeis da vida. Em vez de ir à praia, pôs-se a arrumar as provisões. E a decidir se cozinharia sua própria comida ou se seguiria a indicação da placa que vira pregada na parede do galpão de reparo de barcos. *"Fornece-se marmita. Nicinha em Bentevi"*. Decidiu seu primeiro projeto exploratório: resolver o binômio da placa Nicinha-Bentevi.

Temia o colchão da cama estivesse sujo, mal cheiroso, mofado. Mas, não. Era novo, muito mais novo que a cama um tanto desconjuntada, e esta, a cama, mais jovem que o vetusto guarda-roupa que Anselmo abriu, produzindo gemido na porta do espelho, um gemido quase humano, não, não precisamente humano, ele pensou: mais parecia som de instrumento de corda e arco, rabeca, violoncelo desafinado que imitasse voz roufenha de gente. Que diria o guarda-roupa do novo morador? "Já vi melhores tipos", diria. Anselmo permitiu-se esse humilde autoconhecimento, o guarda-roupa teria mesmo capturado melhores e mais nobres figuras em seu espelho.

Nas gavetas e prateleiras havia bolas de naftalina, Anselmo as recolheu para jogar no sanitário que exalava gases da fossa. Deixou o guarda-roupa aberto e abriu também a janela para arejar o quarto. Por ela, viu o matagal rasteiro, ruço, que ia ao declive da praia, ouviu a pancada do mar mais próxima que da primeira vez, assumiu que a maré estava montante e teve ganas reprimidas de ir olhar. Arrumou a cozinha. Açúcar, biscoitos e bolachas, macarrão, café, farinha, sal, óleo e vinagre, frutas decorando um alguidar. Acendeu o fogão, pôs água a ferver na chaleira. Deixaria esfriar, encheria a quartinha nova que trouxera, não confiava na água do poço de dona Rosália.

A arrumação terminou pelas três e meia da tarde, alongada com podação nas trepadeiras da "entrada independente". A fome declarou-se com veemência, havia sido apaziguada com bolachas e bananas, era hora de comer alguma coisa antes do anoitecer. Anselmo não teve as primícias de caminhada ociosa e metafísica pela praia. A maré começara a vazar, ele foi, citadino, em sapatos, no rumo norte com a tarefa de chegar a Bentevi, que, soube por dois velhos que proseavam e fumavam nuns bancos de troncos de coqueiro, alcançava-se pela praia, entrando pelo caminho da colônia de pesca, mais precisamente ao lado de uma barraca de aguardente e fumo — que Anselmo avistou — fincada na barranca onde se arrimavam barcas e poucas jangadas do que seria a colônia. Ninguém na barraca, tábuas defendendo precariamente o que lá houvesse, talvez nada.

Ele enfiou-se no caminho pouco diferente da trilha de Poço Seco, e chegou ao correr de casas semelhantes às de lá. Não foi difícil achar a de dona Nicinha. Lá estava, assinalada com poste de caibro e duplicata da tabuleta "*Fornece-se Marmita*". Ao chamado de Anselmo atendeu uma senhora gorda, quase tão larga quanto a passagem da porta e que, para surpresa dele — um telégrafo expedito circulava na região, ele constatou —, disse com muita simpatia:

"Boas tardes, seu moço. O senhor deve ser quem alugou casa em Poço Seco, eu já soube. Se está querendo marmita, veio na hora certa. Estou fazendo a janta, o senhor pode até provar o meu tempero, garanto que vai gostar".

Anselmo comeu de tudo, omitiu que não almoçara, contratou o serviço para dias alternados, pagou uma semana adiantado, saiu levando uma cuia de sopa tampada com um prato e amarrada em laço com um guardanapo, algo parecido a uma cabeça com dor de dentes. É "para não ir dormir com fome", disse dona Nicinha.

Na volta, a paisagem desdobrava-se na monotonia da praia estrangulada pelo coqueiral infinito, como se a plantação fosse outra nação, a República dos Coqueiros, que tomava o Sul a perder de vista. O trato de areia era minguado, seria impraticável mesmo com maré baixa. Anselmo assumiu que seu território de sonho e posse era o Norte, suas expedições, suas conquistas tomavam esse destino. "Não é pouco", consolou-se.

Sentou perto da barranca, num dos bancos em que os velhos estiveram fumando. Imaginou-se como eles, envelhecendo ali. "Ideias que surgem do cansaço", sentenciou. Percebeu que a cuia de sopa ia esfriando. Entardecia com velocidade. As nuvens sobre o mar ganhavam cores confusas. Na areia, uma maria-farinha correu para a toca em ligeireza alerta a predador próximo e faminto. Mais nada ocorreu por muito tempo, somente o mar foi agonizando seu marulho de refluxo, com pequenas ondas arrependidas de chegar à areia. Anselmo levantou-se, num impulso. Não queria cochilar, adormecer ali, ao relento. Tomou o caminho de casa, chegou quase no escuro da noite.

Acendeu a luz da sala, testou com os dedos uma das poltronas de vime, depois a outra, ainda estavam pegajosas, acreditou que nunca secariam, planejou deixá-las ao sol, na frente de casa. Mesmo assim, forrou uma com toalha de banho, sentou-se, levantou, abriu a janela que dava para o bangalô, uma luz estava acesa, bruxuleava nas persianas, dona Rosália certamente chegara. Voltou a sentar-se, fixou-se no alpendre, a ver se ela apareceria ali. Nada. Depois, a luz apagou, acendeu-se em outra persiana.

Ele acordou incomodado, o pescoço dolorido. O bangalô estava escuro, havia apenas vagalumes piscando no mato, o crepitar continuado dos grilos e o contraponto da arrebentação distante, trazida em soluços e silêncios na viração do vento. Foi à cozinha, esquentou a sopa, tomou com bolachas, vestiu um pijama, aninhou-se nos estalidos da cama.

II

O que fazia aquela fila comprida de formiguinhas parada sob o caixilho da janela? Ou seriam cupins? Anselmo acordara, olhara o teto de estuque, descera a vista acostumando-se com a claridade nascente, estava reconhecendo que, sim, despertara e não estava em seu quarto de pensão, o guarda-roupa arcaico e solene impunha essa realidade com exagero, a janela filtrava uma luz que não era da cidade, sob a moldura de madeira pintada havia aquela fila de bichinhos parados.

Anselmo pôs os pés no chão, tateou a friagem nos mosaicos, foi, curioso, olhar os bichinhos, que estavam ali, imóveis em blocos, tira fragmentada em pedaços menores, espaços vazios, pedaços maiores. Ele apurou a vista, concentrou o foco, e a tirinha se resolveu em letras, palavras, uma frase.

Foi acender a luz do quarto para vencer a luz de fora, olhar aquilo sem se ofuscar, conseguir ler.

Em letras de forma, estava escrito — ele, depois, anotaria a frase na folha em branco ao final do volume de Robinson Crusoé, livro que jamais conseguia terminar —, estava escrito a lápis bem gravado na cal da parede:

> Meu quarto é um quadrilátero de trinta e seis passos de perímetro, medidos bem junto à parede. Mas, viajarei mais que isso ao longo e ao largo dele, em diagonal e em ziguezague.

Quis examinar aquilo com atenção bem desperta. Podia jurar que quando avistou a fila de formigas, ainda deitado, ela lhe pareceu mais curta, talvez chegasse, traduzida em letras, à palavra PAREDE. Depois que se levantara, acendera a luz, ela como que encompridara, ZIGUEZAGUE estava já escrito fora do espaço da janela e um tanto descaído do alinhamento Foi à sala buscar uma cadeira, sentou-se frente ao escrito, duvidava que ele já estivesse ali antes da pintura recente do apartamento. A caiação do quarto era nova, ainda havia respingos secos no chão. Talvez aquilo já estivesse lá quando o foi correr com Vilma e a menina.

Sandra, porém, não teria escrito uma frase de gente grande e ele não podia se convencer que Vilma soubesse o que eram perímetro e quadrilátero. Passou a mão sobre as letrinhas querendo que voltassem a ser formigas, se espalhassem na parede, desfizessem seu sonho com uma realidade plausível. Mas, não dormia, não sonhava, as letras estavam lá, perfeitamente imóveis e nítidas.

"Muito bem", ele quis se equilibrar nessa corda esticada do plausível: "alguém que escreva numa parede o faz na altura dos olhos. A linha da frase está, o quê, a noventa centímetros, um metro do piso?" Não sendo criança, seria um anão, um dos menores, ele pensou. "Ou, sabe-se lá, alguém que estivesse sentado, como eu estou agora".

Detetive prático, deu-se por satisfeito, adiou a questão da origem da frase, resolveu fazer café, aprontar-se para seu primeiro domingo de praia. Esquecera de apagar a luz, voltou. Do corredor, buscou, com a mão às cegas, pelo interruptor na parede do quarto, junto da porta. Não o achou, entrou no quarto, o interruptor estava mais alto do que procurara, levou a mão para apagar a lâmpada e viu.

Sobre o portal, logo acima da moldura escrevia-se outra frase:

A CAMA NOS VÊ NASCER E NOS VÊ MORRER. É UM BERÇO GUARNECIDO DE FLORES. É O TRONO DO AMOR. É UM SEPULCRO.

Não por acaso, a cama estava ali, ao lado, e foi onde Anselmo sentou-se, ou despencou, a nuca arrepiada, detetive vencido, coração aos pinotes.

E assim ficou por um tempo, com o juízo dormente, até que tomou coragem, voltou a olhar para o cimo da porta e as letras estavam lá, sim estavam.

Isto não o tranquilizou de vez, mas o devolveu à lógica. Estranho e inadequado seria, tivessem desaparecido. Como haviam surgido ali era outra questão que merecia investigação própria. Faria isso, é claro que faria, convenceu-se. Largou-se da cama, não esqueceu de apagar a luz, reafirmou-se o propósito de ir mesmo fazer café, comer algo, estrear calção e camisa num largo passeio pela praia.

Assim foi. Chegou à praia, tomou o caminho do Norte. Pouca gente havia, nenhuma agitação balneária, burguesa. Uma velha catava mariscos, meninos chutavam uma bola murcha, uma mulher estava sentada na água rasa, pernas roliças enlameadas, o marido dela, de pé, mais adiante, mãos nos quartos, estátua bizarra, imóvel, olhando o horizonte.

Andando aquele passeio, observando cada detalhe de areia e mar, dejetos da natureza, folhas caídas dos coqueiros, um peixe morto fedido cintilando de moscas verdes... Registrando o lixo humano, os barcos roídos de cupim e craca, inúteis, enterrados na areia, os restos de covo esgarçado e apodrecido pelo salitre, um molambo semi-

-enterrado, o braço amputado de uma cadeira, vendo e combinando aqueles destroços, Anselmo confirmou-se que Poço Seco jamais seria praia da moda, habitada por qualquer tipo de festejo, alegria espontânea ou fabricada. Poço Seco era triste por natureza e vocação. Sofria a melancolia de uma pobreza autista.

Aquilo era decepcionante? Anselmo incomodava-se talvez com esse aspecto, mas suas demandas e motivos não se haviam construído com imagens de paraísos turísticos, ou de resorts primitivos, policrômicos. Pouco importava não estar num eldorado caribenho, ou num simulacro de Mururoa. Ele acreditava ter um desejo — talvez pudesse usar aí a palavra libido — sabia ter uma energia capaz de conformar indigências em contingências aceitáveis. Afinal de contas, e por isso mesmo, era, essencialmente, um contador, um peão treinado dessa profissão em que a criatividade para sobreviver deve ser dissimulada, deve fingir-se ausente.

Respirou fundo, o ar de praia era bom, universal, imune a pensamentos depressivos, misérias cotidianas, divagações negativas. Caminhou sem pressa na direção da colônia de pesca, talvez lá houvesse mais gente.

Havia. A barraca estava aberta e o barraqueiro presente. Servia, de dentro do cubículo muito exíguo, dois fregueses, talvez também pescadores. Estar do lado de dentro conferia-lhe status diferenciado de comerciante, apartado dos traços plebeus dos de fora. Anselmo juntou-se à clientela. Acostumara-se a provar cachaças, nos anos de serviço ao álcool e ao açúcar. Bebia sem vício, dois, três dedos, uma dose, vez por outra.

Botara um pouco de dinheiro no bolso da camisa, perguntou o que havia para beber. O homem exibiu uma garrafa arrolhada com sabugo de milho. Anselmo fez que sim, indicou a quantidade com dois dedos pegados, o barraqueiro o serviu num copo esverdeado, passando em muito os dois dedos indicados.

Anselmo saudou os outros bebedores e eles grunhiram algo em resposta. Anselmo emborcou a dose, que não era ruim.

"O senhor foi quem alugou o puxado de dona Rosália?", o telégrafo de Poço Seco, expressou-se pelo barraqueiro.

Anselmo confirmou, pausou, pensou se faria a pergunta, olhou os dois pescadores que o examinavam como a um peixe estranho que tivesse dado à praia. Resolveu-se.

"O senhor sabe quem alugou antes de mim?"

"Muita gente, dona Rosália aluga por temporada, mas tinha já tempo que ninguém alugava", ele respondeu logo, mas continuou, inclinando a garrafa para Anselmo, a consultar se ele queria mais:

"Esqueceram alguma coisa lá?"

"Não, não, só pra saber."

Anselmo ia tomar outra dose, imaginando etiqueta, educação. Mas, não. Perguntou quanto fora, pagou com moedas. Despediu-se de todos e percebeu, enquanto retomava o caminho, que os homens se haviam achegado, falavam dele, certamente iriam abastecer as linhas do telégrafo.

Avistou o morro arborizado e conseguiu entrever ali um telhado alto, retraços de parede branca, janelas. Arrependeu-se por não ter comprado um binóculo, um luxo visual que nunca teve, mas considerou que estava ali para ver de perto, de junto, ao alcance de pés e mãos. O morro ficava muito longe, regressar depois seria cansativo. Ia esquentando, a cachaça elevara uns graus a vida praieira de Anselmo. Ocorreu-lhe entrar n'água, ter batismo, iniciação. Mas não ali naqueles rasos de maré baldeada, poças mornas. Andou mais até um trecho rasgado nos arrecifes, onde o mar era de verde limpo e ia à areia com ondas mais adultas, ruidosas.

Ele entrou com cautela, nadador de rios e açudes, marinheiro novato em águas salgadas. Pisou na areia frouxa, a pancada das ondas dando-lhe nos joelhos. Lembrou estar de camisa, retrocedeu, desvestiu-se, pôs a camisa na areia sob um coco seco, voltou aos mares.

Avançou afoito até perder pé com a vinda das ondas, flutuou e tentou nadar. Não saía do canto, as braçadas se anulavam com o puxado do cavo das vagas. Deixou-se arrastar para mais fundo até onde as ondas se formavam, começavam a se levantar. Desse remanso, nadou paralelo à praia, foi dar na linha de arrecifes, subiu ali escorregando no tapete untuoso de sargaços, cuidando de não se espetar nos ouriços, pulou para o raso. Estava enfim batizado Anselmo, o Temerário. Sentiu-se assustado e orgulhoso. Voltou para casa, passou pela barraca, fechada, a praia estava deserta, apenas a velha cavoucava a areia molhada, extraindo mariscos.

Em casa, tomou banho de chuveiro, notou que o sabão não espumava, enxugou-se da água salobra, vestiu-se, foi à cozinha, preparou macarrão e comeu com cubinhos de carne enlatada. Lavou panelas e pratos, sentiu-se alinhado com a rotina que prometia se desenhar. Foi para o quarto deitar-se um pouco, dispensou-se da releitura das frases intrusas, abriu a janela para colher algum vento. Ao voltar na direção da cama, viu a porta do guarda-roupa um tantinho aberta, foi fechá-la e viu uma mancha no espelho, uma mancha irisada de velhice do estanho, talvez, uma sujeira na superfície. Pegou o lençol, esfregou a ponta no espelho, a mancha persistiu. Bafejou nela para esfregar de novo e um traço surgiu, algo como se um dedo engordurado tivesse feito um risco ali. Soprou mais e mais traços apareceram e… "Nossa!", isso lhe escapou, quase num grito.

Havia mais alguma coisa escrita, letras que apareciam sob o bafo e sumiam logo que a umidade evaporava. Sentou-se na beira da cama, refletiu. Foi até a mala, buscou papel, achou o livro do Crusoé, "aquilo serviria" decidiu, enquanto cascabulhava a valise sanfona em busca de lápis. Achou um toco apontado nas duas cabeças e, assim armado, voltou ao quarto para bafejar o espelho, sacar letra por letra o que estava escrito. Isso tomou tempo e fôlego, mas resultou numa frase que Anselmo não entendeu, mesmo que intuísse estar completa. Copiara no Crusoé:

> *Das betragen ist ein spiegel, in welchen*
> *jeder sein bild zeigt.*

"É Alemão, isso está em Alemão", ele não sabia ler aquilo, mas reconhecia o padrão pelas notas de compra de açúcar que chegavam à sua mesa para processamento a Hamburgo. "Aqui em Poço Seco não acho alguém capaz de traduzir" e isso o assediava, voava cego esbarrando nas quatro paredes de seu espanto.

Espanto, sim, mas também uma trava no raciocínio, empecilho desconfortável à junção das peças, como se dois mundos desconexos estivessem em conflito: um, no qual ocorria o projeto objetivo dele, Anselmo, de viver na praia e o outro, o daquelas frases intrigantes, alienígenas até no idioma. Não se sentia bem para continuar no quarto, talvez visse novas frases. Temia que fossem mais que escritos malucos e aleatórios. Temia que fossem mensagens. Essa palavra o fez pisar no vácuo do medo.

Não poderia ter o sono vespertino, ele não viria. Deitasse, olhos pregados no teto, que apareceria ali? Foi andar na praia deserta estreitada pela maré alta, um tanto bravia. Ficara nublado, a tarde fizera-se de chuva fininha com um vento impreciso, ora vindo do mar, ora soprando terral, embaloiçando os coqueiros em reverso, despenteando-lhes a folhagem.

Andava em roupa caseira, os chinelos cheios de areia. Tirou-os, arregaçou as pernas das calças, seguiu, encharcando-se. Havia passado a colônia de pesca, quando avistou um ponto negro ao longe. Não bem um ponto, talvez uma estaca preta fincada na areia, a chuva e a nuvem da arrebentação não deixavam discernir. Mas, à medida que foi progredindo com dificuldade, pés afundando na areia empapada, aquilo, a estaca, mourão, o que fosse, definiu-se como algo que se movia, ondulava ao vento e Anselmo presumiu que fosse gente, alguém que vinha na sua direção, pois aumentava de tamanho enquanto se aproximava, não era coisa fincada na praia

De fato, era gente. Veio vindo a Anselmo e este pôde ver que era um homem alto vestindo uma capa negra e comprida, encapuzado, pés descalços e muito brancos, uma vara ou cajado no ombro.

Anselmo retraiu-se, subiu para a areia de junto à barranca, não

gostava do que via. O homem diminuiu o passo, voltou o rosto para Anselmo que descobriu, dentro do capuz, uma cara barbuda fulva, uns olhos azuis curiosos, que buscavam cifrar a aparição do outro caminhante. Ele parou de vez, apoiou o cajado no chão, levantou a outra mão em aceno a Anselmo. Imagens dos profetas do orfanato beneditino saltaram dos livros da infância para a chuva e praia de Poço Seco e Anselmo não respondeu à saudação do homem. Dentro de seu espírito formavam-se imagens de anátema e danação. Embarafustou pelo mato sem pejo da covardia.

Caiu numa trilha paralela à praia, tomou-a para o Sul em retirada, chegou a uma bifurcação com um caminho mais largo, escolheu este, andou um bocado pelo barro, vadeando as poças de lama e então...

"Ora essa! Cheguei a Bentevi", descobriu quase aliviado. Foi até a casa de dona Nicinha. Ela estava cozinhando, a mulher não fazia outra coisa, e o recebeu com surpresa divertida, arranjou toalha para que se enxugasse, deu-lhe um pouco de aguardente "para não gripar, seu Anselmo", trouxe-lhe um prato fundo com o que tinha na panela ao fogo, uma espécie de cozido e legumes que Anselmo aceitou com gosto.

Ele comeu, agradeceu, estava afogueado com a vontade de perguntar e perguntou mesmo:

"Quem pode ser um homem alto, arruivado, de olho azul, que estava andando de capa na praia... tinha uma bengala, vara... assustei-me..."

Dona Nicinha riu. "Não precisa ter medo dele, seu Anselmo. Nem os meninos têm medo, já acostumaram. É o holandês. Parece que já foi padre, mora numa casinha para os lados do sítio Carvalhosa, perto da pista."

O telégrafo começara a servir Anselmo, mas não dissipara seu medo.

"Medo. Que diabos, nunca senti isso antes, estou mesmo ficando velho", remoeu com amargura, outro sentimento que lhe era novidade.

"O menino leva sua marmita amanhã, pelo meio-dia", dona Nicinha resgatou-o do transe.

Levantou-se, agradeceu, despediu-se reingressando na trilha e no chuvisco. Teve a impressão que o céu fechado encurtara a tarde, escurecia mais rápido que o passo de sua caminhada. Quando chegou em casa, já havia luz acesa no bangalô vizinho.

Tomou banho, esfregou-se com álcool para aquecer a pele, temia resfriar. Estava moído, resolveu dormir cedo. O sal do cozido de dona Nicinha guardava-se em sua boca, ele pressentiu a sede que viria pela noite.

Encheu dois copos com água, para levar ao quarto. Queria puxar uma cadeira à cabeceira da cama, não tinha onde pousar os copos, os pôs sobre o colchão encostados no travesseiro. Ao voltar com a cadeira, bateu no lado na cama desconjuntada, os copos entornaram.

Olhou consternado a pequena comédia do desastre, ruminou uma solução para aquilo. O mais imediato seria ficar ao reverso no leito, cabeça para a porta, pés à cabeceira molhada. "Não é bom dormir com os pés no charco, posso gripar", acudiu-se com essa cautela. "Viro o colchão, amanhã ponho para secar lá fora, se fizer sol."

Animou-se com o projeto, juntou os panos molhados, empilhou-os na mesa da sala. "Arranjo uma corda, barbante, estendo para secar", foi processando. "Agora, viro o colchão, vou dormir", seguiu.

Puxou o colchão com as duas mãos, girou-o contra a parede apoiando-o no estrado. Era pesado, de dupla face, estofado, com molas. Ele deu-se um tempo para completar a ação e para ir beber água, o sal era renitente. Quando voltou da cozinha, apoiou-se bem, tomou fôlego, segurou por baixo as bordas do colchão para puxá-lo e então, para seu desânimo, aliás irritação, aliás novo espanto, descobriu letras... não só letras... outra frase estava lá.

Nem precisou aproximar-se para ler. As letras eram grandes, em vermelho e preto e, embora estivessem sobre o estampado floral do forro do colchão, eram legíveis. Anselmo as percorreu com os dedos e elas borraram, sobretudo o vermelho. Ele esfregou a ponta dos dedos e reconheceu aquilo como batom. Examinou as letras pretas. Também eram oleosas. "É lápis de sobrancelha?", indagou-se, pôs a cadeira no meio do quarto e, de lá, fixou-se no painel de enigmas.

Não te procurarei para nada, nem agora, nem depois. Tu irás viver no campo, na pradaria que amas.

Estava escrito em caligrafia que Anselmo julgou de mulher, não estivesse o seu juízo sendo influenciado pelo material da escrita. O vermelho de batom terminava em Tu, fosse por capricho, ou porque o bastão se gastara na aspereza do tecido. O resto seguia em preto, numa segunda linha.

Ele não tinha ideia do que aquilo queria dizer. Foi buscar o Crusoé, copiou mais essa sentença. Comparou as frases. Havia algo a pensar nelas, é claro. A primeira coisa, em destaque, mostrava o escrito "das formigas" — ele se dera a essa classificação —, sendo uma declaração ou testemunho pessoal de alguém, homem ou mulher, vivendo num quarto explorado em várias direções. Não seria o quarto de dormir de Anselmo, menor para uma medida de 36 passos de perímetro. A frase "da porta", era impessoal, uma máxima, citação filosófica algo didática, escrita na proximidade de uma cama real, objeto a que se referia. O escrito "do Alemão", nessa língua, Anselmo supunha, lhe era incompreensível, mas indicava que, fosse um só o autor das escrevinhações, seria pessoa culta ou bilíngue.

Já a frase "do colchão" era um recado na primeira pessoa a alguém, mas Anselmo também a pôde considerar como a reflexão escrita de alguém sobre outrem com um sentido queixoso, a lembrança de uma separação, por exemplo.

Fechou o Crusoé, com o toco de lápis entre as páginas. Arrependeu-se. Pareceu-lhe um chamariz para novas aparições de frases, mais trabalho de registro. Ficou ali sentado esperando que o sono o visitasse de novo. Mas, não iria dormir sobre aquela fala de remordimento alheio que, além do mais, poderia manchar de tinta o lençol reserva, novo. Arrumava-se num canto da sala, improvisava um leito com toalhas, roupas em camadas. O colchão iria secar, ele o viraria de borco, de volta, sepultaria aquela história de mágoas e abandono. Em tudo isso foi pensando, até que o sono impôs que fosse arrumar o leito improvisado.

Dormiu logo, o ruído do mar tocava em fuga de baixa-mar, longe, além dos arrecifes. Não recordou se estava sonhando quando acordou de súbito, num arranco para sentar-se, olhos inteiramente acesos.

De repente, a frase "do colchão" parecia ter se processado dentro do sono e emergido para uma vigília de revelação. Anselmo a reconheceu sobre outra dicção, outras palavras que eram quase as mesmas. Levantou-se, acendeu as luzes, foi ao fundo da mala de roupas. Lá estava um envelope pardo da Cooperativa das Usinas. Verteu o conteúdo, sacou deles o papel fino dobrado, um espectro manuscrito azul e difuso: a carta de despedida de Marcia Santiago.

III

Márcia Santiago e Moura era filha de Dr. Tibúrcio Jr., chefe do Jurídico do conglomerado de empresas *Usinas, Refinarias e Fazendas São Miguel,* firma onde Anselmo, no arredor de seus trinta e dois anos, também trabalhava como assistente na contadoria.

O pai botou a moça para trabalhar no departamento do pessoal das *Usinas* não porque ela precisasse de dinheiro, mas para que se ocupasse ou, ao menos, lidasse com coisas que exigissem responsabilidade e, também, aprendesse, se possível, algum sentido de hierarquia e autoridade. Pois Márcia era rebelde às geometrias e álgebras familiares, acostumara-se a viver sozinha desde que estudara fora, em Nova York, e trabalhara em Detroit, sem nada absorver da pragmática americana, de lá só respirara a autonomia e aventura festiva da juventude.

Vivia, portanto, só ou acompanhada de trupe cigana, flutuante e um tanto leviana, os moços e moças da nomenclatura familiar da cidade, em apartamento que o pai manteve das sobras de quando solteiro. Tinha uma irmã, mais nova, mocinha insossa, bem o avesso dela, mas predileta do pai e da mãe, dona Vitória.

Nesse desenho de banalidades, faltava um cavalheiro. Ele entrou em cena vindo da Capital Federal onde escalara patamares dos andares médios do Instituto do Açúcar e do Álcool, até de lá exilar-se por maior ambição e desavenças políticas — também por obscuras e talvez pérfidas questões de família —, tendo se refugiado na proteção e patrocínio de Dr. Tibúrcio que já o conhecera de trâmites processuais e administrativos no Instituto.

Hildebrando era moço guapo, educado, mas displicente nas formalidades, chegado a prosódias ornamentais, bom conversador. Foi instalado numa sala vizinha à do Dr. Tibúrcio, como assessor contratado.

Provável foi, o romance entre Márcia e Hildebrando teve ignição espontânea, dadas as afinidades eletivas de ambos, mas um fato pode ter ajudado nas faíscas. Hildebrando fora atraído à sala de Dr. Tibúrcio por uma estentórea altercação entre o causídico — Hildebrando reconheceu a voz mudada em rouquidão do chefe e tutor — e a vituperação estrídula, escalada em voz de mulher — era Márcia, ele iria ver e saber, — e, interferindo na cena dramática, ele, talvez apenas por sua presença estrangeira ou por efeito encantatório na psique sensível da moça, conseguiu, senão a pacificação honrosa dos dois, uma trégua decente, quase civilizada. Levou Márcia para sua sala, conversaram, iriam iniciar o que seria conceituado como uma relação tórrida.

Anselmo não havia ainda sido incluído no libreto da ópera, mas estando, uma noite, fazendo serão para concluir um processo de exportação, precisou de cópias de *warrants* arquivadas num fichário, na ala leste do prédio. Foi então que no corredor, em frente ao departamento de pessoal, topou com Márcia, tombada, sangrando, quase desfalecida.

A moça havia cortado os pulsos, não por qualquer angústia endógena, existencial, nem por fatal discórdia familiar. Sucede que uma amiga, hóspede infrequente de seu apartamento, revelou-lhe ter avistado em um bar, em colóquio mais que amistoso com uma jovem mulher nem um pouco desgraciosa, nada mais nada menos que Hildebrando.

Dia seguinte a essa cruel revelação, Hildebrando foi instado a confessar e dar explicação — explicação houvesse na qual uma irada Márcia pudesse botar fé —, para a natureza daquele encontro e, outrossim, dar identidade à sua interlocutora.

Em sua fluida argumentação defensiva, muito calmo e seguro, Hildebrando relatou que aquela era sua ex-mulher, de quem estava separado e que viera em busca de reconciliação. Disse a Márcia que, da parte dele, a separação era definitiva, mas que havia sido ameno e delicado com a ex-companheira, por sabê-la imprevisivelmente explosiva e que, portanto, conduzira o encontro de modo a evitar escândalo ou gestos extremos.

Nessa audiência, Márcia havia sufocado a raiva, de sabê-lo casado, e a irritação, por ele não lhe haver expresso esse fato. Amainou-se, apenas, sob garantia, juramentada por beijos e afagos de Hildebrando, de que a ex-mulher iria embora sem ter logrado êxito. Para assentamento da situação narrada, pactuaram-se com uma alongada noite de sexo.

Uma semana depois da lavratura desse episódio na memória sentimental e carnal de Márcia, sem aviso prévio a ela, ao Dr. Tibúrcio ou às Usinas e Refinarias, um lépido Hildebrando escafedeu-se, sumiu de volta às suas origens.

Não fora o serão, a busca das cópias, a presteza de Anselmo em dar alarme, fazer ataduras e garrotes nos pulsos de Márcia, expediente a que concorreram sua gravata e meias, a moça teria morrido ali, somente sendo descoberta na terça-feira, passado o fim de semana estendido por um dia santo de guarda.

Bem. Houve a convalescência assistida com psiquiatras, pai e mãe constrangidos, elencos da trupe de amigos, coisa e tal. Anselmo foi levado para agradecimentos da família e para conhecer, desperta, a própria Márcia, que, para encurtar este quarto ato um tanto prosaico e de música singela, diga-se, voltaria ao trabalho no escritório e a convívio assíduo com seu salvador, o pouco galante, mas atencioso Anselmo.

Dr. Tibúrcio notou a aproximação, achou aquilo benéfico, disse a dona Vitória do convívio dos dois. Ela incrementou a oportunidade, chamando Anselmo para almoços dominicais de família, aos quais a moça Márcia, a alma medicada em gotas e comprimidos, comparecia abúlica e inofensiva, inclusive à irmã mais nova, sua vítima favorita de provocações e chistes.

A rigor, Tibúrcio e Vitória consideravam Márcia um caso perdido, investiam na filha menor, Sônia, nela depositavam esperanças de casamento correto, que lhes desse netos, fosse herdeira fiel.

Eles perceberam que um namoro se firmara entre Márcia e Anselmo e isso acharam bom e proveitoso a seus olhos e aos da providência de Deus.

Fosse aquilo um namoro... mas, não era. Será preciso dizer que Anselmo não era indiferente ao sexo. Não tendo experiências práticas — houvesse praticidade nesse mister — sempre, desde jovenzinho, fora tomado por enlevo e excitação à vista do feminino, idílio esse que, levado ao confessionário, era pauta da arguição um tanto pervertida e maliciosa do padre de plantão:

"Meu filho, você pecou contra a pureza? Cometeu pecados solitários? Quantas vezes?"

"Duas vezes, meu padre", Anselmo mentia, teriam sido seis, talvez uma dúzia de vezes. Os pecados agregados eram absolvidos por Anselmo apenas com ampliação, por conta própria, da dosagem da penitência em 25%, taxa que ele, como futuro contador, já intuía adequada e equalizada para as contas de Deus.

Na verdade, foi Márcia quem iniciou Anselmo em sexo verdadeiramente físico. Não o fez por paixão a ele, mas não deixou isso claro. Estava perturbada o bastante para deter-se nesse detalhe de moral e lógica que embargaria a permanência de seu desejo por Hildebrando.

Estivesse cônscio disso, Anselmo entenderia os balbucios de Márcia abafados no travesseiro, a cavatina na qual o nome Hildebrando era gemido em soluços ininteligíveis enquanto ele, o bom Anselmo, a montava, ancorado em funda penetração, vendo as mãos da mulher em espasmos crispados na grade de cabeceira da cama.

Dona Vitória cultivava a relação da filha com aquele rapaz tacanho, de origem opaca, mas trabalhador, via, quem sabe, um marido para Márcia.

Disse-lhe um dia, à margem de um daqueles almoços de domingo: "Meu filho, nada me faria mais feliz que ver Márcia casada, em paz. Sei que você é modesto, não teria recursos para uma vida a dois, mas, fique certo: eu ajudaria, Tibúrcio nem precisaria saber. Ele até poderia influir na firma para um aumento de salário, melhoria na sua posição lá".

Anselmo não achou a proposta ruim, sequer contabilizou a hipocrisia de dona Vitória. Não fazia cálculos oportunistas, mas a ocasião se apresentara a ele de modo natural, talvez cumprisse aceitá-la.

Esse curso daria certo não fosse a ópera seguir ao ato quinto. Nessa noite, enlaçados frente a frente, suados, Márcia bem embriagada de vinho, após o gozo, irrompeu em fúria, um arranco que veio de dentro, do centro dela, dos segredos do orgasmo. Esmurrou Anselmo no peito, gritando aos prantos: "Hildebrando filho da puta, filho da puta..."

Segurou-lhe os braços suados, lutou com eles até que ela se desvencilhou e pespegou-lhe um tapa com toda força da ira, um tapa tão forte que Anselmo sentiu o lado do rosto dormente, de imediato. Levantou-se, instintivamente a empurrou com força. Ela ficou de pé sobre a cama e pulou sobre ele com unhas e dentes.

Anselmo bateu nela até que ela parasse, esmorecesse no chão do quarto, ciciando, abstraída. Ele recolheu roupa e sapatos do pé da cama, foi ao banheiro, viu no espelho a cara arranhada e as gengivas que sangravam, vestiu-se, não voltou ao quarto, bateu a porta do apartamento, foi embora.

Três dias depois, achou a carta sob um peso de vidro em seu birô.

Agora, na madrugada da praia, desdobrava o papel tênue. A tinta havia borrado, as letras tinham contorno de aquarela, querendo se dissipar, como cansadas de manter nitidez e significado. Anselmo achou o trecho:

Não quero te ver nunca mais. Vá viver "frente ao mar", numa praia que você ame mais que a mim.

Não era idêntica à frase do colchão, mas, curiosamente, citava o desejo cândido confessado por Anselmo a Márcia de, um dia, ir morar na praia.

Não imaginava como ela pudera reter aquela fala sonolenta e morna do pós-coito, tê-la preservado em carta de despedida, aquele aviso, só a ele dado — os pais dela saberiam disso por Anselmo —, de que ela partia sem retorno "em busca e resgate do meu amor". Esse trecho bobinho estava no fim, Anselmo pôde achar, desdobrando mais a carta.

Ele forçou-se considerar que as frases da carta e do colchão eram apenas coincidentes, coincidência espantosa, concedia, mas de modo nenhum incomum quanto aos sentimentos de frustração e perdas amorosas. Ao buscar na mala a carta de Márcia, pensou encontraria nela frase igual à do colchão. O fato é que já não lhe lembrava em todo teor, guardara-a apenas como retalho de vida, trecho final da juventude.

Agora estava ali sentado, a lembrança de Márcia retomava vulto e também as sequelas que ela provocara. Márcia o viciara em sexo. Daqueles dias até os 40 anos — e, depois disso, menos, embora — perseguira compulsivamente o gozo em puteiros e cabarés. Não bebia, não farreava. Era um putanheiro sóbrio, discreto e solitário. Somente o farmacêutico que tratou e curou-lhe uma blenorragia dolorosa, ao fecho desse périplo genital, ficou sabendo desse seu caráter dissimulado.

As frases eram insólitas, isto é, a ocorrência delas no apartamento era claro disparate. Em todo caso, pela manhã, enquanto fazia o café, considerou — acreditava que equilibradamente —, que poderiam estar lhe pregando uma peça. Assim, comeu bem, deixou um recado na porta adiando a marmita para o dia seguinte, pegou a Raleigh, chegou ao posto de gasolina, calibrou os pneus, meteu-se na estrada para Vila Agostinho. Foi uma boa puxada, mas ele se sentiu forte e animado.

Esperou que o banco abrisse, apresentou-se ao gerente, descontou um cheque em cédulas baixas, foi ao pátio da feira procurar o carro com bagageiro que o servira. Estava lá o banguela Biro, deitado de través no banco da frente do carro do tio, lendo uma revista de quadrinhos.

Ele reconheceu Anselmo, disse que o tio estava consertando o caminhão de mudança, perguntou "onde vamos?", ajeitando-se ao volante.

Anselmo perguntou se ele sabia de chaveiro em Agostinho.

"Meu tio é chaveiro", falou Biro.

"Mas, não é motorista?", Anselmo duvidou.

"Outro tio. Esse é chaveiro, tem oficina em casa, mas faz serviço fora, também. Levo o senhor lá."

"Você tem tios úteis", Anselmo brincou.

"Tenho quatro tios. O mais moço é carpinteiro, mas roubaram uma casa onde ele estava reformando o telhado, botaram a culpa nele. Tá preso."

"Lamento."

"E tenho também uma tia, quer dizer, a viúva do outro tio meu, bombeiro militar, que mataram. Essa é cozinheira. Mora em Bentevi, não é longe."

"Eu sei, conheço Bentevi".

"É mesmo? Então deve conhecer minha tia Nicinha."

Anselmo achou graça.

"É claro que conheço. Sou freguês das marmitas dela."

"Nossa, como o mundo é pequeno", Biro surpreendeu-se, de fato.

"Eu que o diga, o meu está encolhendo."

Biro pensou em responder, mas não soube como.

"Quer ir no chaveiro, no meu tio? É na baixa do matadouro."

Subiram a Raleigh, amarraram.

Seu Carmelo, o tio chaveiro, perguntou qual o serviço. Anselmo explicou que queria trocar a chave de casa.

"Está com a chave?"

Anselmo deu-lhe a chave. Ele examinou os dois lados, foi rápido na solução:

"Tiro o cilindro, troco os pinos, faço as chaves novas, não vai ter que arrancar trinco, esculhambar a porta. Onde é?"

"Poço Seco. Por quanto fica?"

"Tem energia lá? Vou ter que levar uma maquininha, furadeira."

"Tem energia na sala da frente."

"Vou levar também uma extensão para a tomada."

"Sim, mas em quanto fica?"

"É para hoje?"

"É para hoje, saindo agora. Vamos no carro, Biro nos leva lá, me deem um preço."

Foram os dois para o canto, se acertar, em voz baixa. Biro voltou, falou um número. Anselmo descontou 15%:

"Quero desconto. Afinal, já sou freguês da família, cliente até da tia Nicinha".

Biro riu, olhou para o tio, em consulta. O homem fez que sim, mas ficou sério. Anselmo sentiu que o tio chaveiro não tinha simpatias para a cunhada cozinheira.

O serviço foi rápido e, como prometido, não esculhambou a porta. Anselmo testou a chave, por dentro e por fora. Pagou e pediu:

"O senhor não teria aí uma chave velha, que não preste mais?"

O homem cascavilhou sucatas, no fundo da caixa de ferramentas, com uma gazua curva pescou uma chave azinhavrada, deu para Anselmo. Se foram.

Poderia agora ficar mais tranquilo? Não se tratava bem disso. Trocar a chave era apenas um jogo mental para checar parcialmente a situação. Talvez ainda houvesse mais frases a descobrir sob uma cadeira, dentro de uma panela, sob as ripas das telhas vãs do banheiro. Devia se abster de procurar, isso seria indício, sim, de loucura. Aparecessem — ele se flagrou usando a palavra "naturalmente" para fechar o pensamento —, surgissem assim, deveriam ser incorporadas a um rol, não seria para isso que havia a página branca ao final do Crusoé?

Nesse momento teve vontade de retomar a leitura do livro. Buscou-o, não lembrava até onde lera, nas várias tentativas ao longo dos anos. Mais anos que a estadia forçada de Robinson na ilha. Onde recomeçaria? Folheou o volume para frente e para trás, mas se sentiu atraído para a página em que anotara as frases. "Que mal haverá em revisitá-las?", pensou.

Chegou à página e achou-a diferente. As anotações cobriam até o meio da página e ele lembrava que não passavam do terço superior. Olhou com mais atenção e … "diabos!"… havia mais coisa escrita naquela "merda de folha", constatou pondo o livro no colo, em desânimo.

Anotara aquilo sem perceber? Quando? O que estava mesmo escrito? Voltou o livro à altura da vista, tentou ler aquilo:

FIDES QUAERENS INTELLECTUM

Neque enim quaero intelligere ut credam, sed credo ut intelligam.
Nam et hoc credo: quia 'nisi credidero, non intelligam.

Tentou reler, palavra a palavra aquela charada, perdendo-se no meio, voltando, acreditando fosse latim, trecho de missa talvez, talvez nada, uma empulhação.

De repente, uma pancada veio da porta da frente. Anselmo deixou o livro tombar no chão. Ainda aturdido, ouviu nova pancada, mas desta vez interpretou-a corretamente como alguém que batia à porta. Foi atender, abriu a porta em fresta. Estava lá a menina Sandra, perscrutava a brecha e já insinuava o joelho ossudo para entrar. Anselmo tocou-a para o degrau mais baixo da entrada, com a delicadeza possível ao seu estado de estupor e irritação.

Ela plantou-se ali, calada.

"Que foi, menina, o que você quer?"

"Vó quer saber por que o senhor trocou a fechadura."

O telégrafo estava a mil, ele pensou.

"Estava travada pela maresia. A chave emperrava, podia quebrar dentro."

Sandra pausou. Subiu um degrau, outro, falou mais baixo como se a avó pudesse ouvir:

"Eu acho que ela não gostou. Me mandou aqui, muito abusada".

"Não precisava ficar abusada. Fiz uma cópia da chave para ela. Você leva? Não vai perder?"

Ela fez que não, sacudindo a cabeça. Recebeu a chave imprestável, fechou-a na palma da mão, disparou para a mercearia.

IV

Passaram duas, três semanas sem maiores ocorrências. A marmita vinha, Anselmo cozinhava nos outros dias, andava na praia, explorava as trilhas, dava num sítio isolado, encontrava uma palhoça no meio de leirões raquíticos de mandioca, via pouca gente, uns meninos vagando em busca de fruta, manga escondida, caju encruado. Ia à barraca, nem sempre estava aberta. Os barcos na areia, nenhum pescador à vista. Um navio passava, indistinto no horizonte. Ia até a mercearia, comprava qualquer coisa sob pretexto de arrancar mais que cinco palavras de dona Rosália. " A senhora tem velas? Faltou luz um tempão anteontem, só voltou pela manhã, bem cedo, queria ler, não pude. Gosto de ler de noite, antes de dormir, não sabe?"

"Quantas vai querer?", era a pergunta à pergunta e Anselmo também se perguntava, olhando as prateleiras escuras se acharia ali alguma coisa para acender uma conversa.

Também não encontrara, ou lhe surgira — o limite entre estas duas situações continuava borrado para ele — não lhe chegara nenhuma frase nova. Ele até gostaria que uma qualquer se mostrasse, tirasse dela sentido ou não, qualquer língua escrita serviria. Dentro de sua mente, muito para dentro, no escuro da memória, talvez, ele pressentia, ou esperava, haveria uma fórmula pronta a agrupar tudo, palavra por palavra.

"Decifrar" era o conceito que lhe faltava, ele fixou isso no correr do pensamento, deixou-o atrelado a outra sensação, uma sombra que o acompanhava: não poderia tolerar... demorou a achar a expressão para aquele estado. Escolheu "insensatez". Não poderia suportar a insensatez de frases que irrompiam dentro de casa e da cabeça dele sem que lhes desse articulação e, principalmente, sem que as pudesse entender, ou mesmo, rejeitar como algo pessoal, com seu nome, Anselmo.

A ideia de que ele fosse intruso em enigma de outro, esse equívoco, o afrontava e envergonhava. Destituía a realidade de estar ele ali, de ter chegado à praia, projeto e destino desenhado por toda uma vida.

Pensava essas bizarrias sentado na poltrona de vime, olhando pela janela o verão que chegara de vez, ou andando na praia, queimando-se a pele ao matiz dele, menino, no sertão.

Havia tempo não fazia caminhadas longas. Acostumado a trabalhos metódicos, repetitivos, resolveu começar uma coleção de conchas, colhê-las da areia, desentranhá-las dos sargaços secos. Restringiu a área de pesquisa e coleta, da proximidade de casa até um pouco além da colônia de pesca. A coleção foi crescendo, sem rigor científico, inaugurando uma metodologia por cores e formatos e também tamanhos. A este acervo, que começou no tampo de vidro da mesinha da sala, foi agregado outro, talvez menos nobre, alinhado num canto de parede, com objetos achados na praia. Anselmo os queria pequenos, desprezava o lixo novo, pegava os que o mar, o vento, a

fricção na areia havia polido, desbastado, havia apagado fisionomia de origem: "osso ou madeira branca, dura?", ele rodava entre os dedos a esculturazinha torneada. "Este, talvez um prego", classificava com latitude.

Num sábado, muito cedo, partiu para a coleta. A maré estava montante, ele sabia que a faixa de areia estreitara, mas, talvez, estivesse mais larga para as bandas da colônia, ou além. Seguiu para lá, colhendo uma que outra concha, descartando o que lhe parecia duplicata. A essa ação, sempre hesitava. Quem lhe garantia trabalhasse a natureza com a intenção de uma forma exata e homogênea, que resultasse em conchas de formas unívocas e idênticas? Não operava ela com geometria propositadamente falha, margem para indeterminação? Anselmo refletia que a natureza não colecionava, que o ato de colecionar, estritamente humano era... qual exatamente a palavra para isso? Era "pecaminoso", usou esta palavra provisoriamente, até que pudesse achar uma mais precisa. Pensou em: "era transgressor", mas, dava no mesmo. Deixou para lá.

De qualquer modo, andara mais que pensara, chegou ao ponto depois da colônia onde havia a fenda nos arrecifes, a areia ali se separava em dois braços que recebiam os despejos do mar aberto, eram campo fértil para colheita.

Anselmo estava mudado em aspecto. Bronzeado, as rugas da cara, contrastadas em couro curtido, lhe davam feição mais vigorosa. Já não usava camisa nem chinelos, inventara um colar de barbante grosso com um saquinho para algum dinheiro e a chave da casa. Outro saco de lona, que ele mesmo costurou, ia pendurado à cintura, para os itens coletados e para transporte de suas ferramentas de pesquisa: faquinha de cozinha e colher.

Nem bem começara a raspar e cavar a areia, ao levantar a cabeça para tirar o suor do rosto com as costas do braço, avistou, já chegando de dentro do mato para o areal da barranca, a figura do holandês. Vinha com a mesma capa de antes, mas estava com a cabeça descoberta, cabelos ruivos e ralos ao vento. Agitava o cajado na direção de Anselmo que teve quase a certeza que ele gritava seu nome "seu Anselm, seu Anselmah", o vento soprava errático, o som chegava mal onde Anselmo estava agachado.

O homem falava mesmo seu nome, uma virada do vento trouxe claramente o chamado. Anselmo fez que não o vira nem o escutara, guardou a colher, levantou-se de costas para o sujeito, foi entrando no mar, em fuga mansa, mas contínua, abrindo águas com o peito, braços abertos para equilibrar-se do impacto das ondas, foi indo até mais dentro, em remadas. Quando se sentiu seguro, distante, já flutuando sobre o fundo, arriscou uma vista para a praia. O holandês estava lá, olhava na sua direção. Anselmo virou-se, nadou mais para fundo, tomando o Sul para acercar-se dos arrecifes, tinha ideia de ir mais distante, atravessá-los — o mar subia, já lhes lambia o topo —, queria dar à praia longe do tipo. Daquela distância, viu que o holandês o seguira pela praia, não desistira dele, agitava o cajado.

"Mas, que danação", Anselmo pensou, boiando e embaloiçando no cavo e na subida de ondas que queriam vencer os arrecifes. E, de repente, apunhalando Anselmo com pontada de dor que lhe tomou as pernas, instalaram-se nele, tudo ao mesmo tempo e com intensidade, uma câimbra, a paralisia e o pânico.

Ele afundou, debateu-se submerso, voltou à tona tão atordoado que afundou de novo e, ao voltar, conseguiu estirar-se dentro da dor, as pernas tesas sem controle nem flutuação. Bateu os braços em remo, queria chegar aos arrecifes, manteve, a custo, a cabeça fora d'água, aproveitando a elevação das vagas para tomar impulso, sabia que não devia se desesperar, afundaria de vez se não tivesse algum controle sobre tronco e braços. Tomou ar e o segurou para boiar. "Não vou aguentar muito", pensou e lutou para que o corpo não seguisse a resignação da mente. Foi jogado para cima dos arrecifes, rolou sobre eles sem poder levantar-se.

O mar refluiu para a próxima pancada e ele viu a praia, viu o holandês que corria nu para dentro da água, chegou a vê-lo nadar na

direção dos arrecifes. Uma onda veio, arrastou Anselmo aos trancos sobre os corais e, quando voltou, no vórtice de um ronco, levou-o de vez para o fundo.

Houve silêncio e uma escuridão verde. De dentro dos ouvidos veio a Anselmo um zumbido que não vencia o oco do silêncio. Ele não se movia, afundava mais e mais num poço, num vácuo gelado. Entregou-se a esse descenso, olhos fechados, numa paz que ele não conquistara, mas que o dominava, soberana.

Despertou desse sono com uma pancada no flanco, um choque com madeira ou ossos e depois um estrangulamento escorregadio, algo que o queria apreender, que escapulia, que o puxava com garras pelos braços, pescoço, pernas. E, de novo, a escuridão.

Era como dormir colado na cama sem poder acordar. Para despertar, tentou mover a nuca presa no travesseiro e quis abrir os olhos, as pálpebras coladas. Queria vomitar ou já vomitara. Tentou respirar fundo pelo nariz entupido. Isso o fez sacudir-se, agitar-se em busca de ar, e ele acordou.

Percebeu-se virado de borco, a boca na areia, braços estirados ao longo do corpo. Virou o rosto, os olhos ardiam, embaçados. Viu assim, com olhar também míope e estrábico, os pés nus, as canelas, a franja esmolambada da capa do holandês.

O homem vira que ele acordara. Anselmo olhou que a pés e pernas se juntara o cajado, entes que giraram para andar, afastaram-se. Ele, a vista melhorada, os viu incorporados num holandês completo que seguia ao Norte.

Tentou chamá-lo, a voz lhe saiu um fiapo de som.

Demorou para levantar-se, o corpo quebrado, braços doloridos. Ficou de pé, sentindo o resíduo da câimbra atrás das pernas. Pegou o caminho de casa pela faixa minguada da praia. Passou pela barraca deserta, foi retomando as forças aos poucos, tinha sede, queria chegar em casa, isso dava-lhe ânimo.

A meio caminho, a faixa de praia, embora estreita, se elevava, livre da linha d'agua. Ele sabia que, dali até a casa, andaria cerca de quilômetro. Parou, achou bom reunir energia, sentou-se para tomar fôlego.

Não soube se aquilo já estava ali quando chegou, se fora riscado na areia pela correria de maria-farinhas. Mas, o que lhe parecera isso, traços arranhados na areia lisa, era algo traçado com ordem, em geometria humana, seus sinais.

Algo estava ali escrito, quase à beira d'água. Engatinhou para olhar, levantou-se para ver com mais largura, pois a frase — era mesmo uma "maldita frase"— Anselmo deu-se certeza, alongava-se, descaindo para o mar.

Leu:

NINGUÉM PODE DEFINIR COM FACILIDADE ONDE

Estava muito perturbado para ler a frase inteira, recomeçara-a já duas vezes. Ia ler de novo, quando uma onda mais forte espalhou-se em lençol de espuma sobre as letras, cobriu-as, vasou em refluxo aplainando a areia, apagou tudo.

Anselmo duvidou se vira as letras ou se o quase afogamento o fazia ver coisas. Duvidou sobretudo disso. Sentiu que ia vomitar, curvou-se, mas só teve engulhos, retomou o caminho para casa. Chegou no último fôlego. Sentou-se no chão da sala até melhorar, depois tomou banho enquanto a chaleira fervia água para café.

O café o revigorou. Voltou à sala, sentou-se na poltrona. Estivera lá, antes dele, o velho *Robinson Crusoé*, a capa ilustrada, amarelada, o náufrago em pele de cabra, barbudo, olhos esbugalhados fixos em pegadas impressas na areia.

Anselmo riu: "Sou eu. Eu sou o Robinson" ele queria se fazer crer, mas lembrou que Robinson Crusoé não desejou viver na praia. Deus tramara contra ele, testara-o, jogara-o numa ilha que não tinha somente uma praia: era rodeada por elas. Elas eram o cerco e o limite de dois desertos: a prisão na ilha e o mar inelutável.

Veio-lhe a lembrança do começo de frase varrida pelo mar. Achou que deveria escrevê-lo em seu rol, levá-lo à companhia das outras frases. Buscou o toco de lápis que se misturara às conchas e mariscos no tampo de vidro.

Velho contador aposentado, agora nada faria senão um lançamento, registro corriqueiro. Foi à página de frases e a encontrou mais cheia. Acrescera-se de:

NINGUÉM PODE DEFINIR COM FACILIDADE ONDE A LOUCURA COMEÇA A SER DOENÇA

E, abaixo:

É NECESSÁRIO QUE ALGUÉM TENHA SIDO DOENTE OU LOUCO PARA QUE OS DEMAIS NÃO PRECISEM SÊ-LO

De certo modo, aquilo, letras, frases, escritos que brotavam de areia, parede, papéis, colchões, nada mais lhe causava espécie. Arrancou a folha de rosto do *Crusoé*, escreveu no verso vazio:

DONA NICINHA,

PEÇO QUE MANDE AVISAR A SEU SOBRINHO BIRO, AO TIO DELE OU ALGUÉM DA PRAÇA DE AGOSTINHO, QUE PRECISO VENHAM ME BUSCAR DE CARRO AQUI EM POÇO SECO, O MAIS BREVE POSSÍVEL. ESTOU ADOENTADO E DEVO IR À CIDADE POR UNS DIAS.

AGRADEÇO.

SEU FREGUÊS, ANSELMO.

Jogou umas poucas mudas de roupa dentro da mala. Juntou-lhe pijama, um par de sapatos, cuecas e meias. Acomodou a valise sanfona num canto. Achou que era o bastante para a expedição. Aguardou a vinda do menino da marmita. Pouco dormiu ou comeu até ele bater na porta, deixar a marmita e receber o bilhete. Biro chegou ainda no começo da noite do domingo.

V

Dona Maria, a dona da pensão, o recebeu com surpresa. Olhou-lhe a cara tostada, a barba por fazer, os olhos inquietos. Arranjou-lhe um quarto provisório no sótão, desalojando um empregado, mandou forrar a cama, pôs uma cadeira e mesinha na mansarda. Subiu a mala.

"Amanhã ou depois, arranjo um quarto melhor para o senhor, seu Anselmo. Vai ter uma vaga."

Anselmo disse que seriam só alguns dias. Era o que pensava.

A Cooperativa das Usinas tinha convênio de saúde para empregados e aposentados. Pela primeira vez na vida, Anselmo foi requisitar uma guia para atendimento. Mandaram-no a um serviço de clínicas num prédio antigo do centro velho da cidade. Ele passou pelo porto, lamentando revê-lo, pensara ter se livrado das lembranças do trabalho aborrecido, dos burocratas amuados, dos pedinchões de propina, das greves de estivadores e arrumadores, de retentores de carimbos e franquias. Mas, tudo estava lá. Nos armazéns, nas repartições encardidas, em cada pedra do molhe.

Atendeu-o uma Dra. Miraci, moça jovem, Anselmo a retratou como de família humilde, que batalhara pelo diploma, que trabalhava ali e em mais dois empregos, formada há três, quatro anos...

Ela aferiu pressão, auscultou demoradamente, tomou o pulso, buscou-lhe gânglios no pescoço, mandou que abrisse a boca, espiou lá dentro.

"Qual a queixa, Sr. Anselmo?", ela indagou olhando a ficha grampeada na guia. "Tem dores, febre?"

E, antes que ele pudesse responder:

"Evacua e urina normalmente? Perdeu ou ganhou peso recentemente? Dorme mal, tem insônia, dores de cabeça frequentes, desmaios, é diabético?"

A tudo isso, Anselmo fazia não, com a cabeça. Pensou que ela o

mandaria embora como dispensável de serviços médicos. Ela apontou a maca encostada na parede de azulejos.

"Tire a camisa e baixe as calças. Deite-se ali."

Anselmo sentiu-se ruborizar, dera àquela ordem prática uma evocação censurável.

Ela lhe apalpou o abdômen, as pernas e tornozelos, virou-o, percutiu suas costas e rins.

"Pode se vestir. Sente-se", ela apontou a cadeira.

Rabiscou na ficha e na guia, puxou um bloco da gaveta.

"O que o trouxe aqui exatamente, Sr. Anselmo?"

"Vejo coisas escritas."

Ela estava concentrada escrevendo, levantando a caneta, em pausas.

"Como?"

"Com lápis, nas paredes, riscadas na areia da praia, com batom no colchão da cama", ele enumerou, calmo, e lembrou: "Também num espelho, provavelmente com um dedo engordurado".

Ela levantou a vista dos papéis, encarou Anselmo. Ele viu um traço de riso contido nos lábios escuros da doutora.

"Verdade? Vê coisas escritas?", anotou aquilo, voltou a Anselmo:

"O que está escrito?"

"Frases, citações, acho."

Ela pousou a caneta, olhou-o.

"Fazem sentido para o senhor?"

"Não sei e gostaria de saber. Algumas estão em outros idiomas. Alemão, Latim, parece.

O traço de riso sumiu, ela voltou a escrever, a transcrever, Anselmo julgava. Demorou. Ele vagou o olhar pelas paredes da sala, aparecesse algo escrito mostraria à doutora, riu-se dessa comédia improvável. Ela voltou:

"Seu Anselmo, seu estado de saúde é bom. Coração excelente para a idade, não há nada que eu esteja vendo de errado. Vou solicitar exame de sangue, de urina, de fezes e um eletroencefalograma. O senhor vai me trazer os resultados. Agora..."

Anselmo fez contraponto ao suspense da médica com o seu próprio: ele já ia se levantando, ficou a meio caminho, sentou-se de novo quando ela retomou:

"...agora, quanto à questão dos escritos", ela rejuntou os papéis, arrancou uma folha de bloco, escreveu.

"Quanto a isso, o senhor vai procurar o Dr. Sávio Bezerra, um psiquiatra conveniado. Vou encaminhar sua guia e meu relatório para ele. Não deixe de ir, é quem pode lhe ajudar. Bom dia, Sr. Anselmo.

Ele saiu pelo corredor com o endereço e as requisições abanando em leque.

Começou, ao longo da semana, a fazer os exames. Dona Maria arranjou-lhe um quarto melhor, mandou reforçar-lhe a alimentação: "O senhor está meio chupado, seu Anselmo".

"É impressão, dona Maria. Foi a comida de praia, andar muito..."

Demorou para conseguir consulta com o psiquiatra, tomou chá de cadeira por dois dias, arrastou a mala, foi chamado no terceiro.

Dr. Sávio era homem de meia idade, calvo, de óculos serrados, de leitura. Apontou-lhe a cadeira em frente a seu birô, recebeu da enfermeira a pasta com a papelada, folheou para a frente e para trás, olhando, vez em quando, a cara de Anselmo, como se quisesse comparar o paciente com o que estava escrito. Fechou a pasta, cruzou os dedos sobre o birô, olhou de novo.

Tinha uns olhos que piscavam ligeiros num surto tríplice, num tique, Anselmo percebeu.

"Fez o eletro?", e, à informação de que o exame já estava marcado, disse: "O senhor traz aqui, logo que ficar pronto, eu mando depois para a Dra. Miraci".

Piscou — Anselmo esperava aquilo —, tirou a caneta do bolso do jaleco, pôs sobre a pasta: "É casado, Sr. Anselmo?"

"Não, senhor."

"Vive com alguém?"

"Não, senhor."

"É aposentado há pouco tempo, vejo. Mora só?"

"Recentemente, doutor. Morava em pensões. Têm sempre muita gente. Sempre quis morar na praia, aluguei um... uma casinha numa praia distante."

"Foi lá que experimentou as ocorrências com espíritos?"

"Foram escritos, doutor, não foram espíritos", Anselmo corrigiu.

Dr. Sávio corou com o ato falho. Piscou, vexado.

"Desculpe, escritos. Diga-me: alguém também viu estes escritos?"

"Não me senti à vontade para mostrar a ninguém. Além do mais, não creio que fossem facilmente compreensíveis."

"Não eram feitos com letras, o senhor quer dizer?"

"Eram feitos com letras, a, b, c, d, todas elas, mas alguns estavam em línguas estrangeiras", Anselmo começou a ficar irritado: "Disse isso para a doutora".

"Sim, sim, de fato. Perguntei também para saber se elas tinham caráter físico, ou eram... vamos dizer... coisas vistas e que sumiam depois."

"Não sumiam, doutor. Pelo contrário, até se multiplicaram. Copiei algumas frases numa folha de livro, apareceram outras mais, algumas se completaram."

"Isto foi oportuno, anotá-las. Pode ser útil. Pode mostrar-me o livro?"

"Não está comigo agora."

Dr. Sávio demonstrou alguma impaciência. Tirou os óculos, embora não estivesse se servindo deles. Pinçou com os dedos o alto da ponte do nariz. Piscou.

Voltou:

"Gostaria de ver o livro, se possível. Mas, diga-me uma coisa: essas ocorrências, escritos, frases, já vinham se mostrando ao senhor há mais tempo? Ou são recentes?"

"Recentes, doutor. De quando fui morar na praia, há pouco tempo."

"O senhor pressentia o surgimento delas, tinha febre, tontura, alterações visuais, auditivas ou estado de excitação antes ou à aparição dos escritos, deprimia-se, se surpreendia?"

Anselmo não respondeu logo. A pergunta do doutor já lhe parecia uma das frases que ele poderia ter transcrito no Crusoé.

"Claro que me surpreendia, doutor. O que mais me intrigava era saber se minha mente poderia chegar a dar-lhes sentido."

"O senhor quer dizer que buscava entender por que aquilo estava ocorrendo?"

"Não, doutor. Eu queria saber se havia lógica entre elas. Se houvesse, acho que entenderia por que ocorriam".

Dr. Sávio repôs os óculos, talvez com eles pudesse ler melhor o paciente.

Indagou, para estreitar o ângulo da entrevista:

"Como uma revelação, Sr. Anselmo?"

Anselmo nada disse. Virou as palmas das mãos numa resposta ambígua entre o "não sei" e o "e se fossem?".

O doutor apertou o ângulo:

"O senhor é religioso, Sr. Anselmo?"

"Fui criado num orfanato de eustacianos doutor, mas não sou praticante."

Dr. Sávio pareceu satisfeito, para aquele momento. Puxou da gaveta um frasco de pílulas, abriu o bloco de receituário. Escreveu, destacou a folha. Pôs o frasco sobre ela, empurrou na direção de Anselmo.

"Estou lhe prescrevendo uma dosagem clínica de haloperidol, que o senhor vai tomar durante duas semanas. Venha aqui com o eletro e marcarei consultas dentro de um período de tratamento que vamos determinar, a depender do que se apresente. Leve os outros exames para a Dra. Miraci. Comunico-me com ela. Boa tarde, Sr. Anselmo."

Os exames demoraram a ficar prontos, o de urina incluía cultura para germes. O laboratório de sangue pediu nova coleta, de algum modo havia estragado a primeira amostra.

Quando chegaram, enfim, Anselmo os xeretou com sua ciência leiga. Uma taxa pouco alterada ali, uma contagem um tanto alta acolá. Nenhuma infecção.

Tentou ler o parecer do eletroencefalograma. Veio junto a uma secção de quatro folhas dobradas, riscadas em ondas, frêmitos, partituras de pensamentos talvez escusos, comichões e sensações do corpo, nada que pudesse — sim, essa era a questão, Anselmo percebeu — nada que saísse do quantitativo, dos pulsos de energia que faziam dançar a agulha em rastro de tinta, e pulasse ao qualitativo, à designação clara, escrita, do que se passava dentro de sua cachola.

Obediente, levou o dossiê críptico primeiro ao Dr. Sávio. Temia a demora para ser atendido, mas teve sorte, somente um homem com algum tipo de tremedeira e uma mulher idosa estavam na sua frente. Foi chamado antes da tarde escurecer.

O doutor o recebeu com riso limitado ao padrão de consultório, leu o exame, passou dedo sobre a partitura de ondas, deixou de lado.

"Tem tomado o remédio?"

"Sim, doutor, nos horários indicados."

"Alguma queixa? Dor de cabeça, tontura, constipação ou cólica, diarréia? Palpitações?"

Anselmo fez que não. Observava um Dr. Sávio que o fixava em silêncio, e que pontuara a pausa com duas sequências de seus tiques. Ele ia falar, falaria, Anselmo percebeu, intuiu a pergunta que viria:

"Viu algum escrito nestes dias?"

Anselmo queria ser sincero, mas hesitava dizer que avistara no teto do seu novo quarto da pensão o que poderia ser mais uma frase em estranha tinta esverdeada. Subira numa cadeira para olhar de perto e aquilo se mostrara mancha de lodo e mofo de alguma infiltração. O sobrado da pensão era velho. Omitiu a informação. Havia calculado, rapidamente, que a confissão disso poderia assentar convicção de que os escritos anteriores eram ilusões de ótica, percepções errôneas elaboradas em letras, desenvolvidas em frases e em delírios. A este pensamento, ao processamento relâmpago desse cálculo decisivo, Anselmo sentiu-se como se estivesse dentro da cabeça de Dr. Sávio, mas não sabia se isso era bom ou ruim.

"Não, doutor, nada apareceu", ele falou, sem, contudo, prever a próxima pergunta do Dr. Sávio:

"Trouxe o livro com as transcrições?".

Nesse momento, Anselmo sentiu-se como em uma falta de ofício, em débito com a empresa, e como o menino de orfanato flagrado em pecado vergonhoso ou pequena mentira gravíssima.

"Não, não trouxe. Ficou na praia."

O doutor não comentou. Ruminou um hum-hum conclusivo.

Agendou uma consulta por semana, durante quatro semanas, sob a mesma dosagem de Haldol. "Depois veremos", ajuntou. Disse-lhe fosse à Dra. Miraci com os exames e retirasse com ela a receita para os comprimidos necessários.

Anselmo foi à doutora, recebeu as recomendações para diminuir o sal da alimentação, andar, dormir cedo, tomar o remédio, ir ao Dr. Sávio para as consultas agendadas. Passou na farmácia do posto de saúde, retirou dois frascos do remédio, foi para a pensão com a firme determinação de voltar à praia.

Deitou-se cedo, com a luz acesa. Varreu paredes e teto com um olhar agudo, vigilante, desprezou as manchas de mofo e lodo da infiltração. "Se nada aparecer escrito de hoje para amanhã, volto para a praia", sentenciou.

Não se considerava em fuga. Procurara, ele mesmo, os médicos, cumprira a tarefa devida à sua mente. "Certo. Transgrido o protocolo, não vou às consultas, volto para a praia, mas, por penitência, tomo o remédio."

Até os olhos fatigados pela vigília se fecharem e invocarem sono pesado, nada apareceu. Enquanto ele dormia, pequenas mariposas alvoroçadas rodearam a lâmpada nua, suas sombras se projetaram nas paredes em traços rápidos que nada escreviam.

VI

O motorista que dona Maria arranjou para levá-lo a Poço Seco era sujeito mal humorado, fez toda a viagem em monossílabos, permitindo-se falar com mais comprimento apenas para praguejar contra o trânsito. Seu humor chegou à fervura quando um pneu estourou no meio da trilha para Poço. Anselmo tentou ajudar com o estepe e o macaco, foi dispensado com rudeza.

Quando chegaram ao terreno do bangalô, o homem despejou Anselmo e a mala, recebeu sua paga, foi-se, levantando poeira.

Só então Anselmo viu que já não existiam a entrada independente nem senda de treliças para o apartamento. Pousou a mala, foi até a porta. Sua chave não entrou por completo na fechadura. Puxou-a tentou de novo e, só então, notou que a fechadura estava diferente. Tentou abrir o trinco. A porta não abriu, sequer a um empurrão mais decidido.

Pegou o caminho da mercearia, lá chegou, com sua mala de forasteiro viajante. A venda estava fechada. Ele estranhou. Bateu palmas, sem ser atendido, socou a porta até que ela se abriu para a aparição de Vilma.

"Ah, é você ? Você voltou? Ninguém lhe esperava mais."

"Estive doente, fui à cidade, ao médico. Que houve com a porta do apartamento?"

"Trocamos a fechadura, a chave que você deixou com mãe não prestava."

"E, por que precisaram abrir, aconteceu alguma coisa?"

"A mãe morreu..."

"Morreu, como? Quando foi isso?"

"Vai fazer quase mês."

"Meus pêsames."

"Obrigada."

"Tem outra chave, para eu entrar lá?"

"Não tenho mais. Vendemos, quer dizer, eu e Silvino vendemos a casa de mãe, com o apartamento junto, para um gerente da fábrica de capachos."

"Venderam?"

"Vendemos. Estamos vendendo também a mercearia. Eu e Silvino vamos casar e mudar daqui. Ele quer ir para o Sul. Você sabe, a Sandra precisa de um pai, eu já não sou tão moça e Silvino tem um primo com negócios que vão indo bem lá para aquelas bandas, ele acha que aqui..."

"Espere, espere. E as minhas coisas lá no apartamento?"

"Não tem mais nada lá, devem ter jogado no lixo, queimado, deram, não sei. Já começaram uma reforma no bangalô e no apartamento."

Anselmo se engasgava de raiva. De repente, estava mais pobre e despossuído que nunca, náufrago numa praia distante. Lembrou da Raleigh.

"E minha bicicleta?"

Vilma mordeu os beiços, apontou para dentro da mercearia.

"Trouxe para cá, para vender. Pensei que você tinha abandonado tudo quando foi embora"

"Eu estava doente..."

"Pois é, mas eu não sabia, não é? Vou buscar, não seja por isso."

Ela voltou rodando a Raleigh, um papelão com "*Vendo*", pendurado no guidom. Anselmo arrancou aquilo, jogou no terreiro. O saco com ferramentas estava amarrado com corda no bagageiro. Anselmo soltou-o, abriu, olhou pela boca do saco, não quis conferir, estava emputecido. Vilma entrou para o escuro da mercearia, de uma brecha da porta fez um aceno cauteloso de despedida, trancou-se.

Anselmo coçou a cabeça, olhou em torno, como a reorientar-se. Abriu a mala no chão de terra, jogou o saco de ferramentas lá dentro. Amarrou a mala entre as molas de pressão do bagageiro com a corda do saco de ferramentas. Montou na Raleigh e começou a pedalar inventando uma direção. Resolveu-se, pegou a trilha de volta para a pista. Já bem adiante, topou com dois meninos que caçavam passarinhos, badoques no pescoço.

"Vocês sabem um caminho, aqui pelo mato, para Bentevi?" Algum circuito nos miolos juntara nome do arruado a passarinhos caçados.

"Eu sei", disse o pirralho maiorzinho.

"E qual é?"

O menino apontou uma direção, depois outra. O menor corrigiu, com uma terceira orientação, apontando a praia.

"Vocês não sabem, não é?", ele surpreendeu-se a perguntar, achando graça fossem três os perdidos no mundo. Também alegrou-se de que sua zanga pudesse ceder.

O maior retomou, sério:

"Sei o caminho, sim, mas só sei andando. Mostrando daqui, não sei não."

"Então me leve lá que eu lhe dou umas pratas."

" Dá o quê?"

"Dinheiro, eu pago."

O menino riu, feliz:

"Então vamos", falou, já correndo para uma picada oculta pelo capim alto da beira da trilha.

Anselmo desmontou, tocou a bicicleta pelo caminho mato adentro, o menino menorzinho ajudando-o a empurrar a Raleigh, muito orgulhoso.

O safári percorreu quebradas pelo mato, fundos de quintais de casebres, trilhas raspadas pelo pisoteio, atalhos incógnitos que mais se esgueiravam que se mostravam. Isso durou cerca de meia hora de dúvidas em Anselmo, dúvidas que, a cada volta a oeste e leste, se tornavam certeza de que estavam perdidos.

Mas não estavam. A última trilha, ensombrada por mangueiras e pitombeiras, abriu-se num terreno raso e largo onde se fincava um barracão de palha, certamente terreiro de Xangô. Anselmo reconheceu o aspecto.

O menino voltou-se vitorioso para Anselmo:

"É aqui."

O terreno dava para a estrada de barro do arruado, ele viu que chegara a Bentevi. Seguiram em cortejo, Anselmo montou, foi pedalando com os meninos por batedores.

Chegaram à casa de dona Nicinha e ela estava na porta, frigideira na mão, conversava com uma mulher, uma mulher velha e corcunda que equilibrava na cabeça, com perícia descuidada, uma jarra de barro. As duas se surpreenderam com a chegada do séquito, mas foi Nicinha quem falou:

"Mas, veja só! Seu Anselmo voltou. Já estava pensando que o senhor não voltava mais. Está melhor?"

"Estou, obrigado, dona Nicinha. Só não estou muito melhor porque fiquei sem casa, sem as coisas que estavam dentro dela, roupas, tudo. Dei sorte de ficar com a bicicleta."

A velha da jarra despediu-se, viu que Nicinha passara a outro assunto , não voltaria à conversa delas. Mas, os meninos se chegaram, curiosos. Nicinha voltou-se a eles:

"Vocês não são os meninos de Nezinho? Estão longe de casa."

"Pedi que me guiassem até aqui. Vim pelo mato", Anselmo catou dinheiro no bolso, deu para o menino maior.

O irmão pequeno deu um bote na mão do outro para arrancar sua parte. O menino foi rápido, passou para trás de Nicinha.

"Calma, calminha", ela falou. "Vou trazer uma coisa pra vocês."

Entrou em casa, trouxe cocadas para os dois. "Vão para casa, vão, vão", tangeu-os.

Eles se foram, enfiaram-se no mato, duendes de canelas ágeis. Anselmo, então, pôde dizer, olvidado da eficiência do telégrafo local:

"Dona Rosália morreu, a filha vendeu a casa e o apartamento com minhas coisas dentro. Fechou a mercearia, vai vender também. Disse que vai casar..."

Nicinha ouviu aquelas notícias atrasadas com paciência, relevando a ênfase de Anselmo.

“Vai casar com um sujeito tarado que tem rabicho pela filha dela.”

Anselmo travou, assustado.

“A criança? A menina?”

Pois é, seu Anselmo. Aquela gente não presta. A Vilma é uma rapariga que corneou — o senhor me desculpe — tanto traiu o marido que ele foi embora, sumiu. Ela está usando a filha para arrumar um homem. A velha, eu nunca me dei com ela, nem na venda dela eu comprava, nem mandava comprar nada lá. Sempre desconfiei que o marido dela foi quem mandou matar Antônio e que ela sabia disso.”

“Me perdoe, dona Nicinha, quem era Antônio?”

“Era meu marido, seu Anselmo. Tinha diferenças com o sujeito por causa de uns negócios com terrenos em Agostinho.”

Ela parou, Anselmo ficou processando aquilo por instantes. Era a matéria de um mundo pequeno, encolhido, mas que se concentrava naqueles fatos e misérias, era um universo pesado, denso, com um campo de gravidade que o sugara em sua passagem acidental por um simples anúncio: “*Aluga-se apartamento...*”

“Pois é, pois é, dona Nicinha. Olhe, vim aqui para ver se a senhora tem comida que possa me servir e, também, para pedir que mande alguém a Agostinho buscar um carro para me levar de volta à cidade.”

“E o senhor vai embora?”

“Não tenho onde ficar, dona Nicinha.”

“Mas, eu lhe alugo um quarto que tenho sobrando, seu Anselmo. Dá para o oitão, tem entrada independente...”

Anselmo riu-se da “entrada independente...”

“... e a comida fica mais em conta, não é preciso encomendar marmita, levar. O senhor come no prato direto da panela. Entre, venha que lhe mostro o quartinho. É asseado, mosaicado, tem janela, e colado nele, no quintal, tem um banheiro. Não tem cama, mas tem armador de rede e lhe arranjo mesinha e cadeira.”

“O mundo está mesmo encolhendo”, ele pensou, enquanto armava a rede que dona Nicinha lhe trouxera. Esticou-a com cordas pelos punhos, tomando a diagonal do quarto. A mobília veio, como prometido: mesinha de boteco e cadeira. Em bônus, um tamborete de três pernas no qual ele equilibrou a mala. Na mesinha alinhou suas posses: relógio cebola, escova e pasta de dentes, um pente. A quartinha d'água, tampada com copo americano emborcado, chegaria depois.

Desde que fora trabalhar na cidade perdera o jeito de dormir em rede. No interior, nos engenhos e usinas em que trabalhara, dormira em rede, mais jovem , o corpo elástico — ele constatava —, agora mais resistente a modelar-se no bojo de um pêndulo. Mas, dormiu ali, depois de jantar e visitar o banheiro escuro de telha vã, com vista para o breu da mata.

Acordou cedinho, rodeou a casa pelo oitão, entrou pela cozinha, onde dona Nicinha o saudou, já à beira do fogão, laborando nas panelas com uma mocinha. O menino das entregas estava lá, molhando pão numa caneca de café, comendo com a cabeça de banda, cuidando de não se molhar todo com o escorrido.

"Boto já o café na sala, seu Anselmo."

"Não tem pressa, dona Nicinha. A senhora teria uma tesoura?"

Ela saiu de junto do fogão, foi a uma petisqueira, sacou uma tesoura que passou para Anselmo, voltou rápida às panelas. Continuou mexendo algo fumegante com uma grande colher de pau. Anselmo avaliou, divertido, que ela conseguia ser ágil nesse balé, com todo seu volume e largura, no espaço apertado da cozinha.

Ele trouxera sobre o ombro sua calça mais gasta. Vestia a outra, mais nova, de brim cinza. Foi à sala, estendeu a calça velha sobre a mesa, dobrou-a ao meio pelo cós e emparelhou-lhe as pernas, traçou com o dorso da tesoura uma linha ideal de corte cirúrgico, amputou a peça nas canelas, quatro dedos abaixo dos joelhos.

Com a camisa de meia guardada na mala, doravante, comporia sua universal indumentária praieira. Ele não cogitava ir a Agostinho comprar roupa.

A primeira vez que foi à praia descendo de Bentevi, já na barranca para a areia, decidiu que não caminharia mais para o Sul. Estava marcando, na sua geografia, um horizonte de espaço–tempo no qual, da brecha nos arrecifes, da barraca de cachaça, da colônia de pesca até o próprio Poço Seco, aquilo seria o Passado. Como as bússolas, a mente de Anselmo apontava ao Norte, mesmo que ele soubesse que naquela direção a praia encurtaria, morreria em algum ponto. "Veremos", ele conjecturou.

Suas expedições iam em direção ao morro arborizado, chegavam cada vez mais perto, em idas e voltas reguladas pelas horas das refeições. No regresso de uma dessas excursões, entrara na mata, seguira, curioso, a direção da revoada de aves graúdas que estavam ciscando a areia, junto à linha d'água. Não as achou nas árvores, embora as caçasse com olhos e cuidados de não espantá-las. Ouvia-lhes pios e grasnados, também um concerto de gritos metálicos. Estariam bem camufladas, foi o que pensou, desistindo delas. Quando retomou o caminho da praia, avistou o holandês.

Anselmo pensou ir ao encontro dele, falar-lhe, conhecê-lo. Sabia que ele vinha do Passado, mas também o sabia habitante do Norte, de um lugar chamado Carvalhosa, mais vizinho de Bentevi que de Poço Seco. Iria falar com ele, decidira-se, mas ao descer a barranca, encolheu-se, voltou, ocultou-se nos arbustos, ali ficou até o holandês passar, em sua capa de ermitão. Vinha brandindo o cajado aos céus, profeta alucinado, gritando uma litania talvez latina, talvez a imitação da cantoria também demente das aves escondidas no mato.

Somente no pico de um verão de ventos rasos e mornos que varriam o sargaço ressecado da beira da praia, emaranhavam-no em grosso retrós negro no limite seco da maré , num dia desse tempo, Anselmo chegou ao pé do morro, no extremo norte da praia.

A praia, de fato, terminava ali, como Anselmo avistara de longe. A faixa de areia afunilava para dentro das pedras e arbustos do morro. Em vez de praia, no sopé do morro, do lado do mar, um trato de manguezal dobrava-se em gancho. Anselmo tinha visão parcial do mangue, adivinhando que ele se completaria, do outro lado do morro, no baixio da foz do Mulungu.

Um caminho se alçava do final da praia para a orla do morro, adentrando a mata. Anselmo subiu por ele e deu com uma espécie de esplanada em terraço onde a estrada se abria, boa e larga até para rodagem de carros e caminhões. "Provavelmente isso vai chegar na pista", Anselmo desenhou esse mapa na mente enquanto os olhos fixavam-se em coisa real, ao fundo do pátio: um portão de ferro forjado guarnecido por pilastras coroadas por jarrões de cactos.

Para além do portão, uma alameda de pedriscos seguia em curva a elevação do morro, guardada do lado do mar por uma cerca de avelós, muito alta e embastida, provavelmente um quebra-vento. O lado oposto tinha canteiros baixos, muro de arrimo em pedras lavradas que parecia sustentar um renque de touceiras podadas. Acima de tudo, erguia-se a casa que Anselmo vira de longe, as paredes brancas de sobrado, as janelas guarnecidas em cantaria. Do andar de baixo, pouco conseguia ver, um jardim o ocultava com plantas de folhas espalmadas, gigantes. A Anselmo, tudo aquilo, aquele recôndito guardado e surpreendente, um recesso abstraído do raso da praia e dos arruados miseráveis, tinha um nome que ele conhecia, mas jamais tivera oportunidade de usar: era senhorial.

Encostou-se numa pilastra, espiou pelo portão vasado em folhas e volutas.

Ali ficou, absorto, até que ouviu vozes vindas do jardim, vozes de mulher que ficaram mais e mais perto, até que ele ouviu com clareza algumas palavras avulsas: "adubo", "dezembro", "cercado". Outra voz lhes fazia contraponto: "mandou trazer", "comprar", "domingo".

As mulheres surgiram, caminhando no pedrisco para o fundo da alameda. Uma moça pequena, de cabelo preso, usando avental e uma mulher alta, idosa, com largo chapéu de palha, vestindo pantalonas e coxeando de uma perna.

Pararam no meio do caminho. A mulher alta voltou-se, apontou algo para o lado do sobrado. A moça acompanhou a indicação elevando-se um tantinho na ponta dos pés e levando a mão sobre os olhos, em anteparo.

Anselmo se retraiu, saiu da vista do portão. Temia ser tomado por ladrão, vagabundo, curioso. "Curioso, sim", isso ele reconheceu enquanto ganhava de volta o caminho da planície e do almoço plebeu de dona Nicinha.

"Quem era a mulher, que casa era aquela?" as perguntas se instalaram enquanto ele comia e, quando D. Nicinha veio tirar a mesa, ele as revisou:

"Aquela mansão no meio das árvores, no alto do morro, no fim da praia, a senhora sabe de quem é?"

Dona Nicinha riu, saiu-se com uma tirada de humor que ele ainda não conhecera nela:

"Por que quer saber? Está querendo comprar?"

"Quem sabe? Se eu jogasse e acertasse na loteria..."

"Aquela é a casa de dona Edite, uma estrangeira rica que veio morar aqui. Passou um tempão construindo aquilo, me disseram."

"Tem uma estrada beirando o morro. A senhora sabe se ela vai dar na pista?"

"Chega na pista, quer dizer, vem de lá, do pé da ponte nova do Mulungu. Parece que foi a própria dona Edite quem mandou abrir a estrada. Antes era um caminhozinho estreito", ela resumiu, e ajuntou, já indo à cozinha: "Tem doce de coco, vai querer de sobremesa?".

"Quero não, obrigado, dona Nicinha, queria mesmo era um café."

Foi para o quarto tomar o café, estirado na diagonal da rede. Estava reaprendendo a domar aquela espécie de montaria traiçoeira.

"Sim, a ponte nova do Mulungu", ele a representou. Quem vinha pela pista nem percebia que a atravessava, pois ela não se elevava, seguia no nível da estrada, o Mulungu ali era raso e largo, confundia-se com o manguezal das margens.

Anselmo lembrava que quando trabalhara na Sobradinho, havia duas pontes que passavam nas terras. Havia a do trem, que servia às usinas levando açúcar para o porto, e outra, na rodovia, mais para dentro, e que passava o Mulungu num trecho estreito de várzea.

Ali, todos os canaviais eram de um dono só, aliás, de dois irmãos. Na Usina Sobradinho, Anselmo trabalhara para seu Jorge, o irmão mais velho que tocava as coisa do dia a dia. Dr. Eliezer, o mais moço, morava na cidade, era formado em direito mas era metido em política, não ficava muito tempo na Usina.

Anselmo trabalhava no prediozinho anexo da casa grande, uma construção com um andar muito alto, quase um mirante que o avô dos irmãos mandara construir, com o propósito mesmo de olhar o entorno e as terras, pois a casa grande não era muito elevada, era um chalé largo com alpendres dos quatro lados, com grades e posteamento importado da Inglaterra. O mirante — o sobradinho —terminou dando nome ao engenho e depois à usina. Antes, a propriedade chamava-se Vila Franca dos Açores, lugar de origem da família. Anselmo vira isso nos velhos livros do escritório a que recorria a pedido de seu Jorge, em consulta de posses de terra e limites das propriedades. Não tinham terras e usinas somente ali, na mata sul. Também tinham propriedades na mata norte e noutros estados.

As terras da Sobradinho se estendiam do litoral para dentro, enfiavam-se para Oeste — conquanto lá chovesse —, sitiavam vilarejos com o mar de cana que só livrava uns cocurutos de mata nos pequenos morros. O Mulungu vinha desses confins, um fio d'água que ia engrossando com chuva e nascedouros do aquífero que escorria por baixo da planície, vindo do sertão.

Ao lembrar disso, Anselmo como que se pôs a olho de pássaro a seguir, do alto, o Mulungu pelos vales e várzeas, recuperando-o de memória, em caminho terrestre, até que o rio chegava barrento ao mangue, diluía-se salobro no mar.

Nesse vôo, embalouçando-se na rede, copo de café vazio na mão sonhadora, Anselmo deteve-se sobre o morro senhorial, reconheceu a elevação sem a casa e com menos árvores, o flanco norte em terraços de plantação de cana, degraus verdes e ondulantes que desciam até o manguezal. "Sim", o morro ficava em terras da Sobradinho, ele teve certeza. Baixou pernas da rede, os pés tocaram o piso de mosaicos, o pássaro pousara num tempo e lugar em que Anselmo era jovem de vinte anos, em seu terceiro emprego. Ficou sentado, meio afundado na rede.

Logo saltou no tempo. Aposentara-se, viera para uma praia desvalida, morava num quartinho, quase nada possuía, via coisas que não podia garantir a si ou aos outros que eram reais. Tomava um remédio para loucos, mas não era tão maluco como o holandês, tinha certeza. Ou como o evangélico tarado, tinha ainda mais certeza. Pensando de outro ângulo, estava vivo, contudo.

E a Sobradinho, e seus donos? Ao tempo de sua aposentadoria, Anselmo a sabia em mãos de um conglomerado empresarial do Sul, mais interessado em etanol que em açúcar. Seu Jorge teve um derrame, teve um longo tempo de piora em piora, até a morte. Deixou viúva, um casal de filhos. Estes, com o dinheiro da venda de propriedades e usinas, entraram para o ramo imobiliário, ficaram muito mais ricos, a suas maneiras e estilos. Foram para outro mundo sem cana, sem moagem, safras de seca, custos com adubo, greves no campo, pragas de cigarrinha, comunistas.

Nessas andanças para frente e para trás no tempo, Anselmo deixara pelo caminho Dr. Eliezer. Resgatou-o em suas raras visitas, viu-o chegar, vencendo, atlético e bem vestido, os três lances de escadas do sobradinho, pouca atenção dando aos birôs, fichários, planilhas, ao velho funcionário da Usina e seu jovem auxiliar — Anselmo —, recebendo os cumprimentos respeitosos deles com acenos rápidos que não o retivessem da ida à janela para ter o panorama da usina e do campo, de gritar para baixo, mãos no peitoril, mostrando-se ao sol como numa cena de filme:

"Heddy, Heddy, aqui em cima, sua boba", divertia-se.

Quem era Heddy? Para o moço arquivista e escriturário do sobradinho, ela era a mulher mais bela que ele já vira e que, imaginava, não tivesse símile no mundo. Dona Edí — todos falavam assim o seu nome, com ênfase no i — era a mulher de Dr. Eliezer. Era norueguesa de pai francês, diplomata, foi criada na França, educada lá.

Era magra e alta, cabelos cor de mel, olhos cinzentos, de bruma. Vinha à usina e às vezes trazia a filha, Sylvie, meninota de uns nove, dez anos, para cavalgar. Havia cavalos de raça somente delas, eram tratados em separado na estrebaria a montante da casa grande, perto da capelinha.

Anselmo nunca invejara seu Jorge, a fortuna dele, a expedição inteligente com que fechava negócios e resolvia problemas da Usina. Seu Jorge não era diferente da Usina e de seus propósitos, era parte e substância dela. Não parecia gente, era um tipo de entidade produtiva.

Dr. Eliezer também não lhe parecia gente, não a gente que Anselmo conhecia. Estaria, talvez, em outro estrato, parecia mais imagem que corpo, ou era corpo feito em matéria diferente do irmão, mais elaborada em contextura e forma. Eliezer, este, Anselmo invejava. Invejava-lhe o ar viajante e, portanto, invejava-lhe mais a ausência que a presença nos processos, interesses, posses e lucros da Usina. Invejava-lhe a esplêndida mulher.

Saiu da rede, pôs o copo na mesinha, pensou ir dar uma volta no arruado, desistiu, a rede o atraía. "Não", ele pensou. O que o atraía eram as lembranças que o balanço dela resgatava, o movimento pendular entre o passado e o agora. Entrou na rede, ainda morna de seu corpo, estendeu uma perna, tocou o chão com o calcanhar, deu-se impulso.

O que lhe vinha do balanço? Fechou os olhos. Já não estava na Usina Sobradinho. Numa ida à cidade, levara papéis para o Sindicato das Indústrias Açucareiras. Um funcionário antigo perguntou quem lavrara aquela escrituração de tão boa caligrafia. Anselmo corou, confessou que perpetrara aquilo.

"Estamos precisando aqui de alguém moço para fazer assentamentos, registos e certificados. Não quer vir para cá?"

Anselmo não se envergonhou de ter sido seduzido de modo tão rápido. Em três semanas estava no velho prédio no porto, morando numa pensão, conhecendo gente e coisas de um outro planeta. Ven-

do cinema, olhando as praias com olho comprido, lendo o jornal do dia, logo ao chegar no Sindicato.

Numa manhã, o jornal estava no meio de uma agitada rodinha de funcionários, no corredor. Anselmo forçou entrada para ler também. A primeira capa mostrava que o avião das Usinas Sobradinho caíra perto de Alagoas das Salinas. Dr. Eliezer estava indo com a mulher, filha e outros convidados para o casamento da sobrinha do governador do estado. Anselmo leu que só houve dois sobreviventes: o presidente da Assembleia Legislativa e a mulher de Dr. Eliezer, dona Heddy, ambos socorridos em estado muito grave.

No dia seguinte, o jornal deu conta que o presidente da Assembleia não resistira aos ferimentos. Dona Heddy passara por cirurgia, continuava em situação de risco.

Anselmo seguiu as notícias até que, ao longo da semana, perderam detalhes, passaram às páginas internas, ficaram menores e sumiram.

A vida seguiu, as moendas giraram, o açúcar foi ensacado, chegou ao porto, foi-se ao mundo.

Anselmo acariciava as lembranças, até as lembranças ruins como aquela. Elas apenas fotografavam sua imagem de jovem, coisa que, no tempo em que as vivera, estivera muito ocupado para dar atenção. "A juventude toma tempo, ocupa", era a frase que ele arredondava da sensação, filosofando ao embalo da rede.

Nem tudo porém estava ao alcance dessas armações de pensamentos. O pêndulo da rede engrenava coisas despercebidas em seu vai e vem. Súbito, algo sacudiu Anselmo, um movimento anômalo na oscilação, um solavanco na força da gravidade, uma deformação na curva geodésica da rede, uma alteração no peso dele, que o soltou, em mola, do passado para a cozinha de dona Nicinha.

"Como foi que a senhora disse chamar-se a dona da casa do morro?", ele interrompeu as batidas de garfo de Nicinha no prato do sangue de galinha e vinagre da cabidela para a janta.

"Disse que se chama Edite", ela voltou a bater a espuma.

"Não seria Edí?"

Dona Nicinha avaliou o preparado, o pôs à parte, foi lavar o garfo na pia.

"Pode ser, seu Anselmo. Os nomes mudam. Meu nome de batismo é Maria Eunice, quando eu era moça virei Nice, depois de velha sou Nicinha. Me mudaram para menina, veja só, uma coisa do meu tamanho", ela riu . "Mas, o nome pode ser Edí, como o senhor diz, ainda mais ela sendo estrangeira, o povo fala sempre o nome mais conhecido. Por quê? O senhor conhece a velha da perna de pau?", fez uma cara de descrença.

Esse detalhe fechou a equação para Anselmo. Soube-se, à época do desastre, que dona Heddy tivera a perna amputada.

Anselmo ficou em silêncio no meio da cozinha. Foi resgatado pela insistência de dona Nicinha:

"O senhor conhece a dona da casa?", ela falou com curiosidade sincera. Talvez já estivesse preparando o telegrama da tarde para os arruados próximos.

Ele despertou:

"Acho que conheço, dona Nicinha. Acho que conheço", ele se foi para o quarto matutando.

Mas não chegou lá. Voltou. Dona Nicinha já depenava a galinha escaldada.

"Me diga uma coisa, dona Nicinha. Tem jeito de ir até o morro de bicicleta, por dentro do mato?"

"Tem, mas demora muito. O melhor mesmo é ir pela praia."

"A bicicleta afunda na areia, não dá."

"Estou vendo que quer ir visitar a velha, mas lhe digo, talvez o senhor nem consiga falar com ela. Ela vive lá dentro, não sai, nem na praia ela vai.

"Pode ser, mas não me custa tentar. Não estou fazendo nada, mesmo."

"Quer ir, então vá com o menino que entrega marmita no bagageiro. Ele vai lhe mostrando o caminho e volta a pé pela praia. Mas,

tem que ser cedo para não atrapalhar as entregas das marmitas do almoço.

De noite, apareceu para jantar levando camisa e calça dobradas.

"Tem ferro de passar, dona Eunice?"

"Tenho, mas deixe que eu passo, seu Anselmo", ela sorriu.

Saíram cedo. Parte do caminho, pelas trilhas e fundos de sítios, dava para fazer pedalando. Outros atalhos que o menino indicava desbravavam apeados, rompendo o mato. O guia indicou que chegariam primeiro no sítio Carvalhosa e, depois, tinham que virar para o lado da praia.

Anselmo imaginou se o holandês estaria rondando ali, pregando ou praguejando, mas era cedo até para os alucinados, pensou. O sol varava o folharal das copas, mas o chão estava úmido, ainda dormindo nas sombras. Ele calculou que já havia andado e rodado por meia hora quando o menino parou, girou em semicírculo, olhando sem graça para Anselmo ao fim da órbita.

"Acho que errei o caminho. Espere aí que vou subir nessa mangueira para ver se acho a direção."

Ele subiu o tronco, foi, galho em galho numa velocidade que Anselmo admirou, até a ramagem mais fina. Quando desceu, espanou a roupa de formigas ou cupins, riu amarelo:

"Errei não. É por aqui mesmo."

Anselmo juntou uma bússola aos itens de luxo que não possuía. A caminhada ainda duraria uma hora, a pé e em rodas, até que Anselmo ouviu o rumor do mar, o sol varreu o chão da mata agora mais rala, mudada em capim e bacias de areia. Chegaram à barranca e à praia. Despediu-se do menino com uma tapinha na nuca, ele se despachou, com o impulso, em corrida de retorno, pela beira da água. O relógio passava pouco das sete e meia. Anselmo esperaria até as oito, para subir à mansão.

Que diria, como se apresentaria ? "Bom dia, dona Heddy. Eu sou Anselmo, trabalhei na Usina Sobradinho, não sei se a senhora lembra." Diria assim?

Ou: "Soube que a senhora mora aqui. Trabalhei para seu cunhado e seu marido , faz muitos anos". Desistiu, falaria o que lhe viesse, na hora. Ou, responderia ao que ela lhe perguntasse. De qualquer modo, esperaria chegasse um "horário educado" para chamar ao portão. Às 7h55, levantou a Raleigh da areia, carregou-a até a esplanada do portão, alisou a roupa e, pronto para bater palmas em chamado, estacou.

Estavam as letras voltando? No portão, em seu elegante enredado verde musgo de folhas e ramos, estava preso, com arames, um retraço quadrado de compensado velho e nele, em letras toscas, inscrevia-se:

PRECISA-SE DE JARDINEIRO – MORADOR

Anselmo aproximou-se como a uma miragem, esperando que ela sumisse no piscar dos olhos, mas a placa persistiu, afirmou-se sólida o bastante à vista para que o fosse ao tato, e Anselmo a tocou, passou os dedos sobre a tinta e a percebeu fresca, recém aplicada, os dedos se pintaram de preto, prontos para uma ficha de digitais.

Ele recuou, em dúvida e temor. A placa lá estava e os dizeres não mudaram. Nem a tinta nos dedos, pegajosa e real.

Chamaria, bateria palmas, assim mesmo? Não foi preciso. A moça que ele avistara com dona Heddy desenhou-se nos vãos da grade, compôs uma imagem de estampa antiga:

" Quer alguma coisa?", ela inquiriu, com voz segura.

"Gostaria de falar com dona Edi", ele respondeu depois de assimilar as aparições, aceitar letras, placa e moça como reais.

Ela franziu a testa.

"O nome é dona Edite. O que o senhor quer com ela?, falou examinando-o e à bicicleta, pelas brechas de folhas e ramos.

"É que vim pelo, por...", Anselmo titubeou, parou, iluminou-se:

"Vim por causa da placa", falou decidido.

Ela inclinou a cabeça, em descrença:

"Foi? Eu acabei de botar, não tem nem meia hora."

"Estava descendo para a praia, vi a placa, sou jardineiro."

De cabeça, começou a urdir uma biografia nova de urgência, um currículo básico. Foi interrompido.

"Leninha, o que você está fazendo aí ? Tem tempo que lhe chamo". veio uma voz.

A moça voltou-se para responder, sem arredar da grade:

"Tem um homem aqui, que diz que é jardineiro."

"Mas, já? Que bom! Vou até aí para ver."

Ela apareceu no caminho de pedriscos, não estava, como Anselmo esperou, vestida como da última vez. Usava um vestido largo, cinza claro, não usava chapéu, os cabelos brancos estavam repuxados para trás. Achegou-se claudicando ao portão, passou a vista de raspão sobre Anselmo e, chegando-se à grade, fixou-se na bicicleta.

"Minha nossa, aquela é uma Raleigh?", surpreendeu-se, encostando mais o rosto na grade para ver melhor. Voltou-o, em indagação, ao pretenso jardineiro.

"É, sim senhora, é muito antiga."

"Sim, sim, é mesmo. E vê-se que é original."

Ela se virou para a moça. Avaliara que um homem velho, numa Raleigh antiga não seria tipo perigoso, assaltante, tarado.

"Abra para o moço, Leninha. Entre, entre, senhor."

Anselmo rolou a bicicleta para dentro, encostou-a contra a pilastra. Dona Edite olhou a Raleigh com atenção.

"Onde a comprou?"

O novo currículo de Anselmo começou a desdobrar-se, fluido, para surpresa dele próprio.

"Não comprei. Ganhei de um cliente para quem tratei o jardim por muito tempo."

"Presente formidável. Anda muito bem, por certo. Essas coisas não quebram. O senhor veio nela até aqui."

"Desde Vila Agostinho, dona Edi... dona Edite."

"Ah, sabe meu nome?"

"A senhora e a casa são famosas, todo mundo sabe."

Ela pausou. Ele viu o estrago que o desastre fizera também no rosto. Uma cicatriz atravessava-lhe o canto da boca, subia pela face, reaparecia no supercílio, perdia-se para dentro dos cabelos.

"Provavelmente perdeu dentes e um olho", ele tentava, com tristeza, sobrepor àquele rosto devastado, envelhecido, a face que vira, deslumbrado, nos seus vinte anos.

"Então, é jardineiro? Onde trabalha?"

"Na verdade, estou aposentado, mas sempre trabalhei avulso, nas folg..."

"Espere um pouco, o senhor desculpe. Não aguento ficar muito tempo em pé, parada no sol. Vamos para a varanda, para a sombra", disse e completou:

"Leninha, peça a dona Marta para servir um suco, algo gelado, na varanda. Ajude aqui, dê-me o braço, senhor... qual é mesmo seu nome?"

"É Anselmo, dona Edite."

"O senhor sabe, seu Anselmo, quando tomei posse dessa propriedade, construí a casa e reflorestei o morro, ainda tinha forças. Eu mesma fiz canteiros, carreguei pedras no carrinho de mão, plantei mudas de árvores nos terraços onde havia cana. Agora, já não dou conta. O máximo que consigo é cuidar de jarros numa bancada."

Venceram três lances espaçosos de degraus e chegaram à varanda. Heddy instalou-se em uma das poltronas de bambu torcido. Estavam almofadadas em seda, com motivos florais chineses. Anselmo foi modesto, acomodou-se num banco de madeira, junto à parede. Logo Leninha voltou, ficou de pé ao lado da patroa, em prontidão.

"Tem família, seu Anselmo?"

Anselmo assumiu que viria uma entrevista de emprego. Aguçou os sentidos.

"Não, senhora. Sou sozinho, viúvo há quatro anos. Não tivemos filhos."

"E o senhor aposentou-se de onde?"

"Da prefeitura de Santo Antônio dos Arrecifes. Trabalhei na repartição de Parques e Jardins, depois, até aposentar-me, na Sementeira."

"E trabalhou sempre como jardineiro?"

"Não, quando moço, fui ajudante de escriturário. Aprendi umas coisas disso no orfanato onde fui criado, mas também trabalhava na jardinagem e na horta do convento", Anselmo não mentira quanto a isso, mas sentiu que começava a se enredar, percebeu que não era fácil viver duas vidas.

"Ah! Convento. Ia ser frade?"

"Era o que os frades queriam, mas eu não tinha vocação."

Chegou uma senhora forte e rubicunda com bandeja de suco. Deixou-a numa mesinha. Leninha serviu dona Heddy e deu um copo e a jarrinha para Anselmo servir-se. Ele aproveitou isso para dar fôlego às suas respostas.

"Seguiu religioso, senhor Anselmo?"

"Sou católico, não praticante", safou-se.

Ela fez uma pausa, olhou para fora, para além da folhagem gorda que guarnecia a varanda.

"É engraçado, meu pai era ateu fervoroso, aliás, como sua geração, era até bem anticlerical. Mas, quando encaixotei a biblioteca dele para trazê-la da França e a instalar aqui, vi que uma quantidade de livros era de religião, ou, mesmo, de religiosos, teólogos. Três caixotes foram só para a vida dos papas, dos santos...", ela riu: "Deve ter até a vida de Santo Anselmo, seu padroeiro".

"Foi doutor da Igreja", Anselmo deixou escapar.

Heddy surpreendeu-se:

"Sabia disso?"

"Os frades me disseram."

"Ah, sim, é claro. No orfanato... Diga-me, como veio para essas bandas?"

"Fui trabalhar no coqueiral, em Poço Seco, mas não era mesmo trabalho de jardinagem, era mais de limpeza do terreno, capinar, ciscar, essas coisas. Depois queriam me botar na fábrica de capachos. Saí de lá, passei um tempo em Bentevi, agora estou em Agostinho, moro numa pensão, faço uns bicos, ajudo em caminhão de mudança, nos fretes. Sempre venho para esses lados para ver se tem algum serviço nos arruados." Anselmo inquietou-se, não sabia o quanto e por onde ainda seguiria o interrogatório.

Tomou a iniciativa de perguntar.

"É trabalho para morar no emprego?"

"Sim, como está na placa."

"Me desculpe perguntar, mas quanto a senhora paga?"

Ela não se aborreceu com o ritmo expedito das perguntas.

"Pagamos um salário mínimo mensal, com meia folga nos sábados, folgas no domingo. Damos alimentação e roupa de serviço. O senhor, sendo aposentado, dispensam-se encargos."

Anselmo anotou o plural da fala. Ela não falara "pago", "dou". Já assumira com ele a atitude impessoal da patroa. Achou que, provavelmente, estava empregado.

"Para mim, está bom", falou, levantando-se e devolvendo o copo às mãos de Leninha, estabelecendo ele mesmo uma atitude de hierarquia. "Um jardineiro é um mestre com conhecimentos de ofício, não é um serviçal qualquer", refletiu, vaidoso da nova vida.

"O senhor vem amanhã cedo, traz suas coisas. Faremos um teste de uma semana", dona Heddy, Edi, Edite falaram, repondo ordem a fatos e status.

Anselmo fez cálculos rápidos:

"Muito obrigado, dona Edite. Tenho que pedir à senhora para vir depois de amanhã, há coisas que preciso resolver em Agostinho, antes de vir para cá.

"Está bem, venha depois de amanhã, mas venha cedo."

Leninha foi abrir o portão para ele.

"Ouça", ela o reteve à passagem para fora, "o portão de serviço fica mais para baixo do caminho. É onde você deve bater. É lá que entram as compras, gente que vem trabalhar e o vigia da noite. Também botei uma placa lá, não viu?"

"Vi, não. Mas, já pode tirar as duas, não é?"

Agora Anselmo tinha problemas. Não podia descer à praia, pegar as trilhas da mata, iria se perder. Teria que pedalar até a pista, ir de lá para Bentevi, uma maratona. Tinha dia e meio para mudar de vida. Marcou curso para Agostinho. "A sorte é que vou descendo o morro até a pista", consolou-se.

Quase fim da tarde, Nicinha estava no portão recebendo de duas moradoras os telegramas falados do dia, quando viu um automóvel apontar com a bicicleta de Anselmo no bagageiro. Alarmou-se, reconheceu Biro, seu sobrinho, tranquilizou-se quando viu Anselmo descer do carro

"Que foi que houve? Ficou doente, seu Anselmo? Oi, Biro. De onde vocês vêm?", falou, em cascata.

Anselmo explicou, assumindo sua habilidade recém-descoberta para mentir, que dona Edite lembrara dele e do trabalho antigo que fizera para a família, que o contratara para pôr em dia e cuidar das contas da casa, que disporia de apartamento para moradia e escritório, tudo na propriedade, que estava indo pernoitar em Agostinho, precisaria comprar roupa e sapatos para as novas funções, viera buscar a maleta e seus documentos, se despedir e agradecer a acolhida, que ela lhe dera...

"Mas... mas, não se vá sem jantar, está quase tudo pronto, estava só ouvindo as novidades aqui das minhas amigas, elas já estavam indo... até amanhã, adeusinho... e, aí, o senhor e Biro já voltam jantados para Agostinho."

Aceitou a sugestão, para regozijo de Biro.

Anselmo mentia, e não se envergonhava. Pelo contrário, estava surpreso e feliz em produzir algo que nascia dele e que ele mesmo registrava, do qual fazia balanço e demonstrativo, onde zerava desigualdades, somava acertos, multiplicava lógica. Por acaso não mentiam as frases que vira? Elas voltariam, afirmando que foram mentiras, ilusões? Mentiam os exames, dando-o saudável, falhando em detectar insídia fatal em um recôndito qualquer do seu corpo ou do seu espírito? Quem mentia mais?

E se viesse a ser mesmo um jardineiro? Isso não validaria o preço da mentira que o faria viver na praia e, ainda mais que isso, viver

num castelo sobre o mar? Foi juntar suas coisas no quartinho, olhou a rede, pendurou-a num só gancho, murcha, um saco de Passados, tolhida de voo.

VII

Com a maleta abastecida de novas roupas, um par de sapatos, subiu a estrada para o morro, pediu que Biro o deixasse a meio caminho, amarrou a mala na Raleigh, foi bater à porta da entrada de serviços.

A porta foi aberta por uma moça quarentona, rústica, de cara marcada por cicatrizes de catapora. Estava dando saída para o vigia da noite, um velho alto e seco. Ele parou para escutar a apresentação de Anselmo.

"Sou o jardineiro que dona Edite vai contratar", e, logo, corrigiu-se: "Sou o jardineiro que quer trabalhar aqui".

Ela o olhou como se ele fosse dois Anselmos, cada um falando uma coisa.

"Me avisaram que o senhor ia chegar. Entre", ela falou, despachando o vigia: "Até de noite, seu Pedro".

"Já tomou café?", indagou olhando bem a cara de Anselmo.

"Já tomei, obrigado."

"Então vou lhe mostrar seu quarto, para o senhor se instalar, depois lhe chamo para ver a copa do pessoal de serviço, junto da cozinha, e lhe levo para falar com dona Edite. É Anselmo, o seu nome, não é?"

Ele fez que sim, cogitando que podia ter escolhido outro nome para uma nova vida. Levou bicicleta e mala por um caminho cimentado orlado com plantinhas de florezinhas amarelas e roxas. "Tenho que aprender o nome das plantas, na primeira folga vou à cidade, compro livros de jardinagem", marcou em sua coluna Deve.

O quarto era um chalezinho no meio das árvores. A fachada tinha porta e janela, do lado direito. À esquerda, só uma porta de ficha, fechada.

"A chave do quarto está na porta, pode entrar. A outra porta é do depósito de ferramentas, está só encostada. O senhor se acomode, tem banheiro no quarto, se precisar. Meu nome é Dolores, passo daqui a pouco, dona Edite ainda não desceu."

"O quarto é muito bom", ele conferiu, alegre. Outra janela dava para o Norte, ele via retraços do estuário do Mulungu. Calculou que o quarto ficava a uns cem metros dos terraços de cana, a montante dos mangues da foz. Viu que havia mesa com quatro cadeiras, roupa de cama dobrada em cima do travesseiro, um cobertor forrando a cama. No banheiro, havia toalhas de banho e rosto, sabonete no balcão da pia. E, surpreendeu-se: junto a um copo e jarra d'água, um vasinho de porcelana para flores. Decididamente teria que aprender sobre flores e outras delicadezas.

Tomou a primeira dose diária do remédio. Não sabia se era aquilo que apagava os escritos ou se eles se tinham dissolvido por si mesmos, a temporada de frases passara. Tomava as pílulas mesmo assim. "Tem cólicas, tonturas, diarréia?" "Não, doutor. Jardineiros não padecem dessas coisas", riu-se.

Somente para estrear o banheiro — mas, depois, imaginando-se em um batismo — tomou uma chuveirada, notou que o sabonete espumava, deixava perfume.

Esperou Dolores.

Ela o levou para a copa, mostrou-lhe a mesa dos empregados, uma peça de mogno que parecia tirada de uma sala de reuniões do Sindicatos dos Usineiros, entraram na cozinha pela porta de vaivém, onde ele viu Marta e outras mais, que lhe anunciavam o plantel de mulheres residentes. De lá saíram em uma sucessão de salas altas e largas que Anselmo vira em filmes americanos, mas que estavam coloridas em castanhos, âmbar, carmins e ouro, onde havia vitrinas nos móveis e elas refletiam esculturas em bronze, quadros, coisas torneadas em marfim que se misturavam aos guardados, sob os reflexos. Anselmo ali andava, se transportava sobre pisos marchetados e tapetes que ele pensava devesse contornar. Um urso branco completava esse cenário de exageros, esparramado em sono, ou abatido, quase à porta da varanda.

Lá estava Heddy, de pé, ao lado de Leninha. Vestia japona frouxa, com bolsos grandes sobre as coxas. Óculos escuros, um chapéu desabado. Amparava-se numa bengala. Anselmo registrou aquela imagem de fragilidade, desequilíbrio, dores físicas e de alma controladas com esforço.

Ela o saudou com: "Bom dia. Instalou-se? Tudo está a contento?"

Desceram para a pista de pedriscos, foram para o fundo, contornando o muro de pedras lavradas. A visão do mar era bloqueada pela cerca alta de avelós, que Anselmo confirmou ser um quebra-vento. Pararam na curva do caminho, onde o muro de pedras se elevava em paredão de arrimo para a casa.

A muralha estava dividida em nichos e Anselmo viu que as plantas eram plantadas nos canteiros segundo o tipo. As que estavam à sua frente eram cactos, pequenas agaves, coisas espinhentas, palmas com bulbos vermelhos. Fincada no chão entre seixos, uma estaca quadrada, pintada com esmalte verde, exibia uma placa — e, a isso, Anselmo teve uma sensação incômoda —, nela havia uma legenda de letras muito bem pintadas.

Heddy aproximou-se, leu para Anselmo o que estava escrito, sublinhando as linhas com a ponteira da bengala:

LE GUSTA ESTE JARDÍN QUE ES SUYO?
EVITE QUE SUS HIJOS LO DESTRUYAN.

Traduziu para Anselmo, com o mesmo percurso da bengala, professora no quadro negro, escandindo o texto para os meninos. Depois, explicou:

"Cada um desses canteiros tem uma inscrição que lhe dá nome. Havia um homem na cidade que pintava as letras para mim, mas ficou com artrose nos dedos, não faz mais. Eu tentei fazer, mas sou boa em leitura e péssima para escrita", disse, retomando o caminho. "Mas, venha, vamos ver os outros canteiros, afinal serão seu trabalho."

De fato, cada canteiro tinha seu nome próprio, uma frase longa ou curta, a maioria em idiomas que Anselmo não entendia. Ele, contudo, estava calmo agora. Era a primeira vez que os escritos se mostravam simultaneamente a ele e outras pessoas. E para uma pessoa, inclusive, que os sabia ler e que, até, os mandava escrever.

"O último jardineiro que aqui chegou, senhor Anselmo, recusou-se, muito aborrecido, a pintar os novos letreiros que preciso para canteiros já ao fim do muro. Foi-se, graças a Deus. Era um homem grosseiro, conferiu o dinheiro da dispensa duas vezes, na minha frente. Chamou-me de louca, não foi, Leninha?"

Leninha assentiu. "O homem era estúpido e analfabeto, dona Edite."

"Não sei se devia lhe pedir isso", Heddy aduziu, tirando os óculos com a mão da bengala, encaixando as hastes entre os dedos frágeis e trêmulos e a cabeça de prata do galgo, no cabo, "não sei mesmo, mas será que poderia pintar para mim as tabuletas que faltam? O senhor viu as letras que a nossa Leninha pintou na placa do 'Precisa-se'. Não faziam jus à graça desse meu anjinho, não é mesmo?"

"Consegui ler, dona Edite. Graças à placa, estou aqui. Posso tentar pintar as tabuletas. A senhora tem o material?"

"Há tinta, pincéis, lápis, régua, tudo necessário no quarto de ferramentas. A propósito, não sei se o senhor se incomodaria em usar, mas há também uniformes de trabalho lá, não é Leninha?"

"Dolores me disse que poria duas mudas de uniformes no depósito. E luvas e botas", Leninha, o anjo, falou.

"Que bom! Mas, vamos ver os tais canteiros que são o meu problema e que, estou segura, seu Anselmo vai resolver", ela repôs os óculos, em tentativas canhestras, seguiu remando com a bengala pelo caminho de pedregulhos moídos.

Em caminhada, passaram pelos canteiros de nuvens, de hortênsias, dálias. Uma série era de roseiras em cores ordenadas, do branco ao bordô quase negro. Anselmo correu a vista sobre frases de que não conseguia leitura completa: "Abril é o mais...", "Agora é o inverno de noss...", "...o espaço de uma manhã". Chegaram a três canteiros sem plantas, com tabuletas em branco. A terra estava socada, seca. Nas junções das pedras do rebordo, crescia mato ordinário, feioso.

"Eis", disse Heddy. "Aqui estão seus desafios, seu Anselmo. Há que tratar a terra, mas ainda não decidi exatamente o que vou plantar em cada canteiro."

Ela passou a bengala a Leninha, enfiou a mão em um dos bolsos da japona, pescou umas cartelas — Anselmo viu-lhes o verso estampado com losangos —, as embaralhou, sacou uma delas, que olhou por cima dos óculos escuros descaídos sobre o nariz.

"Entretanto... entretanto... tenho já o nome para o primeiro canteiro", falou enquanto passava a cartela a Anselmo.

Ele olhou, não conseguiu entender o que estava escrito.

"Pode copiar isso para a tabuleta com sua melhor letra, seu Anselmo?"

Ele voltou a olhar o cartão, a frase em duas linhas.

"Certamente, dona Edite, não vejo problema."

"Ótimo, ótimo. Consegue fazer isso até o fim da tarde?"

"Sim, senhora."

Elas se foram e Anselmo pegou o caminho de contorno para os fundos da casa, passou ao longo do terraço de canas, transformado em patamares com árvores pequenas, girassóis em renques e arbustos de flores, cinturões de pedra bordejando os degraus. Abaixo, o manguezal se entranhava na lama das margens do Mulungu. Avistou o mar sujo na boca do rio e, longe, ao Norte, a névoa azul de Santo Antônio dos Arrecifes.

Já perto de seu quarto havia uma espécie de pracinha, mirante com bancos sob pérgola, mas ele não parou ali. Foi direto ao depósito de ferramentas, achou a prateleira com latas de tinta, benzina e pincéis, caixas de papelão, trapos.

Dois macacões estavam dobrados sobre um banquinho, sobre eles luvas, junto aos pés do banco, um par de botas de borracha lonada, verdes. Foi se vestir no quarto.

Em uniforme completo, subiu até os canteiros para sua primeira tarefa de jardineiro escriturário. As botas eram um tanto grandes para os pés, teria que entufar-lhes os bicos, planejou isso. O corpo ainda estava a se acomodar ao macacão de tecido grosso, virgem de uso.

De fronte à tabuleta, imaginou-a folha de certificado, diploma. Pôs a cartela ao pé da estaca, riscou duas linhas a lápis nas tábuas, começou a abrir as letras, olhando o serviço de perto e de longe para acertar-lhes proporção e altura. Uma coisa era escrever em folha de papel numa mesa, outra, desenhar letras em pé, num tabuado a prumo. Havia também o calor, o sol esquentando-lhe as costas, o cocuruto. Precisava de chapéu, esse item faltara ao uniforme. Riscou e apagou, mudou o tamanho das maiúsculas, acertou o redondo dos cês. Quase meio-dia, estava pronto para o trabalho com tinta, encher as letras, mas teve sede. Desceu, entrou pela copa, foi à cozinha. Uma tropa de mulheres laborava panelas, tratava legumes.

Ele se sentiu singular, menino no convento das Irmãs do Terço, pedindo água a uma das noviças. Atendeu-o a grande irmã Dolores. Ela o levou para junto de uma das pias, encheu copo com água da torneira, ele bebeu e pediu mais, elogiou a água com curiosidade:

"Como conseguem água boa aqui, nessa altura do morro?"

Dolores explicou que a água vinha de poço artesiano no pé do morro, no começo da estrada. Uma casa de bombas jogava a água para cima, para a caixa d'água da casa e para as cisternas das plantas. Havia duas delas, na parte mais alta do morro, por trás da cerca de avelós.

"Tem muitas torneiras pelos cantos para encher regador e para mangueira, o senhor vai ver", disse e, notando que ele se ia, avisou:

"É melhor o senhor ficar aqui por perto. O almoço vai sair já, já."

Ele foi para fora, andou entre as árvores, chegou à pracinha do mirante, debruçou a vista sobre os terraços, olhou o Mulungu escorrendo preguiçoso para o mar. Quando voltou para perto da casa, encontrou Dolores que o procurava para o almoço.

Descansou da comida no quarto. Tirara as botas e calçara seus sapatos. Sentiu-se mais aliviado quando voltou às letras.

Usou um pincel fino para o contorno e começou a encher letra por letra, cuidando de não apoiar os dedos na tábua, temendo borrar o trabalho. Sentiu câimbras na mão, pensou se não devia arrancar a tabuleta, deitá-la no chão, trabalhar de cócoras. Não queria se dar a essa fraqueza, porém. "Vou em frente, termino como o sujeito da artrose nos dedos", ironizou-se. Teve que apagar com benzina uma letra trocada, refez o desenho do contorno, retomou a pintura de um T.

Enfim, julgou que terminara. Olhou o relógio. Eram quase 16h Foi ao quarto de ferramentas, limpou os pincéis, guardou as tintas, colheu um ciscador, um enxadeco, uma pazinha, regador. Subiu ao canteiro empurrando um carrinho de mão municiado.

Afofou a terra seca, descobriu uma torneira cravada no muro de pedras, regou o canteiro, passou-lhe o ciscador, desenhando sulcos em ondas. Arrancou o mato das juntas das pedras. De longe, olhou sua obra. Pensou em fazer o mesmo nos outros dois canteiros, mas não o fez. "Tiro o destaque do que está com a tabuleta pronta", esse ardil de esperteza estética brotou espontaneamente em sua recente cabeça jardineira. Foi procurar alguém para chamar donas Heddy, Edi, Edite. Eram 16h45, pelos ponteiros góticos.

Encontrou Dolores arrumando a mesa da copa para a janta. Ela foi avisar dona Edite. Anselmo voltou para seu canteiro-desafio, perfilou-se para a revista.

A senhora vinha com sua sombra, a moça Leninha. Anselmo deu-se no pensamento relâmpago que dona Heddy tinha aquela garota desconfiada e fiel não só como dama de companhia, mas como um espelho que gravara e refletia de algum modo a presença da filha morta. Ele não lembrava bem os traços de Sylvie, mas essa imagem — de um espectro companheiro — também o tomara.

Heddy chegou frente ao canteiro, pouco olhou Anselmo, seu olhar foi direto à tabuleta.

"Mas… mas, está esplêndida!", juntou as mãos em alegria e voltou-se para Anselmo. "Ficou formidável, seu Anselmo. Como conseguiu? Não, não me diga! Foram os frades. Aprendeu caligrafia com eles…"

Anselmo inchou de vaidade e satisfação. Sentia-se corado.

"E veja o canteiro, Leninha. Ficou ótimo. Vou encomendar as mudas de barlérias vermelhas que sempre pensei em plantar. O senhor sabe cultivar barlérias, não sabe, seu Anselmo?

Ele teve um engasgo de mente e fala. Gaguejou:

"Nã… não sei bem, dona Edite."

"Mas, que boba, claro que o senhor não as conhece como barlérias. São chamadas, aqui, de entrada de Jerusalém, as flores vermelhas que anunciam o sangue do sacrifício do Cristo."

"Ah! Sim, sim, conheço", falou Anselmo aliviado.

"Mas que bom! Muito obrigada, seu Anselmo. Amanhã cedo vamos sortear os nomes para os outros canteiros", ela ameaçou, dando a mão para que Leninha a ajudasse em sua volta para casa.

Anselmo tinha a sensação de que esquecera algo. A aparição da senhora, o julgamento da placa afastaram uma questão de seu espírito. Começara já a juntar as ferramentas no carro de mão, lembrou o que era, tirou a cartela do bolso, correu a alcançar Heddy.

"Dona Edite, dona Edite," ele chegou a ela, tomou-lhe a frente, assustando-a. Aprumou-se em pacífica postura de respeito:

"Desculpe, desculpe. É que queria saber o que pintei na tabuleta…"

Ela sorriu, tomou a cartela que ele lhe estendia:

"Mas é claro. Está em francês, seu Anselmo. É a frase final de um livro. Meu pai a citava sempre que queria encerrar uma discussão doméstica ou de diplomacia."

Ela disse em francês e traduziu em seguida, já voltando à varanda:

"Isto está bem dito, disse Cândido, mas é preciso cultivar nosso jardim."

Anselmo levou o carrinho de mão ladeira abaixo. Colheu pequenas flores amarelas que vingavam entre as pedras, fora dos canteiros. Arrumou as ferramentas, foi para o chuveiro, flagrou no espelho do pequeno armário-farmácia, um homem nu, encarquilhado, com um buquê na mão, sentiu-se ridículo, mas pôs as flores no vaso com água, tomou um longo banho, vestiu roupas civis limpas, esperou a hora do jantar.

Pensou que seria o único homem entre as mulheres na mesa enorme, mas o vigia noturno chegou, botou sua capa de vigília no encosto da cadeira, comeu uma quantidade espantosa de todo tipo de coisas. "Vestido nessa capa, vagando na propriedade, seria o holandês. Não lhe falta o cajado." Anselmo vira que a arma do homem era uma vara nodosa, que encostara ao lado da porta, ao entrar.

Num ato de ilusionismo, em momento sem aviso, sumiram pratos, travessas e gente, o burburinho da conversa cruzada apagou-se, Anselmo viu-se só. Puxou o relógio do bolso, eram 19h 30.

Foi para o mirante, sentou-se num banco. Soprava uma brisa que esfriaria o morro, pela madrugada.

"Muito bem, estou na praia como queria, sou aposentado, tenho 65 anos, sou um jardineiro ex-contador, pintor de tabuletas, paciente psiquiátrico sem muita fé em remédios."

Indagava-se por que, naquela quadra de vida, passara a ver escritos, a copiá-los e, agora, a pintá-los para os outros. Não arrancava explicações para isso de dentro de sua cabeça, e também não as extraíra das frases escritas que se mostraram. Estava para admitir que a existência delas era como uma precipitação de letras que vinha de uma nuvem concentrada no espírito de todo mundo, uma acumulação de pensamentos, desejos, perguntas, provocações. Gostaria de admitir, sobretudo, que os escritos não o tinham por leitor, obrigatoriamente. A necessidade de entendê-los se dava somente quando eram percebidos. Muitas vezes teria passado por frases das mais temíveis, as mais cômicas ou enigmáticas, sem as ter visto. E mais: "sem que tivessem sido vistas por ninguém", gostaria de ter sublinhado isso, como se o tivesse escrito a lápis em papel, não fosse um pensamento fugidio qualquer.

Essa seria a razão — já não via muito sentido nessa palavra — pela qual ele temia os escritos. Ou, se não fosse tão medroso, o motivo para não os temer. Riu-se, lembrando que o Dr. Sávio trocara escritos por espíritos. Quando e por que estas duas palavras se tinham sobreposto na mente do doutor? E o que dizer das suas próprias mentiras, da sua invenção de um jardineiro capaz de falar e responder com lógica?

Muito longe, uma fulguração embaçada, uma cúpula fátua no céu mostrava que Santo Antônio dos Arrecifes existia. Anselmo lembrava quando lá chegou e viu com seus olhos do sertão o mar noturno do porto.

Andara pela cidade. Chovia fininho, os calçamentos eram espelhos foscos que refletiam a cidade aquática, os faróis de carros submersos no mar raso. Uma luz cambiante sobrenadava o chão em violeta e verde, apagava-se, acendia-se em pulsos.

Um anúncio em neon emitia aquelas luzes. Anselmo o descobriu no alto de um prédio escuro e leu, deixou que as cores imprimissem sua retina com a palavra FÊNIX.

Que sabia ele então de palavras que surgiam em luzes, ou frases que se gravavam nas paredes? Que sabia de vidas escritas nos jardins?

EMANUEL

“Jamais nascem tiranos na anarquia: só os vedes erguerem-se à sombra das leis ou apoiando-se nelas.”

Marquês de Sade
História de Juliette

“Começara a mostrar que queria governar de forma tirânica, pela força. Extraía dinheiro das abadias. Apoderava-se de quem tinha dinheiro e os extorquia, impondo-lhes silêncio. Deixou de falar ao povo, por medo da raiva das pessoas. Tornou-se vermelho e carnudo, comendo mais do que antes e dormindo mais, também.”

Crônica do Anônimo Romano

I

Não me promovem, estou parado na lista, envelheço vendo os mais jovens ultrapassar-me. Ainda mais, a Federação mete-me em empreitadas que gente mais sensata e com mais galões declinaria, arranjaria jeito ou influência política para eximir-se. Tem sido isso, a mulher e os filhos já se acostumaram, sequer criticam ou reclamam de minha obediência cordata, vou, faço o serviço, desocupo o palco para os políticos retocarem a peça com acordos e negócios. Mando pôr areia, varrer o sangue do rés dos muros dos fuzilamentos, o próximo ato sempre se abrirá num salão de tábuas corridas e enceradas, em alguma corte de justiça, palácio ou templo, enquanto eu e a tropa espiamos por trás dos bastidores.

Em Caluquembe foi assim, mas, ali, foi tudo mais fácil. As lideranças, como em tantos outros enclaves, eram de chefetes refratários à Unificação, porém seus interesses imediatos eram a terra, suas estâncias. Parte desse povo era gente miúda, temente às armas. Fugiu, foi para o Norte, abandonou tudo em mãos dos graúdos, duas, três famílias entrecruzadas que logo tomaram posse das propriedades abandonadas, acordaram novas taxas e impostos federais, negociaram representação na Assembleia e assento na Corte de Justiça.

Cortara-lhes já as estradas, selei depósitos e silos, mandei juntar todo gado em uma só fazenda, vigiada e guarnecida. Exemplei dois dos mais exaltados, gente nova, filhos de estancieiros. As mães deles foram a meu bivaque implorar clemência, que prometi, a depender de ordens superiores. Três dias depois, num domingo, mandei que os fuzilassem na praça da Igreja, já à saída da missa das sete. Na segunda-feira, fiz chegar de Balombo os próceres da Federação que lá estavam, no aguardo. Dei-lhes escolta, desnecessária até. As assinaturas de acordo e submissão fizeram-se com liturgia adequada na sacristia, o padre que rezaria a missa pelos exemplados foi o mestre de cerimônias.

Ficamos em Caluquembe mais uma semana, por prudência, mas, afinal retiramo-nos, lá deixamos um pequeno efetivo. O grosso da tropa, inativa, caíra na farra e em infrações de todo tipo.

Não é cômodo ter tropa heterogênea, cada praça falando o dialeto de seu rincão, soldadesca harmônica e solidária apenas na violência e no apetite ao saque. É questão de ordem prática trazê-las de aldeias distantes ao objeto da intervenção, para evitar que atirem num primo, ponham fogo na casa de parentes, cortem a cabeça de um tio. Ou que deixem de fazê-lo, por preito ao parentesco.

Afonso Nkanga, meu comandante de campo, é sequer nativo das nações federadas. Ele, aliás, não deixa claro onde nasceu, mas como eu mesmo, é militar estrito, formado e treinado no exterior. Fomos incorporados às armas da Federação logo nos começos de sua instauração — um processo difícil que se arrasta há anos —, arrebanhados a ela por colegas mais velhos e logo designados para missões de pacificação, melhor diria de persuasão. [Quarta-feira, 2 de julho de 1902]

Vamos avançando para Kibula aproveitando a baixada desflorestada do Mugepo, uma progressão feita sob chuvas, tomando abrigo num sítio, fazendola, arruado, o que haja com telheiro para proteção da munição de guerra e de boca.

Esse esforço responde a que, pela segunda vez, liberto da prisão, em sede e desespero para retomada do poder, Emanuel Zindongu, o Sábio, Manu para seus seguidores, abateu-se sobre a antiga capital Kibula, rompeu a trégua que as famílias dirigentes trataram com fazendeiros e criadores, tomou de mão a Casa de Leis e Ofícios, prendeu os chefes das corporações, assumiu o tesouro, expediu guardas armadas aos limites das províncias vizinhas.

Essas notícias foram chegando progressivamente à inteligência da Federação, ganharam corpo, passaram a ser percebidas como um movimento separatista amplo, muito mais que sedição local vestida em arruaça. De fato, por trás da fuga e da expedição de força de Emanuel, houve o impulso de Inocêncio, o novo líder religioso que sucedeu Clemente no Pontificado de exílio em Cambulo. O primeiro golpe de Emanuel foi tramado e, depois, sustado pelo chefe religioso Clemente, por seus interesses e rivalidades com as famílias patrícias. Seu sucessor parece ter herdado Emanuel como instrumento para jogo político e braço armado.

Em conceito, a Federação constituíra-se laica, imaginando-se imune à pressão de seitas e igrejas, mas havia um espírito de misticismo ocupando grande porção das mentes da população. Na prática, a Federação tornara-se tolerante, não-repressora da Religião, consciente de que seu território sensível abrigava um panteão com horror ao vazio, atravancado de ídolos de madeira, de marfim e de carne e osso. Talvez isso tenha obstado o confisco de terras e bens das Igrejas e, certamente, influiu na manutenção da Prefeitura de Deus dentro de Kibula, uma área que, além de autônoma, mantinha prerrogativa de dois assentos no Conselho de Tribunos. Embora exilado em Cambulo, por coerção e conveniência política da Federação e das Famílias, o padre nomeava-se "Mor Tribuno de Deus e Seu Prefeito", tinha ofícios e representação em Kibula, mantinha influência em decisões administrativas e de juízo. A Federação marcava passo lento, esperava dar um basta a tudo isso, quando a população amadurecesse na ideia do Estado uno e centralizado. Esse tempo parecia miragem, porém.

Sempre fui convicto de que nossos chefes militares e dirigentes políticos escondem crenças não albergadas na Constituição. Jamais comentei isso em público, mas sei que decisões, mesmo decisões estratégicas e marciais de Estado, ainda são tomadas sob esses oráculos.

O primeiro levante de Manu teve matizes religiosos, sua oratória estava impregnada de alegorias, mitologias, fosse por sentimento, arroubo pessoal ou cálculo apenas, sedução manipulada das massas rurais, e não somente delas, também dos proprietários mais abonados em terras e produção, estes mesmos mercadores, gente de negócio com economia bastante para emprestar com usura ou escambo aos patrícios maus pagadores da elite urbana. As guerras e as epidemias haviam reduzido a população de Kibula, tornaram inabitada e em ruína grande parte de seus bairros nobres, solaparam o moral dos habitantes, tiraram-lhes o ânimo, quebraram-lhes a coluna de orgulho. Manu aproveitara-se disso, prometia o retorno ao bom governo, à reconstrução do poder e prestígio. A classe rural se empolgara irada contra as famílias decadentes e cúpidas que mandavam na cidade e o mesmo furor contaminara o populacho, os pequenos comerciantes e artesãos. Parte da polícia estava um passo fora do controle e aderiu à sublevação.

Não sabíamos bem que tom Emanuel estava dando a seu retorno. As estradas da província estavam fechadas por milícias irregulares e violentas. O pouco que nos chegara e ao quartel general em Luanga, vinha de gente de Cambulo, perseguida por Inocêncio, povo fugido, de exagerada retórica e queixas endereçadas tanto ao pontífice quanto à política leniente da Federação. [Domingo, 6 de julho de 1902]

Na passagem de Cangumbe topamos com uma caravana de mercadores que havia contornado o território de Kibula, alertados por outros tropeiros já assaltados por milícias. Tinham ido a Este arrematar mercadorias trazidas do Mar da Índia e regressavam com seda e louça para o comércio de Kibula. Agora estão vendendo a varejo pelo caminho, para pagar carregadores. Queriam descer a Cabo Amboim ou subir a Matadi, não sabiam onde poderiam encontrar melhor preço para o resto da carga e safar parte do prejuízo. Comprei uma peça de seda para minha mulher e tenho ganas de

mandar-lhe já por alguém, mas não firmo confiança em nenhum praça para lhe dar a encomenda.

Eu estive apenas em alerta, aquartelado, durante o primeiro golpe de mão de Emanuel. Afonso Nkanga viajou até perto, em Bambuca, para acompanhamento dos fatos, infiltrou em Kibula um tenente espião disfarçado em músico itinerante. Foi tudo o que fizemos, até a coisa se resolver e liquidar-se por seus próprios meios. Agora, essa volta imprevista, o volume exacerbado e confuso do movimento, os assaltos, isso tudo parece denunciar uma doença perigosa, muito mais que mera insatisfação civil.

A província de Kibula foi resistente em aderir ao lábil pacto da Federação. Mantem-se, até agora, arraigada à ideia de que é independente, suficiente de recursos para sobreviver ao cerco da União Colonial. Isso, em parte, se deve à força de três famílias, elas mesmas ainda imbricadas em negócios com a União. E misturadas não só em negócios. Têm laços de sangue com a elite colonial, uma contratação de matrimônios que fica acima e ao largo de disputas entre os clãs. Isso criou uma teia de relações de dependências e influências inextrincável mesmo para o pessoal experimentado do Gabinete do Interior, afeito a deslindar a tessitura multicor, a tapeçaria das tribos e a tez das miscigenações.

No melhor mapa de ordenança que temos de Kibula, estão pintadas em vermelho as partes inabitadas da cidade. Grandes áreas não edificadas e também o hipódromo maior, a esplanada das armas, as praças memoriais, os átrios dos templos, tornaram-se pasto para gado. Em alguns trechos, sobretudo nos portões próximos às passagens dos aquedutos, as muralhas estão desfalcadas ou aluídas. O abastecimento d'água é precário por falta de manutenção na calha dos aquedutos, a população tem se servido da água suja do Muxima, aonde escorre a maioria das cloacas.

Três prédios públicos tornaram-se sedes e fortalezas para as famílias baroniais. Os ofícios do Fórum são ocupados pelos Njamba, os "Elefantes". Ao Sul, o anfiteatro cômico teve a boca cercada por paliçada a pique e é fortim para os Ngulungu,"Javalis", gente de caráter mais belicoso que seus rivais Elefantes, políticos, principalmente. Menos poderosa, tradicionalmente ligada ao Pontificado, a família Mbulu, os "Lobos", e seus agregados ocupam o quadrilátero da Basílica do Espírito Santo e a ala conventual.

O mapa não mostra isso, mas o governo, apesar de tudo, parecia funcionar, arrecadava, baixava éditos e regulamentos. O furto, a sonegação, a apropriação e a prevaricação progrediam normalmente, diria. Agora, já não sabemos, ou sabemos só de assaltos nas estradas.

Não chove há três dias. Teremos um trecho árduo a atravessar, com terreno seco, pedregoso, uma perna do deserto que se insinua no vale. A tropa reclama, mas apenas em resmungos, por enquanto.
[Sexta-feira, 11 de julho de 1902]

"Cidadãos, meu povo das campanhas, vede como sorriem as colinas e se alegram os vales sob essa réstia de sol que é luz de nossa liberdade, o caminho iluminado para nossa vitória. Quão diferente luz é esta daquelas trevas nos covis dos barões, da noite sinistra em que eles elaboram o ódio, o menosprezo e a rapina do povo! Vede como esse sol incandesce o campanário do Santo Anjo, um farol que nos guiará à conquista, de onde faremos soar o clamor da justiça!"

Esta candência foi declamada por Emanuel, em atitude teatral e controversa do Sermão da Montanha, para seguidores —pouco armados, embora, mas com apetite para a luta —, do alto da colina Ongongo, extra-muros Kibula.

Era a partida para seu primeiro assalto ao poder e, verdadeiramente, se dava em um dia de sol, o campanário do Santo Anjo se avistava, nítido, destacava-se contra o perfil baixo dos telhados do bairro das peixarias.

Ali, naquele rincão, num quarto dos fundos da taberna de Lourenço, dito Malavu, sua mulher Madalena Musukami, lavadeira, pariu o menino Emanuel, um segundo filho homem. Não fazia sol. Chovia, despencava um temporal escuro. Um raio caiu na torre do Santo Anjo, fez soar o sino de São José.

A parteira, que enfaixava o recém-nascido, o deitou no catre, ao lado da mãe e persignou-se.

Emanuel iria se gabar desse episódio como um anúncio propiciatório. Também viria a se gabar de ter como verdadeiro pai um regente Igbo — improvável ascendência, inventada para lhe aplainar o trânsito social.

Fosse o raio a chama de Pentecostes, o fato é que o menino Emanuel cresceu, desenvolveu-se e se iluminou diferentemente dos outros meninos do bairro, afundados na lama das margens do Muxima, refratários à escola paroquial, aprendizes do furto oportunista ou do planejado, como viria a ser o caso do seu irmão, preso e enforcado por roubo, ainda imberbe. Aos doze anos, Emanuel falava e escrevia nos três idiomas dos colonizadores, dominava a língua matriz e dialetos locais e de além-província, sabia de História e Geografia do mundo afora. O padre tutor o queria religioso, mas o menino aferrou-se à Gramática e à Retórica, aos quinze anos matriculou-se na escola de letras cartoriais da corporação de Ofícios e Registros, de lá saiu, quatro anos depois, com o título de notário e uma recomendação para assento na Casa de Leis e Ofícios, como juramentado. Ali, preparou e corrigiu contratos, chancelou testemunhos e, sobretudo — isso lhe traria notoriedade e algum dinheiro —, redigiu cartas para o trato político e comercial entre as Famílias e seus parceiros de outras cidades, missivas com arrazoados e barganhas enoveladas, diplomas de desconfianças e desvãos de reserva mental.

Sua habilidade na escrita e no falar levaram-no precocemente a dois momentos decisivos na vida. Casou-se com a menina Inês, de um ramo lateral da família Lobos, uma moça que estaria fora de seu alcance, lhe faltasse boa educação e proximidade ao poder. E recebeu a missão de ir a Cambulo tratar com Clemente de um contencioso sobre terras da Igreja que se estendiam para além da porta de Timóteo,

uma área cobiçada pela cidade, pelos Elefantes e pelos criadores de gado da campanha.

O estirão seco termina num corte de escarpas rochosas com brechas em desfiladeiros baixos que se alargam num vale de poucas fazendas, plantações de algodão, uns cultivares em rampa para os córregos. O terreno é irrigado pelo rendilhado de águas que descem de longe, do Grande Lago da Rainha e do Lago do Príncipe, uma trama que termina se apertando em regatos que dão na calha do Chicangue.

Abaixo umas duas léguas, numa curva de corredeiras empedradas, fica Santa Maria Malunda, cidade grande e rica fincada no distrito diamantífero, uma faixa de minerais — ouro, inclusive — que vem do Sul, em cunha, e que se estende pelo vale até as feitorias de Cavula, onde a União Colonial explorava madeira da floresta na fronteira Norte. Uma linha férrea ligava as feitorias ao litoral, com um ramo descendo até Malunda. Planejei usar esse trecho para cortar caminho até Bambuca, designada para quartel de operações.

Ao passo que a capital Kibula decaía, Malunda desenvolvera-se em comércio e entreposto, a mineração sendo o lastro para sua economia. Ali a guarnição federal é comandada pelo major Silveira, velho conhecido. Deu-me acolhida generosa, dispôs a inteligência que possuía da situação em Kibula, disse-me que não se abalara em expedir tropa para não desfalcar a cidade "nestes momentos de agitação", e — ajuntou isso com ironia —, por saber que logo o Gabinete de Guerra iria enviar o "Cavaleiro do Apocalipse para sanar a baderna".

Entendia como baderna os eventos em Kibula. "Não é primeira vez. O tal Manu é um maluco com ideias de grandeza, aproveitam-se disso para que desarrume o tabuleiro, depois ajeitam as peças ao interesse político."

Disse-me que no Mosteiro das Cinco Chagas vivia um frade que conhecera Emanuel em Cambulo, quando lá estivera compilando arquivos para a Ordem. "Naquele tempo, segundo o frade, o homem era esperto, estudioso da antiguidade, protegido de Clemente", Silveira falou-me.

Ao meu interesse, ficou de marcar-me encontro com o frade. "Aproveite, Jerônimo Ndalu, confesse suas malvadezas", ele brincou.

[Sexta-feira.18 de julho de 1902]

Difícil saber o que mais pesou na inclinação de Clemente por Emanuel, se a ligação com os Lobos, seus aliados de ocasião, se a paixão do jovem notário pelo passado e tradição de Kibula, impulso nostálgico que incluía a volta do prefeito à "Capital de Deus", primeiro passo calculado para a restituição de glória à cidade.

Em Cambulo, compulsando arquivos e acervos, revisando a documentação das terras da Igreja, o espírito inquieto e sagaz de Emanuel remapeou a feição da antiga capital. Foi-se-lhe crescendo um projeto mirífico de renascimento da urbe, um exercício de alma, mas também de ambição, algo que o elevava definitivamente por sobre o telhados pobres das peixarias, punha-o em voo angélico sobre a mesquinha planície moral das famílias patrícias.

Também Clemente desprezava aquela gente de nobreza mercadejada, considerava que lucravam com a estagnação e miséria da cidade e do povo. Ao mesmo tempo, os temia, manobrava-os com alguma adulação temperada com favorecimentos, aproximava o sacro ao profano na política do possível.

Emanuel acreditava que a ruína da cidade não era um acidente fortuito ou a soma de fatalidades. Era uma questão moral de governo, a capitulação da cidade a "barões que pouco se diferenciavam dos ladrões das estradas".

Começou a falar isso abertamente. Seria ouvido.

> *"Parece que estive ouvindo um deus, não um homem. Você lamentou as condições atuais — não, a própria queda e ruína da República — com palavras de tão divina inspiração, e sondou*

nossas feridas com as flechas de sua eloquência a tais profundidades que, sempre que me lembro do som e do significado de suas palavras, lágrimas saltam aos meus olhos, e a dor novamente aperta minha alma."

Esta foi a carta que recebeu um dia após perorar no fundo da Capela dos Mistérios do palácio de Clemente para um grupo de jovens curiosos. Seu autor, atraído pelo rumor não usual ao templo, foi Pedro Kiari, um homem cuja fama literária reluzia não apenas nas províncias da Federação, mas por todo o continente e no além-mar. Não estava em Cambulo a recreio, mas para receber discreta missão de Clemente junto a governo estrangeiro. Seu prestígio intelectual era embuço oportuno para estas tratativas diplomáticas oblíquas aos olhos desconfiados e mesmo hostis dos governantes da Federação.

Pedro tinha amigos na cidade e, mais que amigo, um irmão de alma e sensibilidade. Estava em Cambulo frei Jacó Kiesse, seu parceiro de ideias e paixões pela antiguidade, pela tradição e história da República. Logo o poeta, o frade e o notário cantariam em trio.

Não eram, porém, somente entusiastas que ouviam os discursos inflamados. Áulicos das Famílias também estavam em Cambulo, tinham ouvidos espertos e lavravam, a seus chefes em Kibula, missivas de denúncia e alerta das falas subversivas de Emanuel.

Havia partido para as Ilhas com a tarefa de organizar o destacamento rotativo que dava apoio terrestre à velha corveta de patrulha da costa. Fui com o coração apertado após uma desavença com Laura, minha mulher, uma dessas brigas tolas que evoluem a mágoas perversas. Muito minha culpa, bem sei, ou não sei. Ponho a culpa na profissão? Avatar que deva receber censuras e mesmo merecidas bofetadas?

Demorei-me mais de quinzena para regressar na corveta rebelde a reparos e, por esta sorte, ao chegar em casa, desconfiado e inseguro, encontrei Laura pacificada pelo tempo, curada pela saudade que, em mim, também vingara sem controle.

Àquela sorte de momento, devo acrescentar outra maior e mais feliz, de ser Laura mulher de educação e instrução melhores que as minhas, nela acrescidas de sensibilidade, em mim, embora, embotada pela caserna.

Nada me disse, Penélope matreira, mas quando cheguei ao quarto, vi que bordara algo na fronha do travesseiro:

É bem sabido que conselho humano
É débil, contra Amor não pode nada
Tanta promessa falsa foi armada
a me laçar com seu poder tirano.

"São versos de Pedro Kiari", ouvi que me esclarecia.

"Devo, portanto, ao poeta o prelúdio da reconciliação", disse eu ao frade Jacó Kiesse, completando a prosódia que se iniciara com ele dizendo ter conhecido Emanuel Zindongu por insistência do amigo Pedro Kiari e por coincidência de estarem os três em órbita de Clemente , em Cambulo.

O Mosteiro das Cinco Chagas fica em um pequeno cerro sobre o Chicangue, afastado da cidade. Não fora o pequeno bosque de dendezeiros na alameda do acesso em aclive, alguém se poderia imaginar no país dos colonizadores, pois construção e jardins, as pedras e a colunata do claustro seguem o riscado medieval daquelas plagas.

Sentamo-nos, eu e o irmão Jacó, em uma conversadeira de pedra de lioz com encosto de azulejos. Recostei-me exatamente no canto onde se dava a decapitação de São Paulo, não sabendo se o frade escolhera o lugar a propósito, mas vi que os assentos vizinhos estavam decorados com os martírios de Santo Estevão e de São Lourenço, escassamente boas escolhas.

O frade é homem educado, com uma pátina de mansuetude que

vela o esboço de ironia ou humor secular que parece ser seu natural. Riu com sinceridade de minha desventura doméstica.

"Pedro gostaria de ouvir dessa publicação em travesseiro. É suporte que faz todo sentido a rimas amorosas", disse.

Deu-me um retrato falado de Emanuel, uma imagem mais espelhada na visão de seu amigo Pedro do que na dele mesmo.

"Emanuel é um espírito atormentado pela grandeza que ele amplia e imagina existir no passado. Diversamente de Pedro, que aceita e acaricia o passado em uma forma de transporte, de enlevo e inspiração — Pedro não poderia viver sem o drama da perda —, nosso Manu quer transformar o pretérito em acumulação de riqueza — até mesmo o conhecimento do passado lhe parece lucro — ele labora numa épica, numa empolgação de ganho."

"Tem então apenas ambições pessoais, é isso? No fim das contas, não há idealismo no projeto do homem?", eu quis simplificar.

"É claro que o menino pobre, filho de taberneiro e lavadeira, deveria ser ambicioso, o que mais tinha em mãos? Mas, não se iluda, Emanuel Zindongu é um apaixonado pelo que almeja e sua alma é singular, põe tática e estratégia em sua paixão."

"É doido, como dizem?", apressei-me.

Ele não me respondeu logo, seu rosto desenhou-se taciturno, o olhar perdido no jardim.

"Ouça, coronel Jerônimo, sim, é provável que seja louco, ou pior que isso, talvez possa induzir loucura sem sofrê-la. Meu amigo Pedro reconheceu com o tempo que estivera a afogar-se numa fé sem credo, não sei se me entende. Tudo lhe parecia uma aventura em que a sensatez ou a loucura não tinham papel importante. Apoiou o homem com entusiasmo na primeira tomada ao poder. Não foi só a truculência e impiedade que, depois, o afastou de Emanuel, até isso ele podia entender no esforço da luta, na manobra das rédeas políticas. O que o desencantou foi sabê-lo humanamente miserável em substância e espírito, tanto quanto os adversários. Tudo é sempre uma questão de transcendência e fé, não acha?"

Não respondi. Essa era uma trilha que, por profissão, não escolho. Na encruzilhada há outro caminho que é a obediência. Palavra e direção que o frade também conhece, quase lhe digo isso. Mas, não. Agradeci, desci para Malunda, pouco esclarecido. [Segunda-feira, 21 de julho de 1902]

Clemente viu em Emanuel um agente precioso, com discernimento político e ambição. O que faltava ao notário era autoridade e nome para insinuar-se na política de mando ou exercer manobras efetivas com que esgrimisse as Famílias, as dobrasse ao projeto de retorno e poder do padre.

Provável, a difícil inserção de Emanuel nesse jogo de equilíbrios e negaças fora solucionada pelo próprio agente em carta de teor combinado com o Santo Padre.

Clemente nomearia seus representantes em Kibula, para os mandatos do semestre. Para nivelar a balança do poder, designaria para os cargos dois membros das rivais Elefantes e Javalis e, em gambito desafiador, poria Emanuel como notário da sua Prefeitura de Deus, um cargo habitualmente de nomeação dos representantes. Assim o fez e, mais que isso, tornou indeterminado o tempo de mandato do protegido. Inda mais, pediu à Casa das Leis e Ofícios especial proteção e apoio a "seu dileto filho".

Emmanuel encontrara, pois, uma paternidade que, simbólica fosse e alegórica, ainda era mais sacramental que a fantasiosa ascendência Igbo.

A manobra colocou Emanuel na intimidade obscura do acervo documental, abriu-lhe olhos para as cláusulas secretas e sórdidas que franquearam a apropriação de prédios e glebas pelos barões de Kibula. Não só haviam ocupado prédios públicos e religiosos de que fizeram mansões fortificadas adornadas com pedras e lavores saqueados das augustas ruínas. Eles haviam formado, para além das portas da muralha, corredores de posses campanha adentro, avizinharam-se

de criadores e plantadores e, quando não lhes tiraram as terras, a eles se associaram em contratos leoninos, sacaram-lhes empréstimos viciados, de renovações fraudadas.

Um viajante que fora rever parentes na campanha deixou escrito: "Em Kibula e suas províncias, quem melhor armado, melhor verdade afirma". Era sabido que os Elefantes compraram na campanha todo um vilarejo e terras adjacentes, habitantes incluídos, plantações e gado, arados e parelhas de tração. A tara das moedas de paga foi peso de armas. Por toda campanha, em servidão, os filhos da terra compunham os exércitos de infantes que os novos senhores punham sob comando de cavaleiros mercenários.

Aos fundos dessas propriedades, em sítios sobranceiros, as Famílias ergueram castelos fortificados, com torres que avistavam as muralhas cariadas de Kibula, divisavam na cidade as outras torres de vigia de seus fortins. O vasto império da República de Kibula havia encolhido a essa perspectiva de medíocre geografia riscada por bandoleiros.

A permanência em Malunda perturbou de algum modo a disciplina da tropa, havia inquietação, descontentamento nos praças. Soube de alguns achaques a comerciantes, violência às meretrizes.

Silveira deteve dois dos meus soldados surpreendidos destelhando um comércio de compra de pedras. Não iriam conseguir nada, os néscios, tudo estava guardado num cofre gigantesco e robusto, legado da companhia exploradora colonial. Os funcionários fugiram no meio do Movimento da Unificação, haviam raspado o cofre e tentaram escapar com as pedras. Foram assaltados e mortos, pensa-se.

Nossos dois ladrões frustrados estavam amarrados juntos, no chão, costas com costas, no meio do salão da loja. Silveira teve a gentileza de deixá-los a meu castigo.

Eram sujeitos novos, recrutas. Afonso os interrogou ali mesmo, um de cada vez, rolando-os, espetando-lhes o baixo ventre com o sabre. Queria saber de outros roubos. Um chorava baixinho, o outro torcia um silêncio de ódio, dentes cerrados, olhos injetados.

Eram ambos de Jindango e pareciam parentes, assemelhados em físico e feições. Atados em frente e verso, eram uma estátua bizarra de teatro, biface da guerra, o Temor e a Ira. Ordenei ao sargento formar a tropa no Pátio Cívico, a nova esplanada na frente da prefeitura. Gente curiosa ajuntou-se, meninada agitada esperando um fuzilamento estrepitoso.

Mandei apenas cortar o tendão do calcanhar esquerdo do chorão e o direito do irado, para inabilitá-los a qualquer exército. Ainda amarrados, foram levados sob chibata, aos tropeços e baques, ao quartel da guarnição para Silveira lhes dar sentença adequada.

Pelo fim de tarde, fui agradecer a cortesia a Silveira. Ele quis aconselhar-me sobre a campanha.

"Tenho aí dois FK 96 em bom estado. Por que não aproveita a ferrovia para levá-los mais perto de Bambuca? Eles não vão me fazer falta e podem lhe ser úteis na redução de Kibula. Aquilo lá está semeado de ruínas de cantaria, há trechos inteiros de muralha, há os fortins dos barões, todo tipo de casamata improvisada..."

Senti-me incomodado com a intromissão na minha expertise. Menti, agradecendo:

"Tenho ordens e orientação do Gabinete para não usar artilharia pesada, cuidar de não fazer dano às construções e monumentos. Vamos fazer o cerco e estrangular a resistência à mão".

Ele riu, desacreditando, serviu-me um copinho de aguardente.

"Vai precisar de mais efetivo que essa cambada aí que você leva, Jerônimo."

"Pode ser até que a rendição se dê sem luta, só com intimidação."

"É a segunda tentativa de golpe do homem, ele deve ter endurecido na lição."

"Vamos ver", estendi o copo para outra dose. [Quarta feira, 25 de julho de 1902]

Emanuel voltou a Kibula e assumiu seu cargo sob declarada hostilidade dos Elefantes e Javalis. Seu pai havia morrido e a taberna estava nas mãos de um rufião debochado que mantinha Madalena Musukami praticamente em cárcere, atirada num quarto de despejo. Com ajuda de um esbirro da Casa das Leis, expulsou o tipo, cuidou que a mãe fosse levada, aos cuidados dos Lobos, para um recolhimento das irmãs de Santa Tereza de Beira. Arrumou a taberna, alugou a casa vizinha para sua moradia no sobrado e instalou uma pousada no térreo.

Nesses domínios precários iniciou a sistemática formação de prosélitos, gente da cidade a quem doutrinava, povo das províncias vizinhas que tinham notícia dele como o homem que desafiava os barões e pregava o novo bom Estado, um regime de justiça que iria restaurar a glória perdida da República.

O Gabinete do Interior da Federação pôs vistas nele, porém seus agentes relataram mais a circunstancial retórica do homem que seu potencial perigo de agitador. O regime político singular de Kibula, a tradição de cidade-república e sua própria decadência faziam-na ser posta como questão secundária nos planos de instauração e normatização do regime federado. Era uma área enquistada a ser tratada a seu tempo. Outras províncias — como Malunda, Luango, Torres —, com perfil de crescimento, população de inclinação burguesa e progressista eram vistas com mais atenção e cuidados pelo governo, dele recebiam investimentos em Educação e Saúde, estrito controle fiscal e segurança estratégica.

Pedro Kiari esteve duas vezes em Kibula, provavelmente hospedado no albergue de Emanuel. Na primeira visita, os Njanga, num gesto de adulação e propaganda, ofereceram-lhe a láurea de poeta da cidade. A cerimônia se deu nas escadarias da Casa das Leis com o concurso da elite da urbe e de uma ruidosa claque popular liderada por Emanuel. Pedro, coroado, percorreu a cidade escoltado pelas Famílias e tribunos. No dia seguinte, fez demorado percurso pelas zonas desabitadas, anotando ruínas, colhendo fragmentos de pedra, cacos de louça, pecinhas de mosaico.

Em sua segunda visita, chegou em cuidadoso anonimato, veio com o arqueólogo Miguel Kwame que coligia informações e levantava mapas da antiga Kibula para sua obra *Milagres Ocultos*, um guia para peregrinos românticos. É possível, também, que Pedro tenha trazido de Cambulo orientações de Clemente para um movimento de insurreição e contatos para o contrabando de armas do Leste da Federação. Com efeito, verificou-se que muito do armamento do primeiro golpe de Manu foi proveniente de despojos da guerra entre colonos e tribos zambis.

É a partir dessa segunda visita de Pedro que se incrementam os discursos de protesto de Emanuel. Ele fala nas praças e nos mercados, vai à campanha com uma tropa de acólitos embandeirados, prega nos arruados, alicia peões e servos das Famílias, vai às províncias vizinhas. Para dar feição formal à sua atuação na cidade, candidata-se a representante da corporação de comerciantes de Kibula. Suas funções dentro da Casa das Leis e Ofícios dão-lhe vezo para maquinar e confabular com próceres, manipular intrigas entre facções, abalar alianças entre famílias.

Enfim, chegaram os vagões-cocheiras para cavalos e mulas. Começamos a carregar o trem com provisões adquiridas na praça de Malunda. Garantimo-nos, pois não haveria boa perspectiva de abastecimento em Bambuca, próxima da área conflagrada. Por acaso, proseei com um atacadista e ele me pareceu reticente, reservado em comentar nossas aquisições. Estranhei, pois fizemos compras que não estiveram em sua expectativa, fora certamente um bom negócio.

Os preparativos para embarque me tomaram tempo e atenção, mas no pátio dos armazéns não deixei de notar que os soldados estavam macambúzios e desconfiados à minha passagem, carregavam desanimados os fardos e caixas de munição e armamento, sem cantoria e chistes habituais. Perguntei a Joaquim, meu taifeiro, qual a razão para aquele banzo. Estariam amuados com o castigo que eu dera aos praças ladrões? Era tristeza por deixar a boa vida em Malunda, voltar à expedição? Joaquim me respondeu que a melancolia era resultado de que estavam recebendo somente fração do percentual do soldo de campanha, sob alegação que esperdiçariam o dinheiro em jogatina e bebidas. Afirmou-me que isso era diretiva do novo capitão intendente.

O capitão fora escolha pessoal de Afonso Nkanga, convocou-o de guarnição da Fronteira Sul. Disse-me ser pessoa de sua confiança. Normalmente não me intrometo na formação dos quadros assessórios, aceitei a indicação sem mais questões. O corte no soldo, porém, me intrigou e aborreceu. Além de incomum, abatia o moral do corpo da tropa, não era decisão a ser tomada sem motivo melhor justificado que o gasto em jogo e bebidas, coisas que fazem parte do bem-estar mental dos soldados, sobretudo em campanha. E, no mínimo, deveria ter sido comunicada ao comando. Registrei o fato para providência.

Fui dormir cedo para estar descansado à partida, cedinho.

Esqueci de mandar chamar o capitão, para explicações e enquadramento, porque fui despedir-me de Silveira e tive que esperar que o homem acordasse, se vestisse, aparecesse estremunhado com uma caneca de café na mão e a barba por fazer. Depois de ritual displicente, desejou-me sorte e, acho, voltou para a cama.

Entrei em meu vagão quando o maquinista já fazia a locomotiva estertorar nuvens de vapor.

A ferrovia segue paralela ao curso do Chicangue, singrando o vale de lavouras e pequenos sítios, até que o rio se estreita, ensombrado pela mata e plantações de dendezeiros. Vez por outra ele assoma correndo em seu declive de pedras e, da janela do trem, é possível vê-lo, intermitente entre as árvores, um fio prateado que parece alinhavar a verdura espessa da floresta. É viagem enfadonha, lenta, e quando a mata escasseia, o rio já não se mostra, o terreno é um barro mortiço de savana, pontuado de arbustos a perder de vista. Lençóis de areia pintam o solo aqui e ali, circundados por capins altos, quase caniços que provavelmente bebem alguma água que aflora no areal.

Meu mapa também é um deserto nesse trecho. De qualquer modo, estar no trem ainda é melhor que a marcha naquele agreste, a tropa bem deveria agradecer.

Passado o meio-dia, paramos para água e lenha num telheiro à guisa de estação. Comi algo, meio enjoado com o balanço da viagem, lembrei-me de mandar chamar o capitão, preferi esticar as pernas e ir até ele. O vagão da intendência estava engatado à frente das cocheiras. A porta de correr estava aberta, suspendi-me no estribo, pulei para dentro. O capitão tomou um susto, recolheu as pernas que estavam sobre a burra de campanha, ficou de pé, acompanhado nisso pelos dois soldados da guarda do cofre. Vi que jogavam baralho e que o capitão estava com o dólmã desabotoado, o cabelo em desalinho. Esperei que ele se compusesse no uniforme e do susto.

Não indaguei sobre o corte nos soldos, não o faria na frente dos soldados. Perguntei pelo livro caixa, ele foi buscá-lo na escrivaninha portátil, entregou-me com as duas mãos fechando o volume, um gesto involuntário que denunciava pecados ocultos, logo achei.

Nada mais falei, apeei do vagão com o livro, fiz uma inspeção nas cocheiras, onde o fedor do estrume já se entranhava nos leitos de palha. Alguma coisa estaria a feder no livro caixa também, considerei.
[Terça-feira, 29 de julho de 1902]

A igreja de N. Sra. Dos Navegantes, em Kibula, ergue-se à margem do rio, com sua fachada voltada para o pátio do Fórum, na confluência movimentada de comércio, prédios do governo e do bairro pobre e apinhado das Mercês. O sítio é praticamente um resumo da vida da cidade e lhe capta o flagrante cotidiano, até mesmo no breu deserto da noite, quando gente sem casa nem trabalho ali procura um nicho, um desvão para dormir. Um muro de empena alta, costado de antigo convento, estende-se ao longo do pátio, abate-se num ângulo do oitão do Fórum, desce um beco, fina-se no velho cemitério da Ordem da Providência.

O povo chama este paredão de Muro das Lamentações e, de fato, habitualmente nele se inscrevem todo tipo de imprecações, muitas obscenidades, avisos indigentes de serviços e produtos, frases sem sentido ou mensagens crípticas de gente jovem. Os seguidores de Manu também se serviam desse jornal mural para exclamar seus protestos, anunciar comícios do líder.

Emanuel costumava discursar da escadaria da Casa das Leis, mas o preocupava a plateia limitada aos seguidores costumeiros, embora muito fiéis. Queria tirar gente do trabalho e de dentro de casa, arrastá-la em massa, coorte atiçada à decisão. Público maior se reunia quando ele falava nos mercados, nas esplanadas de comércio, nas feiras dos arruados da campanha. Aprendera que suas falas doutas, o ornamento erudito dos discursos, eram eficazes a seus pares de instrução, mas tornavam-se mais provocadores quando ilustrados pelo teatro da postura e vestimenta. Assim, compunha-se em antigo tribuno, messias senatorial despejando imagens de condenação e denúncia, pintava, em derrisórias imagens, a vida faustosa dos barões e em piedosos retábulos a precária existência dos miseráveis e desvalidos.

Não se sabe de quem foi a ideia para a pintura, mas, seguramente, o libreto de suas imagens e alegorias foi traçado de próprio punho de Emanuel, prova disso a recorrência a símbolos constantes em suas falas, figuras como a Dor, a Justiça, o Castigo, a Redenção.

Coube a Armênio Hossi, um pintor comercial itinerante, de assinatura artística Armenino, a execução do panfleto pintado no Muro das Lamentações por encomenda de Emanuel, uma peça de arte que seria efêmera, não tivesse sido registrada em vívidas narrativas nas cartas e testemunhos de entusiastas e vítimas. Uma das descrições mais precisas, embora sucinta, parece ser a que foi enviada a Clemente por Dom Queiroz, bispo ligado aos Lobos.

A narrativa diz que a pintura foi realizada em uma semana, durante o dia, vedada por tapume e, às noites, sob luz de archotes, sendo guardada por — são palavras do bispo, destaque-se — uma "milícia de seguidores" de Emanuel. Essa informação tangente dá-nos conta de a quantas andava a formação do movimento político do líder Manu. Seguia o bispo:

"A pintura foi desvelada numa segunda-feira, antes do movimento do dia, e, à hora de se abrirem comércio e portões do Fórum, havia já multidão à frente dela, percorrendo-a, pois era comprida a obra, tomava toda a extensão do muro da Igreja dos Navegantes. O artista reproduz um rio — em algo semelhante ao Muxima — com o curso pontuado de ilhotas sobre as quais se assentam alegorias, como instâncias apocalípticas. O perfil de Kibula desenha-se ao fundo e, embora não replique prédios com precisão e localização cartográficas, as residências baronias, suas torres, estão fielmente representadas. No centro da pintura, um grupo maior se destaca: em uma barca que faz água cercada por leviatãs de ferozes fauces, no dorso dos quais estão pintados os brasões das Famílias, nessa barca, digo, está a dolorosa figura de uma viúva, as mãos juntas torcidas em angustiada prece, os olhos voltados ao céu de onde chovem mais raios de fogo e enxofre do que os que arrasaram Sodoma e Gomorra juntas, Vossa Santidade me perdoará o exagero. Desnecessário seria explicitar que a viúva representa Kibula em suas tribulações e desvalimento, mas para que não restassem dúvidas, o artista, ou seu mentor, grafou nas franjas da negra veste da viúva o nome: 'Kibula', em letras brancas."

Essa outra informação nos indica ser de Emanuel, "mentor", o conceito do tema pintado, convicção que pode ser corroborada pelo desconhecimento, na produção do Armenino, de murais que não fossem de propaganda direta de comércio, tais como de açougues, lojas de tecidos e de secos e molhados. Persiste em uma farmácia de Luvale uma representação sua de Higéia, em conotação alegórica, mas se trata aí, certamente, de iconografia em segunda mão, calcada de alguma gravura de livro.

Dom Queiroz acrescenta: "Nas ilhas, nas alas do grupo principal, há espécies de cadafalsos onde estão pendurados de ponta-cabeça, os chefes das famílias patrícias. Sobre eles, nos céus, estão representadas as atrocidades e vilanias exercidas contra o povo pelos barões e seus sequazes, cenas de crueldade contra mulheres e crianças, roubos e usurpações, toda sorte de iniquidades".

É sabido que houve várias tentativas por parte das Famílias para apagar essa pintura de escândalos. Deram-se refregas violentas entre os seguidores de Manu e gente a soldo das famílias, o pintor teve que refazer as feições borradas dos líderes repetidas vezes até que a defesa da parede afrouxou, já não parecia mais interesse de Emanuel manter a mensagem que ele considerava proclamada a contento, tudo terminou obliterado por caiação.

Houve sequelas, contudo. Emanuel fizera retratar o patriarca da família Lobos em uma própria ilha de perversidades, abutres vorazes estripando-o, em castigo. Sobre ele uma cena nefanda de tortura e heresia. O resultado disso foi os primos e um irmão de Inês dos Lobos invadirem a casa de Emanuel, enquanto ele estava na campanha em pregação, e terem, a pulso, levado a parente com o menino Francisco, seu filho. Levaram-nos e os trancaram, sob guarda, no convento da Basílica do Espírito Santo.

Emanuel escreveu a Clemente pedindo intercessão no "abominável sequestro e violação de direitos e afetos do matrimônio e paternidade", mas conseguiu apenas que Clemente enviasse a Kibula o cardeal Alvernaz, um emissário para o *imbroglio* no qual acautelava-se não se imiscuir nominalmente. O cardeal era um factótum experimentado, conseguiu salvo-conduto para que Emanuel visitasse mulher e filho e se reunisse com os chefes dos Lobos.

Apesar de Emanuel explicar que não havia poupado os Lobos da figuração humilhante no mural para eximir-se da pecha de favorecimento familiar, coisa que abalaria a fidedignidade de sua campanha e exporia "as alianças sensíveis firmadas com a Família" — essa ressalva foi grifada pelo cardeal Alvernaz em seu relatório a Clemente —, apesar disso, para atender à indignação da maioria dos membros e, sobretudo dos pais de Inês, a liderança do clã decidira-se por manter a "custódia de mãe e filho enquanto não serenassem a situação da política e a insegurança em Kibula, sem quaisquer restrições a compromissos de honra assumidos para desígnios comuns". Isso também foi grifado por Alvernaz, e perfeitamente compreendido por Emanuel, pois este aceitou, cordato, a chamada custódia de sua família.

Enquanto o trem seguia seu concerto de ferragens, tentei resistir-lhe a hipnose conferindo o livro-caixa da campanha, buscando-lhe rasuras, aferindo a numeração de páginas, a ver se não lhe faltava alguma. O tal corte no soldo me alertara, mais que irritara. Morre um praça em campanha, como se fecha a conta para a família? Que registro, que recibo há com saldos? Dei eu a ordem a que se cortassem pagas? Em que papel, em qual dia, sob qual pretexto ou contingência? Vai um capitão e, à sua vontade, arbitra quanto a tropa deve receber. Teria ele, o capitão, decidido sozinho? Afonso estava no fim do comboio, num vagão espaçado da carga de munições. Não havia como chegar a ele, saber se expedira ordem escrita, pelo menos, mesmo isso ainda uma quebra de comando, sei, perdoável, entendo, trabalhamos há anos sob mútua confiança, é como percebo.

Procurei a data de chegada a Santa Maria Malunda, queria ver se havia ressalva para o desconto praticado. Nada havia, também nada estava apenso em folha, nota a ser transcrita em definitivo no fechamento do mês.

Passei aos pagamentos à praça, compras de provisão, serviços de terceiros, ferreiro, lavandaria, costureiras...

"Carne seca". Um item, num fim de página. O preço, majorado à margem do absurdo, saltou-me à vista. " Vi um zero a mais, o trem balança, a cabeça sacode, tenho sono", voltei ao número fixando a vista e ele estava lá perfeitamente suspeito.

Virei a página, percorri-a e, igualmente, ao fim da coluna: "Arroz", e uma cifra desmesurada que daria para a compra de plantação e sua safra. Página seguinte: "Forragem da alimária"...

Tive uma sensação de desgosto e desânimo, um cansaço acumulado por anos tomou conta de mim, veio tingido por desconfiança,

com um gosto amargo que me travava a garganta. Fechei o livro e me entreguei idiotizado ao embalo do trem. Pudesse, dormiria de imediato. Mas, não dormi. [Terça-feira, 29 de julho de 1902]

Emanuel foi eleito representante do comércio junto à Câmara das Corporações, muito pelo voto dos pequenos comerciantes, conquistados pela promessa de redução no valor de taxas e alvarás.

Suas expedições à campanha haviam aumentado em frequência e em seguidores, calculava ele que um movimento de fora para dentro de Kibula formaria massa crítica com seus adeptos urbanos para o cerco e golpe de mão na Casa das Leis.

Nuno dos Elefantes foi o primeiro das Famílias a pressentir esse perigo. Mandou vir de Cazombo o ferrabrás Zeferino Otchali, um mercenário violento com histórico de serviços tanto à União Colonial quanto ao movimento de unificação. Aquartelou-o em sua propriedade, no sítio Palestina e, aos domingos, o fazia entrar na cidade com sua tropa e peões, em desfile de força e intimidação.

Por essa ocasião, a taberna de Emanuel sofreu um incêndio, certamente criminoso. O fogo chegou à sua casa, parede-meia, e nela só não progrediu pelo socorro de moradores e pelas águas do Muxima, trazidas ladeira acima em corrente de baldes e panelas. Emanuel discursou de sobre os escombros ainda fumegantes, evocou a inevitável Fênix, vaticinou um fogo infernal que reverteria aos próprios incendiários, o "fogo da justiça que erradicará os inimigos do povo". Passou a andar com uma pequena esquadra de guarda-costas, ele mesmo ostensivamente armado.

Curiosamente, a parada com fanfarras e cavalaria de Zeferino não teve confronto físico com gente de Emanuel. Um que outro chiste, graçola à passagem da tropa, uma cusparada dissimulada em escarro, coisas assim.

Uma conflagração séria se deu quando houve desentendimento entre Vitorino, filho de Nuno dos Elefantes, e Antônio José, sobrinho de Leôncio, dos Javalis, provocações entre jovens de famílias rivais, disputa por alguma moçoila núbil, sabe-se lá. Sucedeu à saída da missa dominical na Basílica de São João Latrão. A briga entre os dois rapazes degenerou em pugilato e conflito ampliado aos membros das Famílias, seus agregados e empregados. A confusão rolou do pátio da basílica para a travessa lateral do Juizado, para onde refluíram, em defensiva, os Elefantes, que estavam em menor número. Para infelicidade dos Javalis, enquanto eles se enfiavam no funil do beco em perseguição aos rivais, eis que lhes chegou pela retaguarda a tropa de Zeferino Otchali a acudir os Elefantes e os comprimiu na travessa, a patas de cavalos e sob bordoadas. O moço Antônio José saiu muito ferido da refrega.

Essa confusão agravou o dissenso entre Elefantes e Javalis num momento em que as forças de Emanuel amadureciam em organização e motivação política. A notícia do estremecimento logo chegou a Cambulo. É possível que nessa quadra de tempo e situação, Clemente tenha se decidido por acionar o golpe. O cardeal Alvernaz voltou a Kibula sob o propósito de apaziguar as duas famílias, mas, na verdade, era mensageiro de ordens e portador de dinheiro para a ação.

Chegamos ao alvorecer em Cavula que nada mais é que um corredor lúgubre de galpões que abrigaram desde serrarias à administração da madeireira. Há uma longa clareira, um pátio cimentado para embarque e desembarque de carga, um telheiro para mínimo abrigo, de onde se desce ao descampado e para a estrada de terra que vai a Bambuca.

Acordara Joaquim, que dormiu encolhido num banco de madeira, mandei que chamasse dois soldados mais velhos, veteranos de nossas campanhas.

Fomos, os quatro, ao vagão da Intendência, já ao final do pátio de carga. O capitão me viu chegando, percebi que me deu as costas, subiu ao vagão para não me prestar saudação. Estavam descarregando mobiliário e petrechos, uma carroça com lona já estava atrelada a uma parelha de cavalos de tiro. Os soldados haviam posto pranchas para subir o cofre de campanha à carroça. Mandei que parassem, fiz Joaquim ir chamar o capitão.

Ele veio, cismado, saudou-me calado, esperou o que vinha. Fui direto:

"O senhor está destituído das funções de finanças e da guarda da burra. Em Bambuca vou determinar suas novas atribuições. Passe-me a chave da tranca do cofre. Doravante, ele ficará sob minha guarda".

Ele engoliu seco, meteu a mão no bolso, puxou a chave pela etiqueta, avançou-a para mim sem a entregar, contudo:

"Devo dizer que são duas chaves e que a outra fica com o tenente-coronel Afonso", ele falou-me, de cara dura.

"Entendo-me com o comandante Afonso", repliquei, tomando-lhe a chave e voltando-lhe as costas.

Mandei que meus dois soldados terminassem de carregar a carroça e que a tocassem para junto de meus trens de campanha.

Avistei Afonso organizando o desembarque do armamento dos últimos vagões. Não seria ali que devia discutir nada com ele, investigar, maquinei. Disse que Joaquim procurasse Luiz Areias, um tenente esperto em inteligência que o Gabinete me emprestara. Não era afeito a campo, era moço de birôs e arquivos, mas parecia colaborativo.

Ele veio, estava fuçando um dos armazéns de gerência da antiga madeireira, ainda carregado de estantes de ferro com papelada, "tudo enferrujado, gavetas emperradas" ele me disse, limpando as mãos num lenço.

"É ferrovia sem telégrafo, imagine-se. Roubaram fios e até os postes", ele acrescentou.

"Bem sei. Por isso mesmo, preciso que me faça um favor."

"Será uma ordem, meu coronel."

"Quero que tome dois homens, volte neste mesmo trem a Malunda, traga-me a Bambuca, por paz ou força, este homem. É tarefa secreta, só a meu saber, entenda", disse, passando-lhe um papel com o nome do atacadista da carne seca e do arroz.

"Considere feito", ele bateu os calcanhares, fez continência com a empolgação juvenil de quem recebia missão decisiva à guerra.

"O cabo Joaquim vai lhe dar dinheiro para hospedagem e comida. Fique numa pensão, evite o quartel da guarnição, seja discreto", instruí. [Quarta-feira, 30 de julho de 1902]

Passaram-se dois meses desde o conflito no beco do Juizado, o verão se instalara e parecia ter aumentado a temperatura entre Elefantes e Javalis. A menina Rita de Cássia, dos Elefantes, foi atacada, com sua ama, por dois tipos. Elas foram arrastadas para as ruínas dos Banhos, tiveram as roupas rasgadas e, por muita sorte, foram salvas por pastores, pai e dois filhos, que arrebanhavam suas cabras, ao entardecer. A ama achou ter reconhecido um dos assaltantes como lavrador em terras dos Javalis. Três dias depois, um barrilete de pólvora negra explodiu na paliçada Sul da cidadela do teatro cômico, reduto dos Javalis, matando dois cavalos e um burrico na estrebaria adjacente, que ficou arrasada.

Enquanto isso, Emanuel progredia no trabalho de organização de células em Kibula, escrevia um programa iterativo de reforma fiscal e judicial para a província, urdia um arrazoado que praticamente destituía o poder delegado das Famílias, reformava o Tribunato em tábula rasa. Os Lobos não tiveram ciência desses desenvolvimentos tópicos, mas haviam se acertado com o cardeal Alvernaz no que o religioso denominava "neutralidade de expectativa".

Às vésperas do que foi chamado Sermão da Montanha, a proclamação à tomada de Kibula gritada por Emanuel do cerro Ongongo, Nuno dos Elefantes tinha ido além de sua propriedade Palestina, negociar uma partida de cereais. Tivera notícias dos panfletos distribuídos e pregados em várias partes de Kibula, com o anúncio de que "em breve

vingará o novo bom Estado". No caminho para o sítio, notara frequência incomum em campos e estradas, pois não era dia de feira. Assim, ordenou que Zeferino Otchali se achegasse com tropa armada às cercanias de Kibula e ali se mantivesse em prontidão, até seu regresso.

O sermão de Emanuel estava ajustado com a reunião tática de grupos de manifestantes pela causa e militantes armados, em vários bairros de Kibula. Eram grupos pequenos de vinte a trinta homens mantidos em reserva, dentro de casa ou dos comércios e oficinas.

Emanuel fez uma fração dos participantes no sermão descer do Ongongo em alarido e estandartes desfraldados para o Leste de Kibula, para fazer crer que penetrariam a cidade pelas áreas desabitadas, evitando as portas. Zeferino engoliu a isca e deslocou-se para obstar a marcha da coluna invasora. Esta, porém, se havia dissolvido para dentro das ruínas e, de lá, uma fuzilaria espocou sobre a tropa atarantada de Otchali.

Enquanto Zeferino procurava abrigo para si, seus homens e cavalos e tentava, de algum modo, contra-atacar atiradores bem aninhados, Emanuel entrou pelos portões do Oeste, foi engrossando sua turba e reunindo grupos de bairros, chegou às escadarias da Casa das Leis e Ofícios com cerca de quinhentos homens, pôs a correr a reduzida guarda, os membros da Câmara, funcionários, defendeu as ruas de acesso à esplanada com cancelas guarnecidas, trancou a ponte sobre o Muxima, aos fundos do prédio. Quando surgiu no alto da escadaria em suas vestes de guerreiro, tribuno, santo, mago, foi ovacionado por multidão quintuplicada, numa polifonia de gritos, cânticos, refrãos e urros, em inteiros dez minutos.

Bambuca é um arruado tristonho, um correr de casas pintadas de lodo e líquens, ruas sem calçamento, uma igrejinha de uma só torre, catita. Alojamo-nos no contínuo de construções do governo: Escola Pública, Coletoria, Prefeitura, Delegacia de Polícia, Cadeia. A única coisa diferente são as placas com esses nomes, todas as fachadas, portas, janelas são iguais e o telhado comum do conjunto está selado, deprimido, uma curva que denuncia caibros idosos e cansados.

Uma nova escola e um ambulatório estão sendo construídos, disseram-me que há já algum tempo. Um riacho de água limpa — uma sorte — corre num valezinho de boas lavouras. Há mais população rural que na aldeia, vi gente aparecer de dentro das plantações para olhar arredia e desconfiada nossa coluna.

Informaram-me que o povo é simpático a Manu, consideram seu regresso a Kibula como manifestação de um Kilundu, que lhe deu outra vida, mais forte que a primeira. Um terreiro coberto com palha, num sítio no fim da rua central, é local de culto e batuques, sempre pela noite. Fui até a igreja, mas o padre não estava lá, nem na casinha anexa. O sacristão me atendeu, abriu a frágil porta de pintura descascada. Tirei o quepe, por simpatia e bons modos. Pedi que avisasse ao padre que vou pôr um sentinela na torrinha, um cuidado apenas, não vai incomodar. "O senhor padre foi a Kibula", ele deixou escapar. Registrei a informação para mandar o sentinela botar olho também no padre.

Para além do riacho há um pequeno morro, bom como posto de observação. Uma guarnição vai ficar lá, com vista para a baixada que leva a Kibula. Sei que há milícias da insurgência nesse território, embora as saiba mais numerosas ao Sul. Devem ter refluído à nossa chegada. Vou mandar bater um reconhecimento e conferir os mapas de que disponho, levantamentos antigos, feitos pela União das Colônias, impróprios para uso militar.

Instalei-me na Coletoria, desloquei o funcionário para a Escola, depósito de suprimentos.

Pela tarde, Afonso veio olhar o plano de campanha, dar-me resumo dos trabalhos de acampamento. Mirou de soslaio a burra, a um canto, fez que não a viu. Insinuei o tema, sabendo que lhe era incômodo.

"Não houve ocasião para lhe comunicar. Desonerei o capitão dos serviços de finanças. Assumi, eu mesmo."

"Fiquei sabendo", disse-me, seco.

"Vou mantê-lo com atribuições de intendência básicas, apenas."

"Certo."

"Se quiser, pode requisitá-lo a seu serviço", apertei a ferida.

"Agradeço, mas não vejo a quê", safou-se.

"Então, muito bem", fechei o assunto e passei-lhe o primeiro croquis para a campanha: "Quero erradicar as milícias próximas, mover em arco côncavo um batalhão para o Sul, dominar a pradaria onde as Famílias têm propriedades, manter ali uma volante de cavalaria..." fui debulhando, enquanto o notava desatento, noutro mundo. [Sexta-feira, 01 de agosto de 1902]

"Todo homicida receberá pena de morte, sem exceções", Emanuel proclamou, impondo silêncio, do alto da escadaria. Segurava um papel na forma de longo pergaminho de cantos enrolados, sua lista de ordenanças. Ali, no alto, em suas vestes cênicas, era estatuesco e bizarro, antigo e insólito, impositivo em imagem e espírito.

"Todos os casos em juízo terão conclusão ou sentença em quinze dias, abolidas prorrogações e delongas processuais", iterou e fez uma pausa calculada.

"Nenhuma casa será destruída sob qualquer motivo, sendo, em alternativa, incorporada ao patrimônio público."

"Cada bairro desta cidade de Kibula disporá de uma força de cem infantes e vinte e cinco cavalarianos para a Guarda Comunal, ora estabelecida."

"É instituída a proteção do Estado a viúvas e órfãos."

"A cidade terá controle de via e uso do rio, impondo taxas à navegação, pesca, despejo e tomada de suas águas."

"Todas as taxas, impostos, multas e rendas de aduana ou pedágio serão centralizadas para dispêndio no funcionamento e obras da Província, sob orçamento tornado público."

"Somente o Estado terá força militar, ficando proibidos exércitos e brigadas particulares, de famílias ou grupos. Outrossim, serão desmanteladas as fortificações privadas."

"Será obrigação dos grandes proprietários a vigilância e conservação de estradas que atravessem suas glebas, dando-lhes trânsito livre e gratuito."

"O Estado proverá ajuda contingente a mosteiros e recolhimentos."

"Os bairros de Kibula, as vilas ou aldeias da Província ficam obrigados a manter reserva de cereais proporcional à sua população, dispondo esses depósitos à requisição do Estado."

"Serão indenizadas as famílias de cidadãos mortos enquanto a serviço da Província."

"A autoridade do Governo da Província prevalecerá sobre qualquer outra, em questões fiscais, de segurança e de território."

Em seguida a essa leitura, um dos juízes da corte foi trazido à cena e, um tanto constrangido, outorgou a Manu o título e poderes de Tribuno Reitor da Província de Kibula.

Houve festa pela cidade, todos os bairros se animaram, acesos em franca bebedeira.

Pela manhã, a lista de ordenança estava pregada pelas paredes da cidade, meninos corriam com maços dos impressos, distribuindo as folhas de papel rosa com os princípios ideais do Estado Bom de Emanuel.

Sua leitura não fixou tanto a atenção dos leitores como um outro panfleto rival que estava nas ruas, com horrenda ilustração:

"No bairro Herculano, uma pobre mulher pariu um natimorto com duas cabeças, quatro mãos e quatro pés, os dois corpos ligados pelo peito. Um deles era menor que o outro e, contudo, parecia ainda mais impressionante em fisionomia e formação."

Na sua mudança de turno, bem cedo, o sentinela passou para me noticiar a chegada do padre. Disse-me que o homem chegara a cavalo com outro tipo, esse armado com fuzil à bandoleira, que lhes dera

alto dali mesmo da torre, que se haviam identificado, apeado. O homem fazia escolta ao padre, "era de paz", garantiram. Entraram para a casinha, pegada à sacristia. "Ainda estão lá", assegurou-me.

Dei um tempo, fui com um soldado até a igreja, chamei o sacristão, disse-lhe que soubera da chegada do padre, gostaria de vê-lo. O homem saiu pelos fundos e voltou pela porta da frente, com o padre.

Havia imaginado um velhote alquebrado, típico cura de aldeia, e vi chegar um homem moço e desempenado, cabelo negro caindo na testa, uma gravura romântica de poeta ou desbravador. Apresentou-se como Tomás — não lhe ouvi direito o sobrenome estrangeiro — deu-me boas-vindas estendendo-me a mão.

"Soube que foi a Kibula", introduzi.

"Fui visitar uma fiel idosa daqui, muito doente, internada com irmãs de caridade. Levei-lhe o viático, a pedido dela mesma", explicou sem parecer inseguro.

"Pode dar-me notícias da situação da cidade, do que viu?"

"Naturalmente, o clima é agitado. É o segundo movimento do gênero, pela mesma liderança, praticamente sob os mesmos impulsos."

Estranhei a palavra impulsos. Indicava a permanência de um estado de espírito e corpo mais intenso e profundo que motivação ou desejo, por exemplo. Ele continuou:

"De qualquer modo, vi pouco, estive no convento grande parte de minha estada".

"Entendo", aceitei.

"Mas... coronel, vim de lá com um amigo para me proteger de assaltantes de estrada. Ele terá mais coisas a lhe contar que eu mesmo."

"Certamente. Terei prazer em ouvi-lo. Será útil."

Fomos à casinha paroquial. Fui, conjeturando aquele teatro. O padre fora a Kibula avisar de minha chegada, voltava com alguém que queria falar-me, velhinha e viático eram adereços do ato. Deixei o soldado na porta aberta, o tipo estava sentado à mesa da salinha, comia algo de um prato fundo. Notei o fuzil encostado na parede, à mão. Ele levantou-se limpando as mãos no guardanapo e disse:

"Bom dia, coronel. Sou Guido Nkosi, trabalho para a Família Elefante. Devo dizer que essa oportunidade é excepcional para lhe transmitir as preocupações da Família..."

"Desculpe Sr. Guido", interrompi. "Podemos deixar o jogo de cena, ir direto ao assunto. Tenho o que fazer."

Ele estacou, aceitou minha rudeza com um traço de riso amarelo, apontou uma cadeira, convidando-me à mesa.

"Falo em nome dos Elefantes, mas creio representar o pensamento e desejo das outras famílias", ele introduziu, afastando o prato meio servido para o lado. "Entendemos que a campanha da Federação, que o senhor comanda, enfrentará dificuldades para obter, a essa distância da capital, os recursos em pessoal e suprimentos para enfrentar a rebelião..."

"Espere, espere", impacientei-me. "O que o faz julgar ou avaliar minhas dificuldades? E o que o autoriza a denominar essa convulsão popular de rebelião? Rebelião contra o quê? Contra as famílias das quais o senhor se diz porta-voz ou contra a Federação?"

"Bem, eu..."

"Não. Não me responda. Em qualquer dos casos, estou aqui para trazer ordem, garantir a segurança da população de Kibula e da província, impor racionalmente a regra federada à situação. O senhor entenderá, como eu entendo, que sendo o regime de Kibula política e culturalmente singular, devo agir em respeito a essa condição. Esta é minha posição, inclusive militar. Vou operar com energia para restaurar a ordem e neutralizar facções. Isso feito, o Gabinete do Interior acordará, por via política, o melhor interesse entre a província e a Federação. Não vim aqui fazer alianças, ou lutar contra exército inimigo, ou, muito menos. massacrar uma população alterada no bom senso."

Ele manteve o olhar e as mãos no tampo da mesa até que me levantei, despedi-me do padre, marchei para meu quartel, prendendo o riso. [Segunda-feira, 04 de agosto de 1902]

Os primeiros dias do Estado Bom foram de glória para a corda e o cutelo, cerimônias expeditas de enforcamento e decapitações de ladrões, assassinos contumazes, prevaricadores.

Nuno dos Elefantes teve coragem e temeridade de ir, desarmado e sem escolta, retomar seu assento na Casa das Leis, subiu à tribuna, picou um dos panfletos rosa das Ordenanças do Bom Estado, atirou-os ao plenário, com uma chuva de impropérios a Manu, com destaque para "usurpador lunático". Deu pretexto a que o Tribuno Reitor o mandasse encarcerar ali mesmo na Casa, logo que desceu do púlpito, ainda apoplético de oratória.

Os outros chefes de família tinham se poupado de perigos e humilhações previsíveis e, em sua ausência, Emanuel decretou-lhes a suspensão dos mandatos, oficiou-os a que fossem jurar obediência e lealdade ao novo Estado, sob ameaça de cassação definitiva e peremptória. Eles se amoitaram, apelaram ao cardeal Alvernaz, o homem da "neutralidade de expectativa", que, nos jardins da Legação Eclesial, domínios de Clemente em Kibula, esperava a visita do Tribuno Reitor para alinhavarem juntos o novo tecido político projetado.

Talvez Emanuel estivesse muito ocupado com medidas, decretos e nomeações a cargos-chave, não tinha tempo a gastar em amenidades com o cardeal, talvez as condições exacerbadas provocaram-lhe crise de amnésia política, o fato é que tal encontro não se realizou.

O cardeal, portanto, desceu em piedosa pompa e humílimas sandálias, até a Casa das Leis, anunciou-se, foi levado à sala de espera do gabinete de Emanuel superlotado de pleiteantes, requerentes e alguns delatores, foi atendido pelo ocupadíssimo Reitor, não no ofício deste, mas em marcha forçada pelo corredor para alcançar o plenário onde estava para ser aberta uma sessão de relevante importância.

Nessa via-crúcis, o cardeal Alvernaz ouviu que os compromissos assumidos com Clemente estavam salvaguardados no "escrínio de minha honra" — palavras de Manu — e que a restauração da sede da Igreja em Kibula dar-se-ia em oportuno momento, ocasião essa para festejos e celebrações, tão logo serenasse a situação emergencial de instauração do novo regime.

Alvernaz tudo ouviu e pouco falou, guardou suas palavras para sussurrá-las aos ouvidos impacientes de Clemente, em Cambulo. Deixou Sua Santidade convicto de que seria mais fácil um camelo passar pelo fundo da agulha que... isso, mesmo: Emanuel não parecia disposto a partilhar o poder com ninguém, Clemente se acautelasse inclusive de doenças, intoxicações alimentares e acidentes em escadarias. Precaríssima era a vida dos homens santos, prevenia.

Clemente, contudo, receberia no melancólico retiro de Cambulo, o correio da revolução que se imprimia nos corações e mentes do povo. No cabeçalho podia-se ler que Nuno dos Elefantes fora solto, negociara a saída das grades de Kibula para os verdes campos de sua propriedade Palestina. A sequência desse acordo adivinhava-se em entrelinhas noutra página, em letras pequenas, mas de efeito imediato: os Javalis e os Lobos também se retiravam para a campanha, deixavam vacantes suas cadeiras de tribunos. Na última página, em ilustração escancarada, uma das ordenanças era cumprida: arrasavam-se as defesas e muralhas das mansões baronais, resgatavam-se os prédios públicos.

Subi o morro da vigia para encontrar o pessoal que levantara mapas do terreno a sul e oeste de Kibula. Relataram-me que tiveram entreveros sem consequências com duas milícias, segundo eles "gente sem treinamento militar" e, parecia, sem bom comando ou disciplina. Cogitei em mandar uma sortida com dois grupos para passar a rede no campo e colher alguns passarinhos. Saberiam ao menos das defesas, efetivos e poder de fogo em Kibula. Planejo avançar com a tropa na próxima semana, deixando uma reserva em Bambuca.

Um tenente informou-me do boato de que poços e regatos dos arredores poderiam estar sendo envenenados. Se fosse verdade, não teriam sido os lavradores a fazê-lo, não iriam criar prejuízo a si mesmos. Desci a Bambuca e mandei pôr vigilância redobrada em poços e cacimbas, providenciei para que os cavalos não fossem levados a beber da água no rio, sem que antes ela fosse testada com uma das mulas ou um cachorro da aldeia. E que, sobretudo, não levassem ao rio todas as montarias de uma só vez.

Encontrei Afonso para detalhar o desdobramento da marcha pela planície, determinar o número para a reserva e marcar pontos de relais nos novos mapas.

Enquanto examinávamos os mapas do lado de fora de meu escritório, para vê-los em melhor luz, vi apontar na cabeça da rua um grupo de soldados e, à frente deles, o tenente Areias com seus dois praças, o comerciante de Malunda entre eles. Afonso estava de costas à aparição e tive espírito para não denunciá-la.

Quando o cortejo chegou mais perto, acenei para a soldadesca dispersar. O grupo expedicionário acercou-se. A isso, Afonso largou dos mapas e viu — creio que foi a primeira coisa que lhe atraiu o olhar —, com um tranco de surpresa, reconheceu o comerciante manietado e cabisbaixo.

Ele empalideceu. Parecia que todo seu sangue se havia escondido em algum recesso pouco conhecido das entranhas. Demorou a dar resposta à saudação do tenente. Quando o fez, o comerciante levantou a vista submissa e o viu. Percebi a comoção no homem, um estremecimento que se propagou às mãos dos soldados que o conduziam. Ele baixou a vista, reprimiu algum protesto, confissão, praga. Ao contrário de Afonso, sua face foi ao rubro.

Antecipei-me a qualquer alongamento de agonias ou revelações:

"Cuido disso, tenente", congelei o entusiasmo do tenente Areias para narrar sua saga heróica. E, para o círio do divino que era Afonso: "Vemos os mapas mais tarde, Afonso. Leve-os, passe uma vista neles".

Toquei o grupo para meu escritório, tranquei a porta.

"Solte o homem, tenente. Não vejo necessidade", ordenei.

"Foi preciso, coronel. Esperneou quando eu o embarquei no trem, temi que pulasse fora, saltasse pela janela do vagão."

"Que fedor é esse?", acusei o mau cheiro na salinha fechada.

"Ele se sujou, coronel, quero dizer, fez nas calças e não havia condições para que se limpasse no trem, senhor", Areias explicou, com resquícios de náusea.

Mandei que os soldados o levassem para a cadeia pública, fizessem que se limpasse, dessem-lhe água e algo a comer, o trancafiassem. Retive o tenente:

"O assunto continua em sigilo, tenente. Diga-me: o homem lhe falou alguma coisa?"

Areias ficou sério, calado, remoía o mínimo que podia dizer, o máximo a sonegar. Calculei que ele progrediria na carreira de informações.

"Senhor, ele me disse que foi obrigado a pôr sobrepreços em fornecimentos."

"Desconfiei disso. Acusou alguém?"

"Não, senhor. Disse apenas, em sua defesa, que recebera o preço de mercado pelas mercadorias e mais dez por centro sobre a majoração."

"Defesa como, tenente? Você o acusara de algo?"

"Não foi preciso. Quanto entrei no armazém, com dois soldados, ele mesmo se denunciou, entrou em defensiva, disse-me que aquilo era prática comum, quis me chamar de lado para um acordo..."

"Propina?"

"Creio que sim. Repeli o avanço. Disse-lhe que o traria aqui para explicações, que ele se arrumasse para a viagem. Foi então que ficou agitado, resistente. Tivemos que amarrá-lo".

"No trem, falou mais alguma coisa?"

"Somente dizia: 'Estou morto, tenente, sou um homem morto', repetia embora eu o tentasse acalmar, dissesse-lhe que nada havia a temer."

"Obrigado, Areias. Fez um bom trabalho", vi que ele corara, se empertigara.

Disse-lhe que fosse repousar, que precisaria dele, dia seguinte,

para interrogar o comerciante e ser testemunha na sindicância interna que eu iria abrir sobre as despesas de campanha.

Evitei Afonso. Organizei patrulha para uma varredura no arredores do morro, pernoitei na barraca da vigia. [Quarta-feira, 06 de agosto de 1902]

Emanuel fizera uma expedição à lagoa Mbimbi, fonte do aqueduto que chegava à porta de Timóteo. Havia denúncias de captação clandestina de águas para as plantações dos Javalis. O próprio aqueduto necessitava reparos, tanto na tomada de água da lagoa quanto ao longo do percurso até Kibula. Levara um empreiteiro com ajudantes e uma escolta armada. Voltara tomando o rumo da propriedade dos Lobos. Concertara, secretamente, uma visita à sua família, que ainda estava sob guarda dos parentes. De fato, ele entendia que a mulher e o filho eram reféns dos Lobos, a detenção tinha esse claro propósito. Ele pretendia resgatá-los a socapa, naquela tarde.

O encontro estava previsto para a casa de um rendeiro dos Lobos, a meio caminho de Kibula. Emanuel ali aguardou a chegada da carroça com os familiares até quase o pôr do sol, estava a ponto de desistir quanto viu chegarem a mulher e o filho. Saiu a descoberto para recebê-los na estrada, e somente então, de perto, no lusco-fusco do entardecer, descobriu o engodo. As pessoas na carroça eram dois quaisquer de famílias de moradores, vestidos em roupas melhores e aproximadamente do mesmo talhe que sua mulher e filho. Imediatamente, correu de volta para a casa, gritando alerta à escolta e já sob os tiros de uma tropa a cavalo que vinha seguindo a carroça de alguma distância.

Enquanto Emanuel tomava abrigo dentro da casa, sua escolta respondeu ao fogo, perdendo dois homens e conseguindo derrubar um dos cavaleiros que se arrastou ferido para a mata da beira da estrada. Um trabalhador do empreiteiro tomou um tiro fatal, morreria depois dentro da casa, que foi cercada e crivada de balas.

Durante a noite, Emanuel e os homens sustentaram fogo com os inimigos e, já sem munição, fugiram a pé, dispersos por dentro das plantações. Chegaram a Kibula no meio da madrugada e logo retornaram ao sítio, reforçados por um destacamento da Guarda Comunal. A casa do morador fora incendiada, mas eles acharam dois assaltantes mortos dentro do matagal. Um deles era o que fora derrubado no começo do entrevero. O outro estava ferido na barriga, mas fora executado com um tiro na nuca, que lhe estuporou a cara. Dois dos rapazes conscritos na Guarda o reconheceram, pela vestimenta, como um dos homens de Zeferino Otchali.

Emanuel percebeu que as Famílias se haviam acordado em matá-lo. Ali mesmo baixou ordem para captura dos barões e seus esbirros. Zeferino teve vultosa recompensa fixada, trouxessem-no vivo ou morto.

De volta a Kibula, Emanuel fez tocar os sinos em alerta e convocação do povo. Do alto da escadaria da Casa das Leis, relatou o "torpe e covarde atentado de que fora vítima", proclamou prontidão e estado de defesa. Iniciaram-se, de imediato, o reforço de muralhas e portões, bem como o patrulhamento e fortificação das áreas desabitadas. Para isso, foi criada uma taxa extra ao comércio.

Ao toque de alvorada, eu já estava de pé. Serviram-me uma caneca de café com bolachas, desci para Bambuca, fui diretamente à cadeia. Na porta já estava o tenente Areias, com a cara torcida em contrariedade.

"Morto", ele disse, prestando continência, uma combinação que me inquietou.

"Morto, quem?", encarei-o.

"O homem, o comerciante. Está morto", disse-me e abriu a porta da cadeia, afastou-se para que eu entrasse precipitadamente e visse a grade da cela aberta e o homem estendido no catre, olhos escancarados para o teto, a boca um buraco negro.

"Como foi isso? Quando foi?", cheguei mais perto do cadáver, vi que, de algum modo, o corpo estava retesado, a mão direita crispada, o braço esticado para fora do leito.

"Deve ter morrido durante a noite, o corpo já está frio. Os dois guardas dizem que não ouviram nada, o encontraram assim, há pouco. Mandei chamar o capitão Alencastro na barraca da enfermaria. Ele dorme lá."

Explorei a cadeia. Duas celas com grades de ferro, teto de estuque, três seteiras estreitas para ventilação, altas, junto ao teto. Uma salinha da guarda separada das celas por mureta, uma porta para os fundos, reforçada com barras de ferro. Examinei-a, a tranca só abria por dentro, estava cerrada.

"Onde estão os guardas?", indaguei a Areias.

"Um está aí fora, o outro foi buscar o capitão médico."

"Quero os dois detidos, separados, incomunicáveis, cuide disso."

Ele destacou quatro homens da rodinha de soldados curiosos que se formara na frente da cadeia, dispersou os restantes. Isolou o guarda num canto, deu-lhe detenção.

Alencastro veio pelo meio da rua, é homem espaçoso, gordo e alto. Vinha com a valise para todo serviço, vivos e mortos, animais ou humanos. Saudou-me, notei que não se havia barbeado, vestira-se às pressas, um botão da casaca estava em casa trocada.

"O que houve aí, coronel?"

"É isso que eu quero saber, capitão Alencastro", apontei-lhe a entrada, segui com ele, fechei a porta, encostei-me na grade enquanto ele se preparava para examinar o corpo.

"Quem é o tipo? Civil daqui?"

"Não, estava em visita."

"Preso?"

"Pois é", fechei a conversa.

Ele entendeu o tranco:

"Muito bem. Vamos ver isso", curvou-se para o defunto.

Onde andaria Afonso? Saí, encontrei Areias despachando os dois detidos com a guarda para o prédio da escola, perguntei se tinha notícias de Afonso.

"Quando vim à cadeia, ele estava de partida com um pelotão, parece que a reconhecimento."

Não me dera ciência dessa saída, mas eu estivera fora, no morro, à véspera. Detesto essas ambivalências, jogos de esconde-esconde, a pior coisa da profissão. Quando me irrito com isso, Laura me diz que eu penso como os desatinados da Brigada Ligeira. "Lembre-se do general francês na colina", ela me recordava a frase crítica da carga a descoberto contra os canhões russos. "Isso é formidável, mas não é a guerra". Mas, afinal, o que é a guerra, que tipo de guerra há em que se mete a mão no dinheiro da campanha e se achaca e se mata um civil incômodo? Eu tenho a resposta para isso: todas. O que me incomoda é que seja na minha.

Estava a caminho de perder-me nessa trilha quando o capitão me tocou o ombro.

"Apneia do sono."

"Como? O quê?"

"Estava dormindo. Parou de respirar, acordou na agonia da morte."

"Tem certeza?"

"Aposto sua espada contra meu diploma."

Fui de volta à cela, ele me seguiu. Ele abrira a roupa do comerciante, o tórax estava nu até os ombros.

"Não foi enfarte... nem foi estrangulado, se é isso de que suspeita, morrer assim sem ar... mas, não é tão raro."

Notei manchas arroxeadas nos ombros do sujeito, marcas de sujeição, talvez.

"E essas manchas?", apontei.

"Há também manchas no pulso, marcas de corda. Essas aí, dos ombros, podem ser do mesmo tempo, certamente agarraram-no com força para prendê-lo. A cartilagem da glote está íntegra, as vértebras cervicais também, não há nele perfuração de bala, de faca. Quanto a veneno, há um resto de comida no prato que serviram de janta. Pode ser testado num bicho, mas acho perda de tempo. Mande enterrar o homem, coronel, fique tranquilo."

Não fiquei tranquilo, mas também não quis cair no ridículo de testar a comida em algum animal. Já ordenara cuidados com veneno nos poços e no rio. Faltava pouco a que me dissessem doido, pressentindo veneno em todos os cantos.

Passei o resto da manhã espremendo os dois guardas da cadeia. Sustentaram o que disseram ao Tenente Areias até que embruteceram ao interrogatório e apertos, entraram em estupor e silêncio resignado. Mandei liberá-los.

Quando essa expedição se concluir, envio um relatório circunstanciado dos fatos, Areias pode me ajudar nisso. Vou pedir auditagem das contas. Lavo as mãos, Afonso e o capitãozinho dele que se expliquem. [Quinta feira, 07 de agosto de 1902]

Aconteceu de Miguel Sapalo, um fedelho de uns quatro para cinco anos, que sempre rondava a porta de São Timóteo, ali aparecer com braço na tipoia e olho roxo. Sua mãe era a viúva Azira, uma mulher jovem e vistosa cobiçada por muitos homens e que, verdadeiramente, apreciava essa variedade. Além disso, fazia trabalhos avulsos de cozinha e costura. Morava numa casinha extramuros perto da porta Timóteo, mas vizinha das lavouras que circundam Kibula.

João Demétrio, um dos guardas da porta, que apreciava o garoto, dava-lhe sempre algo de comer ou de brincar, perguntou se ele andara brigando com outros meninos. "Foi o homem", ele respondeu, surpreendendo Demétrio.

"Que homem foi esse?", perguntou, na suposição de que o menino estava inventando coisas.

"O homem que bate na minha mãe e faz malvadezas nela", e disse, então, que dera para aparecer em sua casa um homem grande e forte, que agarrava sua mãe, arrastava-a para o quarto e "dava castigo nela", pois, de dentro do quarto vinham gritos e urros da mãe e, também, seus gemidos parecidos com choro. Disse que, fazia três noites, entrara no quarto para acudir a mãe e que o homem a estava castigando com o peso do corpo, que o homem ficara muito zangado, dera-lhe uma pancada no rosto com a mão fechada e o atirara na parede.

Demétrio ficou irado com o rufião, disse a Miguel que quando o homem voltasse à sua casa, escapulisse e viesse até a porta avisá-lo.

"Não conte isso à sua mãe, é segredo nosso", despachou-o com um naco de pão.

Duas noites depois, o menino cumpriu o trato, veio à porta na hora da troca da guarda, disse a João Demétrio que o homem chegara bebendo aguardente de uma garrafa e que o olhara feio. Miguel havia se escondido com medo, na pocilga atrás da casa, e ouvira o castigo da mãe começar.

Demétrio deixou o menino aos cuidados dos guardas, chamou dois homens que, como ele, haviam cumprido o turno, foram, armados, à casa da viúva e, com efeito, lá de dentro vinha a dolorosa ária do castigo infligido pelo tal homem.

Demétrio entrou pela frente e os outros dois guardas pelos fundos. A porta do quarto estava aberta e na cama, sobre a viúva, castigada em decúbito ventral, estava o valentão quase inteiramente despido, não fossem os borzeguins de montaria, ainda calçados, e as pantalonas arriadas.

O sujeito percebeu a invasão, tentou levantar-se para alcançar a pistola na cadeira ao lado da cama, enredou-se nas pernas das calças, foi acertado na testa pela coronha do fuzil de Demétrio, despencou inerme sobre a viúva apavorada.

Enquanto Demétrio e um guarda amarravam o espancador de crianças e a viúva Azira recompunha-se em decência, o terceiro homem foi a Kibula para trazer à cena um capitão da guarda com o menino Miguel. O auto da violência deveria ser lavrado e o criminoso levado ao Presídio da Rainha do Céu.

O sujeito, bem amarrado e atado pelos calcanhares, despertou bêbedo, babando, sacudiu-se em vão, grunhindo. No pescoço, trazia uma tira de couro com chave pendurada, um colar bicolor de contas e um escapulário. Demétrio entendeu que o colar e o escapulário eram para fechar o corpo — ele mesmo usava também aquelas defesas —, mas a chave, de feitio incomum, lhe causava espécie. Perguntou a Azira se era da casa ou de uma dependência, ao que a mulher apenas mostrou, com o queixo, um guarda-roupas ao lado da porta do quarto. Demétrio estranhou, pois o móvel era fechado a taramela, sem fechadura. Abriu a peça e, sob roupas de cama, achou uma arca ferrada, com fecho.

Enquanto o sujeito se debatia, arrancou-lhe pela cabeçorra a tira com a chave, tendo trabalho para desembaraçá-la dos amuletos sagrados. Verificou que a chave era adequada ao fecho da arca, mas não a abriu, esperou a chegada do capitão da guarda.

O capitão e dois soldados vieram, arrastaram o tipo para a salinha. Ali, à luz dos archotes, puderam vê-lo melhor que sob a chama trêmula do candeeiro da alcova.

Sob a luz flagrante, o capitão reconheceu imediatamente Zeferino Otchali.

O séquito com o prisioneiro entrou na cidade ainda à noite, mas só pela manhã Emanuel foi avisado da captura.

O que veio poderia estar em atos de comédia e intriga de algum teatro.

Em primeiro lugar, a recompensa.

Candidataram-se a ela o guarda João Demétrio, os outros dois guardas, o capitão com seus soldados, a própria viúva Azira. A disputa chegou à decisão de Manu que, salomonicamente, arbitrou por dotá-la ao menino Miguel Sapalo, retendo o prêmio em depósito no Estado "até a maioridade da sofrida criança".

Havia dinheiro na arca de Zeferino, grossas economias do mercenário, acumuladas em sua trajetória de "furtos, saques e latrocínios", como constante do libelo acusatório que o levaria ao patíbulo. Havia mais que isso, porém. Havia correspondência das Famílias endereçadas a Clemente e, nelas, a "abominável e viperina traição" — palavras de Manu — que firmava aliança entre os barões e o Santo Padre para a derrubada do Bom Estado, com a eliminação de seu líder. Zeferino

Otchali seria o comandante em chefe das forças para um contragolpe que garantiria a volta ao poder das Famílias e o reingresso de Clemente em Kibula.

À essa descoberta, Emanuel mandou cercar a Prefeitura de Deus em Kibula, regulou a saída e entrada do território com um comitê de segurança, exclusivo na concessão de salvo-condutos. Quando recebeu, em Cambulo, notícia dessas medidas, Clemente fumaçou como um turíbulo de iras.

O dinheiro de Zeferino foi para a caixa da Guarda Comunal e ele foi enforcado, cortado, exibido em peças salgadas sobre estrados montados no pátio da Igreja de Nossa Senhora dos Navegantes.

As Famílias também foram afetadas pela onda de choque desses eventos. Por um lado, Emanuel passou um pente fino nos contratos do governo, identificou a fiação que urdia fornecedores, agentes e parentela dos barões, sócios em "uma tapeçaria de lobos rapaces, pendurada nos paços de Cambulo", cancelou compras, multou comerciantes, prendeu intermediários.

Do outro lado, as Famílias represaram a produção agrícola, quando não deixaram que se estiolassem as lavouras. Dois armazéns de grãos, com suas reservas compulsórias, foram incendiados. O mercado negro instalou-se, presidiu a estrangulada economia da cidade, assoberbada com os altos custos para a defesa.

Foi inevitável aumentar os impostos. A parede da Igreja dos Navegantes começou a se pintar de desaforos ao governo, e não eram os barões os artistas dos protestos. Emanuel descobriu, compungido, que se tratava de arte plebeia e chula, espontânea e violenta.

As Famílias pausaram seus ódios, rivalidades, interesses, estavam agrupadas em uma só frente. Suas propriedades tornaram-se quartéis para soldados da fortuna, militares degradados, gente contratada por Clemente, paga com recursos obscuros e místicos.

Então, deu-se um infortúnio, um jogo de acaso de Kilundu ou do deus de Clemente.

A porta de São Cristóvão, a oeste de Kibula, dá para a estrada que leva à propriedade Palestina. Está encimada por um torreão bem fortificado, embora a muralha e o próprio portão estivessem vulneráveis. Trabalhava no reparo um grupo de carpinteiros e ferreiros que pôs abaixo o portão e o desarmou em pranchas, no chão. Um capitão, com um pelotão da Guarda, vigiava a brecha, porquanto a estrada era caminho constante de pessoal armado dos Elefantes.

O moço Vitorino, impetuoso como o pai Nuno e arrogante como todos os Elefantes, passando pelos trabalhadores do portão, os detratou por servis, "escravos do ditador psicopata". Foi apupado pelos operários e revidou esporeando a montaria contra o grupo. O animal pisou em falso numa das pranchas e arrojou fora seu cavaleiro. Vitorino, em lugar de, prudentemente, correr para a estrada, resolveu ir resgatar seu cavalo que embarafustara portão adentro e era açulado, com alarido, por soldados e trabalhadores, dentro da muralha.

Um dos pedreiros que trabalhava no torreão e que estivera observando a confusão, arrojou uma pedra grande no pátio, "para assustar o homem", ele diria. A pedra acertou Vitorino na cabeça e ele caiu, já em convulsões.

Nuno, dos Elefantes, vinha bem mais atrás do filho, com um grupo de militantes dos Javalis, e avistou Vitorino entrando pela porta. Destacou-se do grupo, a galope, e também se enfiou pela porta aberta. Deparou-se com o filho sendo arrastado pelos braços por dois soldados que, provavelmente, o tentavam socorrer. Nuno sacou a arma e apontou para os homens, a obstá-los. O capitão, em resposta instintiva, acertou-lhe um tiro fatal.

Pai e filho seriam os mártires da cruzada final para a derrubada de Manu.

Nicolau dos Elefantes, irmão de Nuno, assumiu a família e a vingança das mortes, e organizou, com os outros clãs, uma entrada em Kibula, para realizar a as pompas fúnebres do irmão e do sobrinho. O cortejo, de óbvio caráter político, tinha destino à Basílica de São João Latrão e era grande, reunia camponeses, milícias e tropas de peões, gente de guerra. Emanuel impediu a entrada, reforçou a guarda dos

portões, piquetou a basílica para o caso de a procissão forçar e vencer os portões.

A reação interna não lhe foi favorável. Grande parte da população queria, fosse por curiosidade, respeito entranhado aos barões, enlevo com esse tipo de cerimônia, ansiava, até, aderir ao cortejo, participar de um evento que se prometia em espetáculo.

Nem Emanuel nem os portões cederam. A procissão, incendiada de paixão e ira, levou os féretros para a Prefeitura de Deus, onde a cancela com poucos guardas não pôde barrar-lhes o ingresso.

Os barões perceberam que Emanuel perdia substância na cidade. Ao longo dos meses de Bom Governo, a retórica do Tribuno Reitor fora deixando de encher as mentes e, sobretudo, a barriga dos habitantes. A fome trazia-lhes insônia e inquietação. Más ideias. Cansaço.

Um enviado dos barões foi a Cambulo, regressou com dinheiro, a ordem e a data para o contragolpe. As tropas foram reunidas em Palestina e partiram, na noite sem lua, separando-se em três colunas. Uma, dos Elefantes, atacou a porta de São Timóteo, explodindo-a com uma carroça de pólvora. A segunda, comandada pelos Javalis, atacara, minutos antes, a porta recém-reformada de São Cristóvão, numa ação diversiva que atraiu, em socorro, parte das defesas da porta Timóteo e das paliçadas da área Leste, o vasto campo desabitado. Dentro de plantações de dendezeiros confrontes à cerca, estava a tropa dos Lobos reforçada com gente a soldo de Clemente . A manobra de diversão — quase uma repetição daquela feita por Emanuel em sua tomada de Kibula — permitiu a entrada de contingente significativo, que enfrentou baixa resistência, tanto nas paliçadas quanto no corredor aberto da porta Timóteo. A madrugada clareou com a população já na rua, formando massa com os invasores que reuniram suas forças em redor da Casa das Leis.

Ali, também, foi fraca a resistência e, logo, a ala dos Ofícios foi tomada. Em pouco tempo o povo subia as escadarias da Casa, no mesmo passo e ânimo das tropas. As altas portas foram abertas, de dentro para fora. Guardas e alguns funcionários que ali dormiam se mostraram e foram, mais uma vez, escorraçados a bordoadas e pedradas.

A turba irrompeu pelos corredores, tomou o plenário, foi ao andar do gabinete de Emanuel, forçou as grades e as portas das dependências privadas do Tribuno Reitor, queria arrastá-lo à praça para julgamento e execução sumária, de praxe nessas situações de queda em desgraça.

Quem conseguiu entrar no quarto de dormir de Manu admirou-se com o luxo oriental do mobiliário, apreciou a cama forrada em adamascados sob um dossel de veludo e rendas. Viu pinturas caras e enormes nas paredes, tapetes da Pérsia e armários marchetados, gordos sofás forrados em seda.

Ninguém viu Emanuel Zindongu naquele quarto, nem em qualquer lugar da Casa das Leis, nem em Kibula ou toda sua província. O homem como que evaporara.

Evaporou-se, também, o sonho de Clemente de entrar triunfalmente em Kibula. Reassentadas no comando, as Famílias, em gentil persuasão, adiaram o regresso do padre, para quando se "alinhassem, de melhor modo, as diferenças políticas entre Kibula e a Federação". O cardeal Alvernaz engasgou-se com isso.

II

Tive um desentendimento grave com Afonso Nkanga. Pedi-lhe a segunda chave do cofre de campanha, ele a atirou na minha mesa, gritando: "Você devia pedir baixa médica. Está doido ou é idiota!"

Respondi que não ia tolerar esse tipo de linguagem e desrespeito. Ele continuou, aos gritos: "Nem eu vou tolerar a sua desconfiança!"

O bate-boca atraiu gente à porta. Levantei-me e o adverti que relataria ao Gabinete de Guerra as irregularidades nos dispêndios. Ele saiu da sala dizendo: "Então, eles irão receber dois relatórios, fique certo".

A discussão foi na véspera da progressão a Kibula e temi que desarranjasse os planos para a marcha. Destaquei um pelotão de cavalaria, pus-me na vanguarda, a pouca distância da linha de infantes comandada por Afonso. Era cedo da manhã quando avançamos pelo vale. Havia planejado abrir a tropa em leque para cobrir a maior frente possível e enredar milícias ou ninhos de resistência na pradaria.

Em um trecho de capim alto, já distante de Bambuca, avistei um grupo de uns cinco, seis tipos que se esgueiravam em fuga para alguma defesa, talvez trincheira. Ordenei carga pensando em cercá-los rapidamente, pegar alguns para interrogatório. Saquei o Nagant e esporeei para cima deles, imaginando que seria acompanhado no ataque. Ouvi que uma fuzilaria se abrira.

Laura, não sei como isso funciona, mas uma coisa é descrever uma sucessão de eventos e sensações, sequências de pensamentos, e outra coisa é vivê-los, percebê-los. O tempo, para pôr em ordem o que sucede, colocar tudo em palavras e sentido, desborda, em muito, a fração de segundo entre um tiro e a queda, por exemplo. No entanto, um sujeito tem um mundo comprimido nesse lapso, um relâmpago que se passa no exíguo volume de sua cachola. Bem, há outros que podem escrever um tratado dessa fração de tempo, alongando-o ao aborrecimento...

Pois, então: o que aconteceu foi que, logo ao início dos disparos, uma bala penetrou a nuca de minha montaria, um jorro de sangue morno atingiu-me o rosto e o peito, o cavalo tombou para a frente, depois caiu de lado, eu tentei saltar da sela, mas o meu pé estava preso no estribo, senti que o corpo do animal cairia sobre minha perna com todo peso, isto aconteceu e ouvi um osso estalando dentro da bota, a ideia de que estavam atirando em mim da retaguarda foi se condensando em certeza, percebi que o impacto no chão deixara minha cabeça sem controle, indo, em inércia, na direção de uma pedra, tive a última sensação de que não conseguiria evitar a pancada, meus olhos fecharam e esperei o choque, a escuridão não me protegeu, o que veio foi uma explosão de luzes.

Acordei deitado em um catre encostado numa parede muito alta. No cimo, quase junto ao teto de estuque, há uma janela redonda e, baixando a vista pelas paredes nuas, vi uma porta aberta que parecia dar a um corredor. Imaginei-me num hospital, mas o quarto, amplo, não se parece a isso nem a ambulatório. Há uma mesa e cadeira, um armário metálico de arquivos, destroncado, num ângulo da parede. Deitado, era o que via. Ergui o tronco e vi meu dólmã amarfanhado no chão, ao pé do catre.

Notei, então, que estava em mangas de camisa e que a perna esquerda de minhas calças fora cortada. Havia uma tala com ataduras na perna nua e eu estava descalço. O pé estava inchado como uma batata. Senti dor na cabeça, um oco atrás dos olhos, levei as mãos ao rosto e percebi-me barbudo de dois ou três dias. A testa estava igualmente enfaixada, senti. E, explorando a cabeça, vi que somente o cocuruto estava livre, rocei a carapinha.

Na terceira tentativa, consegui levantar-me, sentindo-me tonto e com uma sede atroz. Cheguei capengando na porta, havia mesmo um corredor, o quarto com o catre era a penúltima dependência antes da parede cega dos fundos. A última porta era de um banheiro, um lavabo de repartição, de escritório, mas havia pia e água corrente. Bebi com as mãos em concha.

O corredor é comprido, tem janelas com grades e delas pude calcular estar num segundo ou terceiro andar, mas apenas vi telhados e árvores, nenhuma rua ou descampado. O teto se rebaixa em abóbada, um pouco adiante do quarto onde acordei. Uma grade robusta e nova foi posta ali, cerrando o corredor. Há farelo de cimento no chão e os buracos nas paredes, onde a ferragem foi chumbada, não foram emassados.

Decifrei que estava numa cidade grande, certamente Kibula. A grade do corredor tinha porta com cadeado. Sacudi as barras para chamar alguém. Nenhuma resposta. Voltei para o quarto, me apoiando nas paredes. Sobre a cadeira estavam meus alforjes e, em cima da mesa, esse meu diário de campanha e meu estojo de lápis.

Não sei se é tarde ou manhã, nenhuma ideia tenho do que me será feito. Não me matam, penso. Não iriam tratar e pôr ataduras em um condenado ao paredão. Sou prisioneiro ou refém, provavelmente isso.

Dormi um pouco, cochilei, creio, acordei com barulho na grade, dois tipos assomaram à porta, traziam comida e um par de muletas. Perguntei onde estava, que horas eram. Entreolharam-se em mútua consulta se podiam responder-me.

O das muletas disse "Passa do meio-dia", o outro: "Está na ala dos Ofícios". Mais não disseram e se foram, ouvi o portão bater os ferros.

Comi com sofreguidão, o estômago doeu, espacei os bocados, tomei água da jarra que trouxeram com a comida, bebi duas canecas cheias, aos pouquinhos, suei.

Quando pude, fui até uma das janelas, mais ao fundo, apurei o ouvido, no andar de baixo havia rumor de vozes, tão indistinto quanto o barulho que o vento trazia em golfadas da cidade: um pregão, um sino distante, meninos gritando uns com os outros.

Olhei os alforjes, toda a papelada de campanha se fora, e também a faca para apontar lápis, a navalha de barba. Estava a caderneta de minhas despesas pessoais, um retrato nosso, com as crianças ainda pequenas, identidade militar do Gabinete de Guerra, o estojo de encerado com escova, sabão e dentifrício. A peça de seda, bem comprimida no fundo do alforje, também sumira, sinto muito. O mais idiota é que também me tiraram o pijama de flanela, velho, que eu estimava e você odiava.

Não sei como ocupar-me. Peguei um lápis e fiz um traço na parede, vou contar os dias, a tarefa inútil dos encarcerados. Vou continuar escrevendo esse diário, um exercício de manter-me vigilante e lógico, dentro do possível. Experimentei as muletas e vi que não é tão fácil andar com elas, provavelmente serei um estropiado muito desgracioso.

No que calculei fosse o meio da tarde, novo barulho na grade, chegaram três homens à porta, mas somente um entrou, postou-se no contraluz, saudou-me:

"Boa tarde, coronel Jerônimo, é um prazer revê-lo, apesar da situação."

"Nos conhecemos?", fui me erguendo do catre, tentando pôr a perna boa no chão.

"Quero crer que sim, não tenha a pancada na sua cabeça me apagado da memória", ele riu e saiu do contraluz.

Reconheci-o de imediato. Era Guido Nkosi, o enviado dos Elefantes a Bambuca.

"Quero crer que as Famílias recuperaram a cidade de novo, mais uma vez expeliram o chefe Manu, senhor Guido?"

"Lamento o expediente que usei, mas era necessário. Meu nome, de fato, é Martiniano. Estive em Bambuca para avaliar a força federal enviada contra Kibula e sondar se havia comprometimento seu com as Famílias. Desculpe, o senhor é um militar, há de compreender..."

"Espionagem e impostura, dissimulação, quer que eu aceite tudo isso pacificamente?", estava achando que nunca me entenderia com o indivíduo, fosse ele Guido ou Martiniano.

"O senhor é homem de palavras duras coronel, mas o sermão que me pregou na casa do padre Tomás viria a salvar sua vida."

"Explique isso."

"O senhor foi traído, coronel. Eu estava comandando a milícia que o senhor atacou sozinho. Vi quando seu comandante de campo ordenou que lhe fizessem fogo. Também vi quando o julgaram morto, imóvel e coberto de sangue. Deixaram-no lá para os abutres, mas nós lhe trouxemos para Kibula. Tive a intuição que Emanuel gostaria de lhe conhecer, ele ficou bem impressionado com o que relatei de nosso encontro em Bambuca.

"Não me diga. E, no entanto, estou preso."

"O senhor não está preso, coronel, está protegido."

"E o senhor é hábil na mudança das palavras e até do seu próprio nome", impliquei.

Ele riu:

"A propósito de palavras, Emanuel apreciou seus escritos no diá-

rio de campanha. Fomos obrigados a ler, poderia conter informações preciosas para a defesa da cidade, além de ser divertido."

Não tinha nada à mão para atirar no pândego. Contentei-me com um "Vá para os diabos!"

Imagino o que Afonso estará manobrando. Tem o comando, o dinheiro, cúmplices na tropa, meus planos de batalha e meu obituário.

De minha parte, tenho esse diário espionado por um rebelde de impulsos enigmáticos, tenho o testemunho do jovem Areias — quem sabe, agora já sob as próprias — , tenho chances de sobrevivência... Tenho?

As contas vão contra mim, o corpo também, e da mente, Laura, nem quero falar. Você sempre disse que eu não sei lidar com dúvidas, faço escolha nas certezas óbvias, as imponho a mim e aos outros. Também sempre lhe disse que você era injusta nesse juízo, porque no meu trabalho — custa-me, embora, chamá-lo assim — a dúvida e o acaso são partes da equação que devo resolver. Devo impor a morte para evitá-la a mim e aos outros.

Sei, sei, você dirá que essa é outra certeza óbvia, a morte é certa, sim, mas não é minha escolha...

A ferragem da porta chocalhou, de novo.

Um sujeito grandão, de avental, e um magrinho, idem, velhusco e corcunda, trazendo bandeja com petrechos, já no meio do quarto, como personagens de teatro.

"Quem são vocês?", falei em provocação, dando-lhes deixa.

"Somos o corpo médico da casa, meu caro. Meu nome é Albérico, mas pode me chamar Doutor Albérico, eu não ligo. Este senhor com a bandeja..."

Ele se virou para o tipo:

"...este senhor é o enfermeiro Omulu."

O outro o corrigiu, rindo, banguela:

"Sou Lucas, coronel."

Doutor Albérico abriu a prosódia:

"Vamos ver. Como se sente?", e antes que eu pudesse responder que ia bem, "conforme as condições", apontou para minha perna:

"Isso aí se cura sozinho, não há muito mais a fazer. O mais preocupante foi a cabeça. Foi sorte terem lhe trazido aqui, fiz-lhe uma trepanação..."

"Fez o quê?"

"Coisinha de nada, não tenha medo. Fiz-lhe um furinho no crânio para drenar uma bolsa de sangue. Resultado de pancada. Derrame. Hematoma subdural. Estava lhe comprimindo os miolos, poderia matá-lo. Vamos ver como andam as coisas."

Fez um giro com o indicador, o enfermeiro desenrolou minha cabeça das ataduras, jogou-as no chão, vi sangue seco. Instintivamente levei a mão à cabeça, senti que fora raspada de lado. Ele afastou-me a mão:

"Não toque, não estrague meu serviço", disse curvando-se, segurando-me pelo queixo e nuca, girando minha cabeça em ângulo.

"Hum, hum, melhor do que eu pensava. Os pontos no couro estão limpinhos, o furo no osso se fecha com o tempo... não se vão escapar segredos militares por ele, não receie, mas vou protegê-lo de moscas curiosas."

Pegou da bandeja uma meia garrafa de aguardente e um tampão de gaze, embebeu-o, banhou-me a cabeça. Ardeu um tanto. Tomou uma talagada da garrafa, juro. O enfermeiro limpou o gargalo e também tomou um gole, você acredita? Os dois puseram-me a nova atadura.

O doutor, do meio do quarto, me olhou clinicamente, mãos nos quadris, deve ter me avaliado em bom estado, pois já se despedia, digo, ele e o enfermeiro se iam, quando deixei soltar, não sei de onde veio a impropriedade, talvez do fato de ter sentido a cabeça raspada:

"Não consigo também um barbeiro?"

Ele se voltou; se a grosseria o afrontara, não demonstrou; gracejou:

"O senhor sabe, coronel, que médicos e barbeiros tinham o mesmo ofício, mas, infelizmente, nós, médicos, perdemos a prerrogativa de cabelo e barba para os fígaros modernos."

"Lamento", eu disse, e ia completar com: "...não quis dizer isso", mas ele me atalhou:

"Não lamente. Alguém virá para resolver essa urgência. De mais a mais, o senhor precisará estar apresentável. Terá visita importante".

Consolei-me da gafe por saber o quanto você riria dessa comédia, de meu desajeito social.

Por falar em vida social, mais gente chegou a essa minha suíte de luxo. Um tipo que deve ser da mordomia da casa, funcionário em roupa de copeiro, trazendo a janta, e dois outros homens, um moço e um velho. Estes me levaram ao banheiro, me despiram e, com cuidado para não molhar bandagens e tala, deram-me banho com água de um balde, junto à pia. O mais moço trouxe tamborete e maleta e ... presto! — dela surgiram pincel e navalha e até um pequeno espelho de toucador.

Fui barbeado, vi-me no espelho mágico com o meio turbante de ataduras e voltei nu ao quarto, onde me vestiram em roupas civis baratas e limpas, calçaram-me um pé com sandália de frade, deixaram o par ao lado da cama, que recebeu novos lençóis e fronhas. Recolheram tudo que estava sujo, foi-se meu dólmã ensanguentado e a calça amputada, camisa de malha e peúgas (as botas não sei que fim levaram), tudo foi atirado em trouxa para o corredor.

Na mesa, estava posto o jantar para este paisano que lhe escreve. O tal mordomo estava ao lado, faltando-lhe apenas uma libré.

Em compensação, apresentou-me cesta com vários itens, regalos dessa inusitada hotelaria: atado de velas, fósforos, pacote de biscoitos, frasco de tinta e pena metálica Brandauer, timão para dormir, um livro cintado com papel que lhe cobria título e autor.

Rompi o papel, revelei o mimo: o próprio Emanuel dedicava para meu "deleite e refrigério" um volume dos Sonetos e Canções de Pedro Kiari.

Pena que você não esteja aqui, somente disso posso me queixar.

Acordei com barulhos de tiros. Difícil saber de onde vinham. Levantei-me e colhi as muletas, desisti de tentar andar com duas, usei uma como apoio e cheguei ao corredor. Da última janela, ouvi melhor o tiroteio, estampidos em alturas diferentes, os mais fortes, próximos, seriam tiros das defesas da cidade. Afonso estava atacando, mas, provavelmente, apenas testava o teor e o poder de fogo de Kibula.

O que tenha sido, cessou logo, mas parece ter afetado os serviços da casa. Demorou a que me trouxessem comida. Para minha surpresa, uma mulher e um rapazote a trouxeram, em duas bandejas. Não seriam mãe e filho, estavam mais para avó e neto.

Perguntei o que fora o tiroteio, o moço tirou a vista investigativa dos poucos itens do quarto, ia abrir a boca para responder-me quando a "avó" calou-o com o olhar. Ela mesma respondeu:

"A guarda da cidade está fazendo treinamento… é isso."

Aceitei a mentira que haviam instruído me dissesse. Tentei abrir conversa, perguntei de onde vinha o leite da jarrinha.

"Vem da vacaria perto do prado velho, é de lá que vem."

Minha memória desdobrou o mapa de Kibula. O prado velho seria o hipódromo maior, no setor das ruínas. Apreciei o jogo, apressei-me em nova questão, pois a mulher estava a ir-se:

"E as frutas? As frutas vêm das terras dos Elefantes, dos Javalis?"

"É de lá que vêm, mas não são mais deles", o rapazinho respondeu, recebendo um tapa na cabeça e empurrões para fora do quarto.

Ri-me. A frase do moço, arrevesada em sentido, dizia que sim, as frutas vinham de fora da cidade, de terras da campanha expropriadas, os barões se haviam afastado para bem mais longe. Gostaria de saber o quão longe. Saber se Afonso se havia enfiado entre eles e a cidade, se entrara além deles. Nesse caso, juntara-os às suas — quase escrevo minhas — forças? Aliara-se a eles?

Enquanto comia. também mastiguei a frase do rapaz. A rigor, as novas frutas, nascidas nas terras alijadas aos barões, mantêm o atavismo, o sumo e gosto das propriedades baronais. Quanto dessa perpetuação reside no próprio povo da província? E Emanuel, o redivivo? Teria seu Kilundu a genética e a força para superar e substituir essa possessão milenar?

Você lembra, Laura, de quando nos conhecemos e — quero dizer isso sem pieguice — quando nos votamos um ao outro, lembra o que falava sua família?

Recordo que me diziam assimilado, mas nunca consegui saber se estavam apenas me extraindo da cultura e usos da tribo de minha origem ou se, mais objetivamente, me viam decididamente alinhado às regras da colônia. Em ambos casos, isso me aborrecia. A condição de assimilado à colônia para alguns de minha geração pouco importava, pelo contrário, dava-lhes mais oportunidades a empregos ou para criarem um negócio próprio. Por outro lado, tanto quanto me lembre, minha origem nas gentes de guerra de meu povo — etnia seria a linguagem assimilada — sempre pareceu a seus parentes — pais inclusive — uma marca renitente do bárbaro. A assimilação, em mim, seria um disfarce de conveniência, em algum momento irromperia o selvagem capaz de lhes devorar a filhinha.

Acho que você, para quem a palavra assimilado e sua tisna passavam longe da Escola da Imaculada e das etiquetas asseguradas da família, não ligava para o selvagem oculto, podia, até mesmo, amá-lo. A riqueza educada tem sempre alguma superioridade de julgamento e escolha, mesquinha que possa ser em tantas outras coisas.

Se sua família estava imune à humilhação de ser colonizada — julgava essa vergonha política como contingência passageira, essa é vantagem durável da tradição — eu, entretanto, tinha apenas o talento natural de que os colonizadores precisavam: alguém que desse ordens aos pares sem que cuspissem no chão, às escondidas.

Sim, estou amargo. Preferia ter levado um tiro da União Colonial do que ser alvejado pelas costas "por um da tribo, por questões de dinheiro", como teriam dito no clube de oficiais das antigas forças coloniais.

Conhecemos bem essa gente, eu jovem capitão, você a esposinha em primeira gravidez, à mesa do comandante da Academia, sob ares e costumes do Exterior, todos muito admirados de sua destreza, elegância e ciência com os talheres, o comandante exibindo-me como o espécime hábil em estratégias audaciosas, que conhecia a terra e a gente dos teatros de guerra com "instinto, tato e faro apurados".

Há pouco, tiros recomeçaram, mas não percebi resposta, a não ser que o entrevero esteja se dando longe, difícil saber quem ataca e quem defende. Estou agastado por nada ver, receber notícia, ter de especular. Nunca estive preso antes. Ou protegido, como disse Guido Martiniano, o Duplo.

Surpresa e, deveria ajuntar, subida honra. Martiniano veio, em mestre de cerimônias, introduzir na minha humilde masmorra nada mais nada menos que Emanuel Zindongu e pessoal de serviço, com uma janta completa, trazida em carrinhos forrados em linho e pratos sob cúpulas de prata polida. Enquanto eu me recuperava do susto e procurava sair do catre da forma mais cortês e isenta de gemidos possível, ele, Emanuel, despachou todos com um comando olímpico, deixando em prontidão apenas um jovem — diria pajem, não fosse isso exagero de figura —, que serviria o jantar. Todos os demais ficaram próximos da porta, no corredor.

Como descrever o homem, se sua vestimenta o escondia com luxo e lavor? Imaginava-o ascético e carismático, sacerdote pagão detentor de mistérios e desígnios. Está muito próximo, contudo, de uma obesidade luzidia, mundana e espaçosa de gestos, como se se movesse tomando o ar do ambiente em grandes sorvos. Sua túnica, em debruns cor de pérola, sobrou da cadeira da cela, a fez sumir, e ele parecia flutuar contra a força da gravidade, frente à mesinha. Sim, sentara-se, antes que eu pudesse estar de pé para o cumprimentar. Espalmou a mão, mostrando-me a cadeira oposta, convidando-me a sentar, como se fôssemos não comer, mas jogar xadrez. Examinou-me e eu a ele. Tem narinas dilatadas — narinas igbo, pensei —, mas a testa é redonda e alta, o queixo é fugidio e parece minúsculo debruçado sobre gorda papada. Curiosamente, tem mãos magras que resistiram ao ataque geral da enxúndia. Falou com uma voz grave:

"Devo dizer, coronel Jerônimo Ndalu, que é pena conhecê-lo pessoalmente nessas circunstâncias."

"Digo o mesmo, senhor Emanuel."

Ele não treplicou, fez um sinal para o moço, imediatamente entendido para que servisse vinho.

"Bebe, coronel? Estou completamente dependente de álcool, já não escondo isso, mas é preciso uma quantidade anormal para embebedar-me."

Aceitei o vinho, há meses não provava. Bebi um pouco da taça e senti que era de alguma fina reserva de casa colonial. O rapaz já servia a Emanuel uma segunda copa.

"Fico muito feliz que aprecie, como eu, a finura da poesia de Pedro Kiari. Ri com os versos pacificadores do amor bordados no travesseiro. Pedro está no exterior. Estivesse com ele, falaria disso, ele riria também, e muito."

" O frade Jacó Kiesse disse-me quase o mesmo."

"Ah! Jacó Kiesse... Bom, antes de falar dele quero que saiba que li seu diário de campanha em necessidade apenas da defesa de Kibula."

"Estou certo que sim, entendo", menti, priorizando escutar o que viria sobre o frade.

"Jacó lhe mentiu. Eu e Pedro nunca rompemos. Tivemos divergências quanto aos meios empregados nos projetos políticos, mas, nunca nos afastamos ou brigamos. Vou lhe dizer uma coisa que o senhor pode transcrever no seu diário, uma coisa que não está registrada, é inédita."

"Sou todo ouvidos, obrigado."

"Pedro Kiari salvou-me a vida duas vezes."

"O senhor parece mesmo ter duas vidas, ao menos para Kibula, me permita."

"Sim, é verdade, e mais teria, terei, se preciso for. Estaria morto se Pedro não me avisasse da situação frágil do primeiro governo, não infiltrasse um grupo de resgate, desse-me condição de fuga discreta, na véspera do ataque. Colhera a data do contragolpe da boca do próprio Clemente. A inconfidência validava nossa amizade e garantiu o futuro e redenção de Kibula."

"Duas vezes o salvou, o senhor disse", exigi sequência, assumindo-me em notário, como ele.

"Da forca com fogueira, na segunda vez, quando Clemente fingiu-se em tréguas e me atraiu a Cambulo com falsidades e embustes. Pôs-me em julgamento como traidor. Por sorte, ele morreu antes de matar-me. Assumiu Inocêncio, um usurário, amigo e sócio do cardeal Alvernaz, ligado a Pedro. A sentença foi suspensa. O senhor sabe, este novo padre é mais ambicioso que Clemente, embora não tão inteligente."

"Jacó Kiesse não sabia dessas filigranas."

"Ora, sim! Sabia. Sonegou-as, mentiu ao senhor por ciúmes de Pedro. Tem um ciúme doentio que não admite amizades ou admirações maiores que as dele. Gostaria que Pedro entrasse para a Ordem, trocasse a política por essa espécie de quietude covarde que ele finge viver. Diga-me: quem é o doido nessa história? E essa balela de que Pedro cultua as perdas... Que percepção simplista e ofensiva à inteligência e arte de um amigo!"

Também percebi que ele lera meu diário com toda atenção a detalhes. Achei-o mais perigoso ainda.

"Quanto mais perto chego ao dia extremo
Que toda pena humana torna breve
Mais voa o tempo veloz em asa leve
E as falsidades todas já não temo", recitou.

"É de um soneto de Pedro", disse, enquanto o rapaz descobria as travessas e seu olhar de conhecedor guloso as sobrevoava.

"O senhor sabe, coronel Jerônimo, que quando fui traído, destituído de poder, de minha mulher e filho, perseguido como animal perigoso e alma venenosa, Deus quis dar-me a força do cinismo, a única energia capaz de se opor à frustração e à revolta estéril, amarga e suicida."

Escutei-o percorrer essa linha pênsil de argumento, enquanto se servia criteriosamente dos acepipes.

"Sirva-se, sirva-se, coronel. Não faça cerimônias. Não devemos deixar esfriar essas dádivas da bondade divina", ele me estimulou, esgrimindo o garfo.

"Fugi daqui levando tanto dinheiro quanto pude levar. Não roubei, minha mão não pesava em pecado sobre o ouro. Levava o resgate para meu regresso e a persistência de um sonho. A prova disso é que sobrevivi, não voltei aqui para vingar-me, voltei para continuar uma luta interrompida pela ignorância e pelas ambições dos que se imaginam poderosos."

Eu estava a imaginar se discurso e jantar não seriam o prólogo da minha execução. Você sabe como me sinto incomodado com as longas conversas durante a comida, ficar com garfo e faca suspensos em educada atenção, sem nada estar escutando verdadeiramente. Ali, porém, eu era duplo prisioneiro e minha prisão na curiosidade abria-me o apetite.

"Mas, houve um outro preço, meu caro", ele seguiu, e o seu "meu caro", não fosse para cativar-me ouvinte, era de real afeto pela vítima.

"A riqueza leva à libertinagem e o meu exílio foi uma provação nessa senda, um caminho de aprendizado em que as leis dos homens e dos Estados eram desprezadas como rasteiras e indignas, ofensivas à outorga divina da liberdade natural."

"O senhor me permita a curiosidade, mas, mesmo no Gabinete do Interior — e confesso-lhe esse fato, em confiança —, há um hiato de informações precisas sobre seu destino e residência no exílio", evitei a palavra paradeiro, imprópria ao protocolo do jantar de luxo.

"O dinheiro comprou-me anonimato, coronel. Não poderia escapar-me ao exterior pelo litoral oeste, bem mais próximo, porém muito vigiado. O senhor poderia me ter capturado, a Federação me enforcado e não estaríamos aproveitando esse jantar, não é mesmo? Fiz um caminho árduo pelo território zambi, em rota contrária às caravanas, atravessei matas e pântanos, adoeci de febres, contornei tropas da União das Colônias e guerrilhas, subornei autoridades portuárias na costa leste, fiz-me ao mar, saí do continente."

"Ganhou a liberdade. E a libertinagem, quando a ganhou?"

Ele riu balançando a cabeça, mastigava então algo bom e demorado para engolir, os olhos estavam líquidos, os lábios muito ocupados para falar. Deglutiu, enfim, o moço serviu-lhe mais bebida, ele enxugou os beiços com o guardanapo, o olhar voltou a analisar e explorar as travessas.

"Isso foi no exterior. Na capital de vários países, no ventre da esbórnia cosmopolita. Pedro esteve comigo algumas vezes, apreciava levar-se a essas pausas na seriedade e no trabalho. Brincava, dizia que as farras eram sua "licença poética" permitia-se o gracejo barato. Eu, pelo contrário, vivia essa espécie de antiascese em tempo integral. Lembro-me do dito de um pensador de quem não guardei o nome: 'Os libertinos nunca começaram a viver, porque todo o tempo que viveram não conta para nada', algo assim. Eu não me apercebi da passagem do tempo, de fato, ele não contava. Foi uma fase de tentação, embora longe de desertos e jejuns. Curiosamente, porém, não era a grande disponibilidade, o lugar comum ou incomum do sexo que me atraíam, minhas purgas e estigma de santificação foram a gula e a embriaguez, elas mortificaram quaisquer outros impulsos carnais deletérios, aliás até hoje, graças a Deus."

Ele deu uma pausa na fala, para intensificar a comilança. Eu la-

mentei ter perdido o apetite, apenas fingia comer, passeando o garfo pelo prato, bicando o vinho com cautela, estava ainda fraco, temia embebedar-me. Ele concentrava-se na nutrição de sua gula, comia por dois, por ele e por seu Kilundu, provavelmente ainda mais voraz. Nenhum dos dois deteve-se a criticar minha modesta performance. Emanuel voltou a falar, porém:

"Um dia, numa festa de grã-finos ociosos e liberais, conheci o filho de Buwila-Kevela, regente de Kalundo, a província do planalto, que jamais se dobrou à União Colonial e recusou federar-se."

Disse-lhe que conhecia bem a situação de Kalundo, menor, financeiramente equilibrada, muito menos problemática que Kibula, sem Famílias conflitantes ou enclaves religiosos, Igrejas-Estados exatores.

"Pois é, mas Kevela queria casar esse seu filho com uma moça de origem Herero, uma composição de heranças e dotes que o interessava. A ideia era sacralizar a união com o aval e benção de Clemente. Terminei intrometido na questão por conta de meu conhecimento notarial, por conhecer bem as propriedades envolvidas, saber dosar a parte que caberia a Clemente. Cheguei a Kalundo tão anônimo quanto saíra de Kibula. Ter voltado me encheu de entusiasmo. O aprendizado no exterior fizera-me olhar melhor e mais nitidamente minha terra e meu povo, era como se tivesse novos olhos e novo espírito, tive essa epifania. Foi um sentimento tão forte que abandonei o anonimato, escrevi a Pedro que retomaria o projeto de restaurar Kibula, que estava seguro de que Kevela comungava de minhas ideias e apoiaria política e financeiramente uma iniciativa que fora inclusive, uma vez, do coração e da bolsa do próprio Clemente. Pedro respondeu que falara com o homem, que o padre estava inclinado a apagar o passado de "incompreensões e desacertos" — lembro-me bem dessas palavras que Pedro grifou como de Clemente. Uma delegação de Kalundo acompanhou-me a Cambulo, somente para me ver traído e preso."

"Então morreu Clemente", apressei-o.

"Sim, mas demorou a acontecer. O miserável definhou em ódio por ano e meio, enquanto o cárcere de Cambulo estiolava meu juízo.

Quando o demônio mergulhava nas nuvens de febre sempre tinha forças para perguntar: "Já o enforcaram?"

Enfim, Emanuel notou que eu terminara de comer, levantou os olhos para o rapaz, este entendeu o comando tácito, puxou para junto da mesa o segundo carro.

"Ah, coronel. O senhor não vai se escusar de provar essas mangas flambadas. Não há mangas aqui, vêm de longe e, com este cerco, receio que serão as últimas da temporada a nos deliciar.

Não tive como escusar-me da delícia. Fui salvo de mais comida pela chegada mesurosa de Martiniano, que sussurrou algo ao ouvido de Emanuel.

"Chama-me o dever, coronel Jerônimo, sequer há tempo para um licor, um digestivo, como dizem tão inadequadamente."

Todo o trem do jantar foi posto em retirada, Manu estendeu-me a mão, levantei-me, aceitei o cumprimento. Ele se ia, mas voltou-se a meio corpo, disse-me:

"Apreciaria que me acompanhasse em um giro pela cidade. Será pela manhã. Providenciaremos para que tenha todo conforto na expedição, coronel. Boa noite".

Enfim só, fui ao diário escrever a memória ainda fresca do banquete e enquanto, empanturrado, pudesse impor-me ao sono.

Saído do banheiro, encontrei o quarto com gente, a mesa do desjejum posta e a mulher com o garoto já de saída. Dois homens ficaram, um deles jogou sobre a cama uma roupa dobrada e um chapéu de massa, com abas largas, disse que os usasse, que iríamos sair.

Tomei café, ainda empanzinado da janta, pouco comi. A roupa era um guarda-pó bege e o chapéu ajustou-se bem sobre a bandagem da cabeça. Não há espelho no quarto, nem no banheiro, mas figurei-me como uma espécie de apicultor. Fui à porta para mostrar-me pronto e, no portão, fora da grade, havia mais dois homens com uma cadeira de braços improvisada em palanquim.

Quis recusar-me desse ridículo, mas quando tentei descer a escada, quase caí, amparei-me na parede, não havia corrimão. Fui encaixado na cadeira e descemos dois andares de degraus em curva, chegamos a um corredor igual ao do meu quarto, fomos ao fundo, onde se abria porta para um pátio calçado em pedras, com árvores cercadas de canteiros floridos. Deu-me alegria ver aquele recanto, arejado de céu e verdura, um resumo ideal de mundos cotidianos, habitáveis.

Perto da saída do pátio havia guarda montada para escolta de uma carroça tirada a parelha, um veículo à jardineira, coberto de lona. Sargento e soldado eram os cocheiros. Dentro, assentava-se largamente Emanuel, que falava algo ao estribeiro de um corcel enorme, ajaezado como cavalo de carrossel. Emanuel viu minha chegada, bateu com a mão no banco almofadado, indicando-me assento a seu lado. Içaram-me, instalei-me, partimos. Senti-me como em cenário de ópera bufa.

Pensamos um dia visitar Kibula, Laura? Acho que sim, quando éramos moços pensamos nisso, queríamos conhecer os lagos da Rainha e do Príncipe, passaríamos uns dias em Kibula, seguiríamos o roteiro das ruínas, na sua casa havia um velho livro com gravuras, você disse. Depois, esquecemos e, para mim, a cidade foi sempre motivo para estudos no Gabinete de Guerra, muito mais que destino turístico de preferência. Agora, vejo as ruínas de Kibula in loco e lhe digo com sinceridade: nas gravuras ela se sai bem melhor. Os artistas lhe conferiam sempre uma aura sentimental remissiva, como se quisessem mostrar que a antiga opulência dos prédios pode e deve ser vista nos destroços. De mais a mais, ela não se arruinou somente pelo tempo natural. O tempo humano fez seus estragos. O grande circo foi devorado pela metade para que se usassem as pedras das arquibancadas no piso de uma casa, de um matadouro, num trato de viela. Viraram metralha para aterro, lápides para mortos humildes. As lajes dos banhos foram levadas para reforço das muralhas e o terreno é areal escalavrado, cercado de pilastras corroídas.

Entendi que Emanuel quer arrancar-me conselhos, não está me ciceroneando por ócio historicista. Disfarça-me em apicultor porque não quer que seus militares contratados me reconheçam, fiquem enciumados, desprestigiados. Reconheci um deles, um major das forças coloniais que, soube, anda trabalhando aqui e ali, onde haja melhor paga. Jamais conheci um mercenário fiel ou ordeiro e os temo e desprezo mais que a insurgentes ou fanáticos.

Não poderei aconselhar Emanuel sem ferir meu alinhamento disciplinar com a Federação. Afonso tornou-se meu inimigo mortal, mas as tropas, formalmente, são minhas tropas, não posso vê-las como inimigas.

"Nasci nesse bairro, coronel", ele me apontou uma baixada de casas e sobrados sem trato, ruelas sujas que descambam para o rio. No raso, foram cavados valões aquém das muralhas, inundados com águas trazidas do Muxima. Fora dos muros há cercas com aramados e paus a pique. Diz-me, mantém ocupado o morro Ongongo e seu sopé, que o inimigo tem sofrido com as tentativas de tomar a posição. Assento com a cabeça, calado, é o máximo que posso confirmar da decisão correta. O morro é fundamental para o cerco e para a defesa, eu mesmo o assinalara no mapa com uma seta vermelha.

Mandou parar a carroça junto ao torreão de uma das portas. Trouxeram minha cadeira, fomos ao mirante, eu atrás de seu corpanzil, ouvindo que o homem ofegava a cada degrau, mas subia com energia. Há visão circular da cidade e de parte da campanha. Mesmo com binóculos, não se avistam as tropas de Afonso, somente uns fiapos de fumaça do fogo das trempes para o rancho.

"Tenho um corredor aberto para o Norte, guarnecido com trincheiras no plano e milícias dentro da mata. É minha via de abastecimento e é por lá que vai chegar a força que acertei vir de Kalundo. Há informação que esse comandante, seu inimigo, fechou acordo com os Elefantes, pois a frente dele seria rala para cercar toda Kibula. Os Lobos e Javalis também queriam aderir ao trato, mas Nicolau, dos Elefantes, os alijou. O que o coronel acha disso?"

Mantive-me quieto e ele virou-se para mim, olhou-me um tempo, esperando resposta. Continuei calado, ele desistiu.

Sei, mas não falo, que a doutrina para a situação é um golpe concentrado e frontal pelos portões, explodi-los. O cerco é mais desgastante para o sitiador com logística dificultosa. Kibula foi privada de baterias ainda durante a campanha de unificação e pouco há que faça senão repelir ataques com fuzilaria, ulcerar o inimigo com guerrilha. Não tem cavalaria com substância de corpo para sortidas ao acampamento inimigo. Chegue o tal reforço, talvez não caia, mas o terreno aqui parece ser menos minado com explosivos do que com acertos, negócios e traições.

Meu silêncio sustou a coceira de Emanuel em cooptar-me. Desceu da carroça e montou o majestoso Incitatus. Seguimos em paralelo até que ele acenou-me adeus vagamente, seguiu com a escolta para os lados do Fórum. Fui levado de volta à ala dos Ofícios e, novamente, encarcerado. Talvez Manu venha a me fazer pressão mais efetiva que jantares e passeios.

Pode ter sido coincidência, mas a comida da janta veio mais escassa que a servida no almoço, quando voltei do giro pela cidade. Se for verdade, o castigo começou e terminou o idílio, devo preparar-me para as sanções ao prisioneiro rebelde. Eu não faria de outro modo com um tipo que não colabora.

Serão, portanto, duas hipóteses desfavoráveis. Tomada a cidade, morro "de novo" e definitivamente pelas mãos de Afonso. Alongue-se a guerra, definho esquecido no calabouço medieval de Manu.

Tenho esperanças que este diário seja resgatado um dia, nem tanto para que se proceda justiça contra um comandante desonesto e assassino. Afonso não vale o custo de um processo, algum cúmplice, alguma hora, vai meter-lhe uma bala na cabeça, uma baioneta entre as costelas. Gostaria que esses escritos chegassem a você, Laura, como as últimas falas de um marido que revestiu-se de durezas e silêncios para protegê-la das cruezas que viveu e teve que perpetrar. Como testamento a nossos filhos para que sigam afastados do ofício do pai, para que assumam o dever de tirá-la dessas terras de ódio e cizânias sangrentas, lhe deem o conforto e tranquilidade que nos prometemos e que falhei em conseguir.

Houve forte tiroteio, já ao anoitecer. Meu passeio pela cidade, cinco dias atrás, fornecera-me orientação, agora me localizo. A fuzilaria vinha do Sul, das cercanias do morro Ongongo, é provável que Afonso esteja a tomá-lo, segue minha cartilha pelas linhas sublinhadas.

Um incêndio irrompeu numa casa de dois andares que eu avistava entre árvores, da janela do corredor. Vi o fogo saindo pelas janelas e a fumaça filtrando-se pelo telhado. Queimou até que as paredes desabaram num festival de fagulhas. Pela manhã, as árvores em redor estavam pardas, murchas, e ainda saíam fios de fumaça dos escombros. Não enxerguei gente tentando apagar o fogo, nem vi depois.

Já, há três dias, trazem só uma refeição que reparto para comer pela manhã e à noite. Estou barbudo, tenho lavado minha roupa e posto para secar nas grades da janela. O sabão está no fim e economizo velas e fósforos. O menino com o almoço vem agora sem a avó, fica trancado enquanto entrega a comida. É também a única vez que vejo guardas no portão, mas, curiosamente, há agora mais barulho no andar inferior, vozerio. O menino me diz que "tem gente presa lá embaixo", responde minha indagação entredentes, ventríloquo, com medo que o descubram falando comigo. Presenteio-lhe um lápis bicolor de duas cabeças que ele esconde no cós das calças. Tenho que adulá-lo, é minha única ligação com o mundo lá fora.

Meu pé desinchou, mas a canela ainda dói e não posso andar sem apoio. Eu mesmo tirei a atadura da cabeça, não vi mais sangue nela, guardei-a, quem sabe há de servir para que me enforque, venham a torturar-me, embora creia que, agora, nenhum proveito eles possam tirar disso.

Pelo que escuto dos tiros, em Kibula poupa-se munição e os tiros do cerco estão mais próximos, de direções mais envolventes. Afonso deve ter empurrado as milícias para junto das muralhas, mas não fez ainda nenhum ataque direto às portas. Já seria tempo, pelos meus cálculos.

Houve uma algazarra que adivinhei ser na frente ou ao lado do prédio, aclamações e cântico de bordões. Provavelmente Emanuel discursou das escadarias da Casa das Leis, mas não lhe ouvi a voz. A coisa se deu já para o fim da tarde e a gritaria, acompanhada de tambores, durou algumas horas. Para muito tarde da noite, ouvi apenas gritos esparsos, baderna de notívagos bêbados.

Não estou bem das tripas, tive diarreia, havia sentido gosto ruim na água da jarra dos almoços, experimentei a da pia do banheiro, senti o mesmo.

Quando o menino chegou com o almoço do dia, pedi que arranjasse água de outra fonte e ele me disse que "em todo canto a água estava ruim", mas que ia me arranjar um limão para que eu espremesse dentro da jarra, era o que se estava fazendo na cidade.

Veio o limão e melhorei. Custou-me outro lápis. Tenho visto mais fumaça de incêndios por trás dos telhados que consigo divisar das janelas. Há mau cheiro subindo do andar de baixo e o marulhar das vozes aumentou. Há, também, alguns gritos, silenciados com pancadas nos ferros, provavelmente os guardas batem nas barras das grades. O fedor pode ser causado pelo acúmulo de presos, não devem ter banheiro particular como eu tenho. Temo que me joguem lá embaixo, prisioneiro rebaixado.

Grande surpresa: meu dólmã, ainda coalhado de sangue seco, foi atirado para o corredor, encontrei-o pela manhã e ainda não consegui decifrar o sentido da devolução. Busquei nos bolsos e forro qualquer mensagem oculta, papelucho, coisa escrita em alguma dobra. Nada. Guardei-o numa das gavetas semiabertas do armário de ferro. Vão me fuzilar, é isso. Emanuel quis dar-me as honras de não morrer paisano, apreciará o teatro, mantive essa expectativa benigna.

Fuzilamentos ocorreram, sem dúvida. Ouvi as ordens para fogo, a rajada quase síncrona, os tiros isolados, disparos de misericórdia. Repetiram-se em quatro, cinco ciclos, até quase o meio da manhã. Viriam do pátio dos canteiros e aborreceu-me a ideia de que um jardim ameno fosse estragado com as execuções. Levassem os condenados para fora, a um velho muro qualquer. De repente, imaginei-me senhor e dono do lugar, queria-o para meu fuzilamento pessoal, envergando meu dólmã, a vida devia-me isso.

Quando o menino da comida chegou, postei-me no limiar da porta a vigiar o guarda da chave, puxei o garoto pela manga da camisa, retive-o no canto interno da parede, cochichei-lhe a pergunta:

"Estão fuzilando gente? É no pátio que tem os canteiros e as árvores?"

Ele fez que sim, só com a cabeça.

"Quem são, você sabe? São soldados de fora?"

"Não. São os padres e frades que ficam presos aí embaixo."

"Como sabe?"

"Conheço alguns", ele quis se desvencilhar.

"Espere, espere. Por que estão fuzilando?"

"Manu mandou. Falou da escadaria que era para fuzilar quem fosse contra o Bom Governo."

"Os padres se rebelaram, foi isso?"

"Parece que foi", ele soltou-se, afinal.

Alinhei os fatos. Mais uma vez Emanuel se livrava dos patronos religiosos. Inocêncio provaria o mesmo travo de traição que Clemente experimentara, mas ele, um usurário, iria acusar o veneno com muito mais desgosto e ira.

Recompensei o menino com uma borracha, regalo simbólico, pudesse ele usá-la para apagar tudo aquilo de sua vida.

Acordei cedinho, fiquei esperando a rotina dos fuzilamentos. Sobrou pão e uma banda de limão da véspera, comecei a preparar meu desjejum, Olhei a parede e tive vontade de contar os tracinhos de meu calendário, ia no vigésimo segundo, quando ouvi a pancada seca de uma detonação, chegou-me o silvo característico de projétil de canhão, esperei encolhido a detonação, ela se deu longe, para os fundos do prédio, corri à janela, vi a coluna de fumaça subindo, para além dos telhados. Do andar de baixo, vinha gritaria, mas não escutei as pancadas dos guardas nas grades. Deviam estar tão assustados quanto os presos.

Ainda estava na janela quando dispararam o segundo tiro, o zunido veio mais forte e rascante, o petardo explodiu num dos telhados, perto da casa incendiada, esfarelou-o. Estavam ajustando a mira. O som era de canhões de campanha que Silveira queria me emprestar. Afonso os fora buscar, tinha ganas de abreviar o trabalho, ia matar metade da população, acabar com as casas e defesas. Pelo ângulo dos tiros, teriam tomado o morro, instalado lá um dos FK 96, usariam o outro em cota rasa, para estourar as portas.

Não houve mais disparos e, também, não houve fuzilamentos. Havia tiros isolados, longe. O menino do almoço também não veio. Fui chocalhar a porta para chamar a atenção de alguém no prédio, a única resposta foi dos presos embaixo, também abalando as grades e gritando.

Ninguém veio. Acreditei que o prédio fora abandonado. Esperei, indo à grade e às janelas, tentei falar com o povo do andar de baixo, não me escutaram.

Senti sono e fraqueza de fome, joguei-me na cama.

Está clareando, ouço galos cantando mas nenhum sino dobra as horas. Os canhões são disparados em tiros rápidos. Gente grita aqui embaixo, ou reza gritando, não sei. Acertaram a frente do prédio, senti o abalo da explosão, o quarto tremeu, o tinteiro esparramou tinta sobre a mesa, um trovão veio se propagando pelos vãos, provavelmente algumas paredes se foram. Uma granada explodiu no telhado, uma chuva de caliça encheu o quarto, já não há como escrever. [Provavelmente, entre 14 de agosto e 15 de setembro de 1902]

III

Emanuel Zindongu foi reconhecido e capturado quando fugia disfarçado de moleiro pelas vielas de seu bairro natal. Foi amarrado e puxado pelo pescoço pela mesma multidão que enfeitiçara duas vezes. Levavam-no, sob pancadas, para o prédio chamuscado do Fórum, onde funcionavam o quartel da ocupação e a junta política provisória presidida por Nicolau dos Elefantes. Ali se ajustavam os termos para o acerto com o Gabinete do Interior da Federação. Não havia escolta militar, a turba o conduzia em compacto, aos gritos. Algum do povo, quando o cortejo já chegava ao Fórum e atraía a atenção de Afonso Nkanga e dos próceres da cidade, forçou entrada no bloco e esfaqueou Emanuel no flanco. Ele urrou, puxaram-lhe a corda, ele tombou, manchando com sangue o disfarce enfarinhado. À vista do sangue, o frenesi tomou conta do povo, e surgiram mais facas e cacetes. Manu foi transformado numa retorcida trouxa sanguinolenta, mas, ainda assim, foi puxado pela rua, chutado e cuspido. Afonso Nkanga mandou que os soldados dispersassem a multidão. Apareceu, não se sabe de onde, uma carroça de mão e moços dos Elefantes tomaram posse do corpo de Manu.

O tenente Luiz Areias viu quando os Elefantes, homens e mulheres, engalanaram a Praça dos Navegantes. Uma pira fora erguida para o corpo de Emanuel. Queimaram-no ao anoitecer, sob fanfarras. Sua gordura alimentou um fogo vivo que projetou no Muro das Lamentações a pintura viva de animada farândola pagã.

Areias descobriu, por acaso, o corpo do coronel Jerônimo Ndalu. Fora encarregado de procurar documentos que tivessem importância para a Federação no prédio dos Ofícios, praticamente destruído. Mandara serrar as grades nos pisos usados como prisão, tirar das celas aluídas os corpos dos religiosos, levá-los para uma cova coletiva, no jardim. O terceiro andar estava sem o teto. Caibros, ripas e estuque aramado, imbricados numa massa instável sobre o piso fraturado. Um único cadáver estava ali, meio coberto pelos escombros. Era esquálido, escuro, vestido em sarja ordinária. Areias não o poderia reconhecer como o coronel Jerônimo. Foi atraído por um armário metálico, tombado a um canto. Cogitou que nele poderiam estar documentos, mas encontrou apenas o dólmã do coronel. Reconheceu-o de imediato. Despachou os soldados que o acompanhavam. Removeu o entulho de sobre o corpo do homem, virou-o de lado com dificuldade, redesenhou o rosto devastado e barbudo nas feições de Jerônimo. Arrastou-o para uma área livre do piso, veio, de sob o corpo, o diário de campanha. Areias foi até a janela do corredor, abriu o livro pelo meio, leu algumas linhas, escondeu-o sob a roupa. Voltou ao dólmã, dobrou-o pelo avesso, enfiou-o sob a casaca de sarja do morto. Quando os soldados voltaram, mandou que trouxessem uma padiola, descessem o cadáver para o jardim. o jogassem na cova "com os padres", cobrissem com cal, fechassem com terra.

Quando a tropa voltou para Luango, Areias refez e anotou a cronologia provável no diário, fez uma cópia para Laura Ndalu e levou o original ao Gabinete de Guerra.

CAROL

"May God us keep
From Single vision & Newtons sleep"

WILLIAM BLAKE

CAROL

I

C**omo se estivesse abrindo a porta** da geladeira, recebendo no rosto a névoa gelada, o cheiro de verduras e frutas, muito mais que de comidas cozidas guardadas, coisas com leite, queijo, gorduras. Resina das árvores, sim, uma fileira de árvores na Rua Luther exalava isso, mas no inverno — que chegara mais cedo aquele ano —, "as árvores fecham os poros, não respiram", Carol conjeturou. Nada sabia de árvores, nem o nome daquelas ali, também nunca perguntara a ninguém, elas não diziam coisa especial, não as vira florir, desfolhar sim, o vento levava as folhas secas para longe ao longo da rua, a passagem dos carros completava a limpeza, livrando a pista. Não era somente o cheiro das árvores, cheiro de plantas, das verduras nas gavetas mais baixas do refrigerador, havia um cheiro mais amplo e aéreo, um acento de leve podridão doce também contava naquele tipo de evocação, isso se deu logo que abriu a porta de frente de casa e era como se a mãe tivesse irrompido de algum lugar, estivesse às suas costas puxando-a pela camisola de flanela, tirando-a da frente da geladeira aberta, dizendo-lhe que ela resfriaria, saísse logo dali, rindo do seu comportamento, que ideia aquela de ficar cheirando a geladeira, vinda quentinha da cama, fome não era, nada tirava para comer, apenas sorvia o ar seco e frio, a névoa iluminada pela lampadinha que morava abaixo do congelador, um mistério para Carol aquela luzinha que ali dormia, talvez acesa, ela não sabia, a do seu quarto a mãe apagava quando chegava, sempre muito tarde. Carol a ouvia falar com Isa, a empregada, e percebia o barulhinho dos saltos altos chegando devagarinho à cama. Às vezes, ela lhe ajeitava o lençol, passava-lhe as mãos nos cabelos, penteando-os com as unhas, deixava seu perfume forte no quarto, sim este um perfume saboroso, comestível, e, se a beijava na testa, também um cheiro de cigarro e bebida permanecia flutuando em redor de sua cabeça até que o sono o dissolvia. Sim, estes cheiros eram definidos, mas o cheiro da rua Luther, da cidade e do condado de Clay eram cambiantes entre o doce e o azedo, mesmo as latas de lixo congelado, a funérea sucessão delas à frente das casas iguais, ainda sonolentas, tinham esse odor que não era exatamente repulsivo, era cheiro de algo que ficava entre o que se usava e o que se descartava, orgânico ou fabricado fossem, um cheiro que Carol sentira noutras cidades, não somente em Clay, na rua Luther, mas nos shoppings, aeroportos, no saguão dos bancos, embora nesses lugares fechados o cheiro de pinho ou cítricos ou florais dos detergentes sobrenadassem a atmosfera nativa, a essência da América fabril, em processo.

Também a identidade desses cheiros gelados e a sobreposição deles no tempo levava-a de regresso à América que ela ainda não conhecera em estado sólido, mas como um lugar difuso em que estavam pai e mãe, associados, andando juntos, permutando-a em seus colos, alimentando-a, acomodando-a no banco de trás do carro num leito improvisado de colchão e cobertores, varando a neblina fria e o lusco-fusco da autoestrada.

William Stewart, conhecido como "Turnpike" Bill, era funcionário rodado do Departamento de Estado, um veterano de guerra, nativo de Minnesota, contemplado com bolsa *GI,* para agronomia. Trabalhou em projetos domésticos, depois, já casado, foi lançado ao exterior,

para o México, Jordânia, Quênia, Filipinas, onde houvesse programa de colaboração agrícola que enfeitasse acordos estratégicos. Quase cinquentão, foi alojado no que sobrou do Ponto IV de Truman, posto numa agência híbrida de informação e difusão, uma frente burocrática de anticomunismo, abaixo do Equador. Estava divorciado, sem filhos, bebia com alguma devoção e permitia-se ganhar uns extras com contrabando em baixa escala, coisa que o consulado facilitava, até mesmo tolerava como auxílio funcional às relações públicas.

Boa praça, americano típico, logo enfronhado no lazer etílico e negocial da cidade, apreciava o convívio social, os *stag parties* com usineiros, juízes, políticos, jornalistas, gente do governo, trafegava bem na relação consensual de interesses, pequenos favores, intrigas entre cavalheiros, informações de cocheira.

Esses mesmos senhores da nomenclatura local o quiseram introduzir ao avesso feminil e alegre deste mundo, levaram-no, uma noite, em sequência a um coquetel na Associação Comercial, a um casarão perdido e distante da linha da praia, um sítio mais semelhante a uma vacaria, rodeado de mangueiras e cajueiros, muito diferente de qualquer bordel que Bill tivesse visitado em suas andanças e navegações pelas Ásias e Oceanias.

De fato, as atividades de bordel na Casa de Dona Denise eram subsidiárias do clube-cassino que ali funcionava. No brasão clandestino da tavolagem-lenocínio, na placa invisível do estabelecimento, o desenho da roleta ocupava a coroa, e as cinco camas eram apenas peças no escudo.

A rigor, as camas deveriam ser seis, pois em uma delas — todas estavam instaladas em suítes em redor do mezanino sobre as salas de estar, dos jogos e bar americano —, nessa, especial, dormia dona Denise, que não bancava nem entretinha cavalheiros, fora pela idade, fora pela posição societária. Possuía trinta por cento do negócio, o sócio majoritário sendo João de Setúbal, um lusitano já aclimatado em costumes e fazeres da terra que, além desse empreendimento de recreação de adultos, tinha postos de gasolina, revenda de carros

usados e um afamado bar e choperia no centro da cidade, covil de jornalistas e políticos, remanso de delegados de polícia.

Sim, ele e Denise envolveram-se nos tempos mais fogosos das carreiras, mas já apenas gozavam a pacificação madura do afeto e fidúcia nos negócios.

A quinta cama estava sob titularidade de Irani, mulher saída dos vinte e cinco anos, paranaense de origem, alta e alva, com sardas no colo, olhos de melaço e cabelos no matiz de leoa, boca com esplêndidos dentes afeitos a se exibirem em riso franco, riso superior, impositivo, animado, sobreposto a qualquer conversação enfadonha.

Tinha essas qualidades de corpo e expressões de alma que, de imediato, se escreviam na óbvia pergunta: "o que faz um espécime desses num lupanar pretensioso escondido num quintal dos trópicos?".

Irani tentava fazer dinheiro e fugia de um casamento equivocado com um médico violento, um bávaro que, com absoluta e redonda razão, todos temiam pelos estragos que ele fazia com chantagens e negociatas, mais que com o bisturi. Algum cliente de Irani, fosse minucioso a ter a atenção desviada da gula primitiva àquele corpo, tateando-o, poderia lhe achar duas cicatrizes de bala, uma na ilharga, outra na omoplata esquerda, ambas emblemas da guerra perdida ao marido ciumento.

Ela não morava na Casa, arranjava-se num apartamento modesto e incógnito, uma peça de fundos, num primeiro andar, um prédio familiar mais perto da praia, onde era conhecida por enfermeira dos turnos da noite — bela enfermeira, maridos e esposinhas comentavam — que, coitada, acordava tarde, não tinha marido ou namorado, não ia à praia, punha o jaleco de trabalho a secar na grade da janela... astúcia a que Irani recorria em homenagem ao disfarce.

Naquela noite arrastada, Bill afastou-se do grupo que se entregara à volúpia da roleta, foi ao bar, pediu *bourbon*, rodou no tamborete alto para ter uma panorâmica do salão, descobriu Irani num sofá escandaloso, uma barcarola almofadada em tons do inferno e entalhes dourados, todo esse exagero aninhado num recanto, sob luz de abajur. Ele desconhecia que D. Denise levava muito em conta os palpites de seu cabeleireiro e decorador, mas isso não o impediu de julgar que o cenário de tentação, ostentoso que fosse, não superava a notável e surpreendente mulher reclinada naquela pintura, em pose de convite ou desafio.

Levantou-lhe o copo, em brinde, sorveu a bebida olhando-a. Em seguida, como nos filmes em câmara lenta, ele a viu levantar-se, um langoroso giro das pernas e o movimento de luzes sedosas nas dobras do vestido a mostraram de pé, ela vinha até ele, senhora da coreografia dos passos, riso insinuando-se nos lábios escarlates, olhar que o afrontava.

Bill tornou-se freguês habitual e insistente da Casa, ia num carrão conversível espaventoso pela estradinha de barro, enfiava-se na alameda de casuarinas, via-se no pátio iluminado por um único poste, estacionava sua nave de Buck Rogers junto aos veículos dos outros senhores aventureiros. Bebia, mas não jogava, arriscava a sorte em saber se Irani estava disponível. Se não, bebia um pouco mais, acenava, simpático, às outras moças, ia-se. Uma noite, chegou muito tarde, não entrou. Ficou no carro, esperou o carro de praça que buscava Irani, deu dinheiro ao motorista, despachou-o.

Ela desconfiou da surpresa, entrou relutante no carro do gringo, deu, porém, margem de confiança a Bill, ele era sujeito pacífico, nunca a ofendera com desprezo, com a leve repugnância, o arrependimento, que os outros tipos, já satisfeitos, jamais conseguiam disfarçar. Também nunca o soubera com as outras garotas. Isso a agradava. Não deveria, mas agradava, pensou.

Ele dirigiu calado de volta ao asfalto, ia sem rumo, como em passeio. Parou em uma alça de praça, frente ao mar. Ia clareando, Irani apenas olhava as nuvens rosadas, sentia o ar fresco, estava calada. Virou-se para Bill e ele não mirava o nascente, fixava-se nela, um tanto abobado, ela achou.

"Então, o que vai ser?", Irani surpreendeu-se perguntando.

D. Denise foi franca:

"Não vai dar certo, minha filha. Nunca dá."

Irani disse que estava resolvida.

"Se quiser voltar, pode vir. Vocês sempre voltam", disse Denise, calma, sem compaixão ou zanga.

Irani mudou-se para o apartamento de Bill. No caminho, lembrou que o jaleco ficara na grade da janela e riu, deixou-o lá para todos os ventos, sóis e olhares.

Então, num luminoso verão, Carol nasceu, logo cresceu em menininha bonita de cachinhos dourados, foi viajar costa a costa da América com pai e mãe. Bill tinha uma irmã em San Francisco, Carol viu a névoa passar por cima e por baixo da Golden Gate, sem saber que voltaria à Califórnia, que moraria com Phoebe, a tia, que Bill e Irani se dissolveriam naquela e em todas as névoas.

Logo após voltarem da viagem idílica, Bill foi enviado à Bolívia para o que imaginou fosse breve temporada. Mandava dinheiro, escrevia pouco, dava notícias elípticas do trabalho e de regresso sempre adiado. Mas, voltou um dia, e foi como se estivesse de passagem, Irani notou-o mudado, tocando as coisas com urgência, pouco risonho, até mais para sisudo que apenas preocupado. Ela agora trabalhava com produtos de maquilagem em uma loja de departamentos, voltava à noite, nem sempre o encontrava em casa. Ele alegava viagens ao interior, a outros estados.

Deste tempo, Carol pôde fixar uma imagem esfumada dela com o pai, um retrato que só se revelaria em contornos e cores mais adiante, embora em relâmpagos. Lembraria que foi com ele a um bangalô ajardinado, com árvores de troncos brancos nascendo do gramado, onde a fotografaram, pintaram seus dedos com tinta preta passada a um papel, deram-lhes duas injeções, uma doeu muito, ela chorou, ganhou um sorvete rosado, voltou para casa com o pai, disse a Isa que tomara sorvete, iria contar à mãe quando ela chegasse, mas esqueceu.

Um segundo passeio se deu um mês depois, ela entrou num avião com o pai e a viagem demorou tanto que ela dormiu, acordou com o tranco do pouso, estava com fome, o pai arranjou-lhe o que comer e logo entraram noutro avião.

Bill deixou Carol com Phoebe, voltou a Washington, foi despachado para o Sudeste da Ásia. Foi sua segunda ida até lá, mas, dessa vez, nunca mais foi visto ou ouvido, era a época da *mêlée* do fracasso e da vergonha militar. Irani iniciou a saga para obter respostas ao seu desespero de mãe, foi ignorada e tratada como louca quando forçou os portões do consulado e perseguiu gritando e chutando o carro do cônsul, perdeu todo dinheiro com advogados que tudo prometiam e que não evitaram sequer que fosse despejada de um apartamento "com contrato vencido".

Voltou para Denise e teve a sorte de que ela não lhe dissesse: "Não falei?"

Phoebe era casada com Josef Baginsky, um carpinteiro que evoluiu para empreiteiro de pequenas obras. Tinham dois filhos crescidos que largaram o ninho precocemente, um para a Marinha, outro para trabalhos genéricos e ocasionais no Oregon, no Idaho, estradas afora. Carol tornou-se a filhota tardia, o mimo da casa.

Passaram-se tempo e papel, carimbos e questionários até que Phoebe conseguiu para Carol a pensão de Bill, dado, enfim, como desaparecido oficial a serviço do país, sumido também nas fronteiras indefinidas entre os ofícios civis e os militares.

Assim, nesse vácuo de imagens imprecisas — o olfato, o cheiro das coisas e gentes, muito mais corpóreos a ela —, nesse oco, ovo doméstico, Carol nasceu novamente perfeitamente americana, cresceu na velocidade e desenvoltura dos jovens do país, indistinta de Alice, Teddy, Bob e dela, outra e mesma, a Carol magrela, sardenta.

Suas amiguinhas de classe eram Sally Lassale e Hazel Coates, a magra e a gorda que a ladeavam em curioso tríptico, íntegro e uno até a perturbadora inclusão do moço Edward Stout, namorado de Sally. As impiedosas estradas da América levaram Sally precocemente. Ed enfiou seu luzidio Ford negro num caminhão avariado, parado na pista. Desviara de outro carro parado, o motorista descera para ajudar o colega. Ed teve fraturas na perna e no braço, Sally partiu o pescoço, morreu na hora. Carol e Hazel tinham resolvido ficar mais tempo numa quermesse, pegaram outra carona, viram o carro de Ed destruído, souberam da morte de Sally quando chegaram em suas casas.

Esse momento foi uma espécie de acelerador do tempo.

De repente, Carol trabalhava num armazém de construção — Josef lhe havia conseguido o emprego —, ela havia herdado Edward Stout como namorado fixo, Hazel se fora, a família mudou-se para uma cidade obscura, onde o pai foi ensinar. Carol não saberia que Hazel, anos depois, se afogaria num lago de gelo ainda fino, em um giro solitário de patins ou num suicídio bem planejado.

Súbito, Carol já estava morando com Edward Stout em Los Angeles, o moço fora trabalhar numa fundação cultural. Ela tentou estudar alguma coisa, descobriu que não tinha talentos ou apetites para disciplinas específicas, achou emprego como recepcionista num escritório de advocacia.

De repente, ainda, Ed teve proposta para mudar-se ao Missouri, numa cidade que crescera e fizera dinheiro com eletrônicos e agora queria teatro, museu, biblioteca. Carol desconhecia que o convite viera de outro moço, rico este, uma relação afetiva tão forte que alijou Ed de sua vida, não sem que o rival, num gesto de oportuna estratégia, a afastasse para uma colocação em Chicago, "na galeria de arte, de uma queridíssima amiga que você vai adorar".

Ao longo da Rua Luther a neblina foi se dissipando, a presença de gente e tráfego parecia ter efeito nisso, as luzes mortiças dos pórticos nas casas também finavam, somente o friozinho ficara, um cheiro mínimo permanecera, ainda residia nos gramados e oitões das casas, no arvoredo baldio, mas foi se esvaindo à medida que Carol caminhou ao fim da rua, chegou à estrada que cortava o pasto e a seguiu até a olaria e estúdio de Elisabeth Merrifield.

Afora Jimmy Hoffa, o Desaparecido mais famoso do condado e da América, Elisabeth, a Reaparecida à admiração dos moradores, era a segunda celebridade local. Voltava, assiduamente, para longas temporadas de trabalho na velha olaria. Partira mocinha para estudar arte em Chicago, fizera carreira como pintora e ceramista, casara duas vezes, tivera filhos com dois maridos, rodara o mundo, vivia solteira, envelhecia ainda rija.

Restaurou a fábrica de tijolos da família — o condado fora fundado sobre argila e carvão —, lá preparava suas exposições de pintura e queimava suas peças, pequenas esculturas abstratas que se aproximavam do que pintava nas telas: grandes colchas de retalhos em retângulos e triângulos, mapas da artesanía nostálgica de avós, bisavós, dos imigrados, a cobertura de lavor e de indigente luxo, o regalo tornado possível para as camas rústicas dos colonos. Isso, transformado com perícia e estética por Elisabeth, vivia em museus e coleções, pelo mundo.

Carol não entendia nem apreciava muito arte, mas era dedicada a seu trabalho de assistente pessoal. Elisabeth a trouxera para seu serviço a pedido de sua *dealer* e amiga, de Chicago. Foi uma operação discreta para apartar o convívio, progressivamente perigoso, do marido e sócio da galerista com a nova recepcionista, "essa aventureira que Mark Lippi me impingiu", disse a *marchande*. Mark fora o conquistador do coração de Edward Stout.

O salário vantajoso que convenceu Carol a embarcar para o vale do barro e carvão era suprido com um bônus de extradição pago pela galerista. Menos mal, ainda: a Sra. Merrifield era pessoa amena e solitária e, sendo prática, não se metia na vida de Carol, não lhe exigia serões, dava-lhe uma lista, mapa de tarefas, era assim.

Ela, Carol, não ficava retida em translações de memória, nem se preocupava com isso. Sim, a mãe lhe poderia surgir num relance fátuo. Lembrava-se, por um instante, de estar no colo do pai. Essas evocações, porém, não eram elaboradas por esforço ou indução própria. Um cheiro, um gosto, uma revista aberta sobre a mesa, a lata de lixo da cozinha, qualquer dessas coisas poderia lhe trazer um surto de frações de segundo, um lapso inapreensível nos relógios, em que pai e mãe, a tia Phoebe, o empreiteiro Josef, Sally, Hazel, mesmo Ed e até Adolphe, o quase esquecido marido da galerista, poderiam saltar ao primeiro plano, visitá-la sem muita demanda por resposta ou empatia, irem-se. De Chicago, mandara um cartão postal para a tia, e só. Pensara em enviar o novo endereço, uma foto da Main Street com o prédio em tijolinhos da prefeitura de Brazil, "todos queimados na olaria onde trabalho". Esqueceu numa gaveta. Uma cortina pesada, opaca, parecia cair às suas costas. Se olhasse para trás, pouco veria de dois, três dias antes. Um fim de semana, saiu e dormiu com um rapaz atlético da manutenção dos fornos, deixou-o com esperanças, logo o esqueceu. O moço cobrou-lhe atenção, ela se mostrou indiferente, ele se irritou, começou a falar mal dela para os colegas. Uma tarde, Carol passou por uma mufla aberta e sentiu o cheiro do barro aquecido, associou-o ao suor do rapaz e aquilo lhe deu impulso para chegar até ele, conversar amenidades, como se nada. O rapaz reagiu com grosserias que ela não entendeu.

Diversamente de Carol, a memória de Irani ficava acesa nos desvãos mais diminutos do cérebro, luzinhas que se propagavam em fulgor de imagem completa, ampliada. Sempre a menina Carol surgia-lhe nítida: correndo desequilibrada pelo corredor, descobrindo-se bípede, encantada com isso. Parada, descalça, na cozinha escura, sob o foco da luz gelada do refrigerador escancarado.

Irani lutara para preservar essa memória e para resgatar a filha. Perdera todos os combates contra a América e contra os militares de seu próprio país, taxada como doida e puta incomodativa por ambos. Não deitava com um desembargador, um deputado, um ricaço municipal ou turista federal, sem que, no aconchego do *boudoir*, terminasse pedindo um pequeno favor, uma intercessão, influência deles para sua causa de mãe. Eles se sentiam importunados, ofendidos e comprometidos por terem fodido com uma mãe, vestiam-se prometendo coisas vagas. Essa má reputação estragava os negócios, foi o que Denise lhe disse, pela primeira vez, com seriedade e, da segunda, já em rude ultimato: "Pare com essa coisa neurótica e chata de ser a mãezinha de filha sequestrada!". Não adiantou, Irani reincidiu, o próprio João de Setúbal veio "dispensá-la dos serviços", falou isso como se estivesse demitindo um vendedor de sua revenda. Deram-lhe algum dinheiro, os endereços de empresas congêneres, Irani se foi a Belo Horizonte e depois para Brasília. Já não era a beldade de trinta anos, uma pátina estava a depositar-se em seu rosto e seu riso, travado nos cantos dos lábios, lutava também para afirmar-se contra a amargura.

O relógio americano corria passo próprio, marcava seu tempo conservado e cativo, não remissivo, pendulava esse paradoxo, pouco se retardando em arrependimentos ou pedidos de desculpas. Os segundos venciam minutos que deixavam as horas para trás, usadas e inúteis. Oroboro do tempo que é dinheiro, a máquina tinha esse dístico e o escape e as cremalheiras de Cronos *made in USA*. Elisabeth Merrifield trabalhava neste ritmo, em velocidade pragmática que mantinha o passado de retalhos num tesserato evolutivo, contemporâneo.

"A América sempre foi isso", disse o crítico que acompanhava a dona da galeria nova-iorquina onde Elisabeth iria expor no próximo verão. Visitavam a fábrica, comentavam as obras, e a impressão unicamente captada por Carol foi das roupas dos visitantes, a regrada combinação de pardos e grises e castanhos e lavandas, em contraste com a tapeçaria estridente de rosas, laranjas, cerúleos e púrpuras que a Sra. Merrifield evocava das paletas avoengas. Haveria colchas de retalho com a modéstia de cores das roupas das visitas? Carol nunca as vira ao natural ou nas obras da patroa, mas agora aprendia uma lição importante de arte e urbanidade: que se vestisse uma daquelas pinturas seria ela mesma uma obra de arte perfeitamente aceita, mas não seria uma pessoa elegante e educada.

Elisabeth mandou servir um almoço para os visitantes no grande galpão de amostras, onde montara uma galeria com fotos históricas

da fábrica e da cidade. Carol sentou-se na mesa principal, com os funcionários do escritório. Das outras mesinhas, o operariado a viu ascender na vida artística.

Quando se aproximou a data da exposição, chegou à cidade Gerardo Ochoa, encarregado de fazer fotografar, produzir catálogo, embalar, contratar seguro, transportar as obras com boa antecedência.

Ochoa era cubano, de família anticastrista e açucareira, gente com dinheiro suficiente para não estar entre os pés-rapados e flibusteiros de Miami. Pai e mãe viviam em Boston, que Gerardo trocou por Nova Iorque, para viver com o avô, o patriarca Camilo, uma lenda caribenha que até Fidel, se não temia, respeitava. Gerardo era moço de prendas frustradas, quis ser artista, ator, galerista ou curador, contra o gosto dos pais. O avô, mais tolerante, deu-lhe uma agência de produção, na suposição de que atenderia sua atração às artes com um meio próprio para receita. Gerardo continuou pendurado nas finanças da família, mas sua firma — a Zephir — era de primeira linha, contratava os melhores fotógrafos e gráficas, tinha penetração nas editorias de arte, um *mailing* cobiçado, trânsito nos conselhos de museus e fundações.

Não fora a importância da Sra. Merrifield, dificilmente poria as solas dos sapatos no barro do condado. Lá chegou com ares de aventura em peregrinação cultural, o citadino do Leste, dotado de ferramentas exclusivas para entender, explicar e normatizar o resto do país. Vivia feliz esse equívoco, amava muito suas ferramentas para sabê-las inadequadas e, portanto, não somente teve dificuldades com o povo da fábrica e da gerência do estúdio, como com a própria Elisabeth, arriscando-se contrariá-la na escolha da obra para a capa do catálogo e no destaque que a artista queria dar às peças cerâmicas, "claro que naturalmente coadjuvantes, minha cara", disse, em afronta à herdeira de uma olaria bicentenária assentada na argila que dava nome ao condado e que produzira cada tijolinho de suas casas e lareiras.

Elisabeth passou a evitá-lo, entregou-o à Carol, em sinalização de status subalterno, encafuou-se no estúdio. Tratasse ele com "a secretária", doravante.

Acidentalmente assim, graduada secretária, Carol assumiu o papel com afinco, arrumou-se em melhor roupa e deu-se maquilagem polida, seguiu um *script* executivo — e surpreendeu-se com essa sua capacidade latente de mimese. Logo Gerardo estava dependente dela e ela, Carol, seduzida pelo belo tipo latino, de negra e basta cabeleira e olhos verdes obscurecidos por longos cílios. Ao bolero previsível, seguiu-se um *pas de deux* íntimo que se prolongaria a palcos e alcovas de Nova York.

Em Brasília os relógios correm em compassos singulares, cada pessoa tem seu tempo natal que determina a inércia de movimento dos ponteiros. Um sujeito de Cordisburgo vive tempo diverso do tipo de Bagé, um deputado de Roraima é assíncrono ao senador paulista. Quase ninguém com idade verdadeiramente adulta nasceu ali no eixo de horário abstrato que deveria comandar o país. Ali os tempos se tornam mais biográficos que funcionais.

Trânsfuga, vinda de outras cidades, Irani não seria estrangeira nesse território de exilados, não dependesse ela do capital da idade — pudesse congelá-lo —, não corressem contra ela os tempos do cosmo e, perversamente, da cosmética. Contra ela tramavam a melancolia, o anúncio de rugas e o clima miseravelmente seco do planalto. Tudo isso lhe roía as economias de beleza.

Já não era a senhorita, a moça, a mulher. Passara a senhora, a efígie de cortesã lhe cairia bem, houvesse naquele faroeste burocrático refinamento para essas delicadezas de qualificação.

Um cliente mineiro, de passagem por BH, deputado estadual eleito federal, seria seu arrimo. Era homem católico e piedoso, um raro que lhe ouvira, sem muito enfadar-se, a cantilena de mãe enganada. Solitário, agora em Brasília, não querendo ser vítima de proxenetas e agentes de ninfetas, temente a escândalos tanto quanto a Deus, tomou Irani como assistente parlamentar, a tê-la sempre à mão, cômoda e disponível companhia e, além do mais, dama na qual os vestidos de noite ou os tailleurzinhos de trabalho cabiam à perfeição.

O deputado, amparado em sua fé, cumpriu dois mandados federais sucessivos e seria governador das Alterosas, não tivesse preferido um ministério, para desonerar-se de campanhas incertas, acomodar-se a orçamentos bem negociados. Nessa basílica de providências terrenas, também serviria Irani, secretária sênior, ornamento de elegância, com pós-graduação no trato de próceres, lobistas, industriais e raposas oportunistas de vários formatos e pelagens.

Em um coquetel do ministério, lançamento de programa de fomento à cafeicultura, conheceu Enzo Ceccato, um italiano importador de grão robusta para suas unidades de processamento de solúveis na Itália e Espanha. O senhor Enzo também envelhecia pelo relógio napolitano, já não era o empresário ardente e carbonário, divorciara-se, passara as operações das fábricas para os filhos, segurava o controle acionário e a presidência no conselho da *holding*. Irani ouviu-lhe o *racconto* com atenção simpática e aquela foi uma longa narrativa que se estendeu num jantar e no convite para visitar fazendas no Espírito Santo, o que ela aceitou com encantamento, como se fosse a uma semana de abril em Paris.

A exposição de Elisabeth Merrifield confirmou-se em vendas e boas resenhas, mas Carol não continuou com a senhora. A perspectiva de voltar a Clay e à rua Luther incomodava-a. Gostou de Nova York, sobretudo porque a conhecera pelo topo e pela latitude cartografada do Central Park à Washington Square, a fatia mais que suficiente da Cidade Desejada.

Ali, transeunte e usuária da urbe, em urgência de passadas e em vestuário indistinto do estrato homogêneo das outras jovens, absorveria suas ambições miríficas, suas desconfianças residuais, suas perseguições ao dinheiro fugidio, seus disfarces necessários a angústias e medos.

O namoro com Gerardo durou pouco, o moço era algo trêfego e recebia tantas ofertas que se dispensava procuras. Carol, entretanto, engajou-se na Zephir e além disso o velho Camilo conheceu-a,

requestou-a ao neto, tomou-a por companhia e audiência, presença fresca e juvenil no escritório privado, escolta para passeios ao campo, para exibição vaidosa a outros cavalheiros de negócios e, logo, para gerência da casa sobre os velhos funcionários enciumados, mas tementes. E para agendar-lhe compromissos sociais, para levá-lo ao leito, ouvir-lhe algumas memórias antes que dormisse em *fade out* no meio de um balbucio evocativo. Carol juntou ao cheiro da América o morno extrato da incontinência, a amônia da urina senil impregnada no pijama de seda, nos lençóis de linho. *Pet and toy* que fosse, porém, ela já não se destinava à vida doméstica em que o condado de Clay a poderia conformar, cedo ou tarde. Em pouco tempo, pelo novo relógio cosmopolita, era uma moça irreprochável em etiquetas, pronta para o *breakfast at Tiffany's* ou no Four Seasons.

Para Irani, depois dos cafezais, Paris logo viria, mas também a Riviera Francesa, e Florença, e Roma e, enfim, Nápoles. Se não pudesse dizer que estava feliz, tinha a sensação de que convalescia, com alívio, de doença crônica, de uma exasperação cotidiana de nada ter e a nada pertencer. Enzo Ceccato vivia uma paixão madura e seu maior presente, que Irani apreciava e cultivava, era uma dedicação durável, um compromisso que ela não recebera antes de um homem. Sim, houve imposturas, ficções amorosas com alguns, acontecera o erro do casamento na juventude, a precipitação ao enlevo de Bill, tudo aquilo correra, entretanto, sob ameaça de falhas confirmadas e sem reparos. Sentia-se segura com Enzo, já ouvira essa expressão de estado antes, mulheres a usavam com desejo ansioso, era um lugar comum que agora ela descobria veraz.

A lembrança de Carol amorteceu-se nessa pintura de vilegiaturas, na permanência na vila florida de Castellammare di Stabia. Talvez ela mesma, Irani, a tivesse abafado em autodefesa e em proteção à delicada urdidura amorosa que se tecia entre ela e Enzo. Uma vez somente, a memória da filha aflorou, a dor da perda lhe agulhou o coração num dia em que olhava o mar pela manhã, descia os olhos pelas ribanceiras pintalgadas de vilazinhas e arvoredos. Nesse momento de hipnose sustada, um pensamento tormentoso lhe veio junto com a dor: Será que a filha lembrava-se dela, a imaginava, tentava resgatá-la para dentro da própria vida, de uma vida que Irani desconhecia de qual matéria, sonhos, desejos, era feita? Por um instante, a ideia de que a filha já a eclipsara, ou que, talvez, nunca a lembrara, pareceu borrar a aquarela da paisagem, quis toldar o azul Mediterrâneo.

Irani e Enzo casaram-se numa festa privada com a presença dos filhos e amigos do noivo, de parceiros próximos nos negócios dos Ceccati, das poucas amizades que a noiva fez em sua nova vida. Os filhos saudaram-na com simpatia. Andrea, o mais moço, gracejou com o pai chamando Irani de *sorella*, uma irmã que o pai lhes teria sonegado premeditando incesto, no devido tempo.

Lisonjas e maldades veniais à parte, ela amadurecera, seu rosto adquirira a sobriedade dos retratos posados dos antigos estúdios, já não havia o colorido de um riso instantâneo, uma gaiatice flagrada num verão, uma careta de divertimento. Até mesmo o movimento do corpo, a ondulação erótica, fora atenuada, fixara-se numa estatuária sépia, sedentária.

Sim, ainda era bela nesse outro modo, seus indícios de beleza ficaram retidos no camafeu memorial da jovem Irani, como nos retratos das rainhas em moedas e medalhas, sempre em juventude ideal. Tinha essa capacidade de se manter bela a olhos reflexivos, não imediatos. Assim Enzo a via, assim ela aparecia a seu lado nas viagens, nas revistas de futilidades de gente muito rica, nas festas, recepções e jantares em restaurantes exclusivos.

Quando voltaram do périplo das núpcias, Irani soube que viajariam à América e surpreendeu-se — temera o momento com angústia —, em ter seu visto de entrada concedido sem quaisquer reservas. A fortuna obliterara o index, ela emergira purificada da vida pregressa, ingressaria no paraíso com novo corpo e nova alma.

A viagem, porém, tinha motivos menos transcendentes. As Indústrias Ceccati eram, num *pool* de patrocinadores, o principal doador de um conjunto de gravuras e pinturas de Giorgio Morandi, adquiridas de espólio milanês. Recebia as obras o Museu de Arte Moderna Italiana, um sobrado simpático no Soho, e haveria, depois, jantar de congraçamento, perto, num restaurante, idem italiano, reservado para a ocasião.

Era julho, e essa partição do ano ao meio pode ter ajustado os relógios de todos os envolvidos em dramas e comédias pelo mundo afora, como se os magos universais concentrassem todos esforços da mente em favor das teorias da sincronicidade, do alinhamento dos astros, do conciliábulo dos arcanos.

Não é isso, a construção da vida vista de fora, impressentida de dentro? Pois bem: quem organizou o evento da entrega das obras ao museu, providenciou mestre de cerimônia, jantar, lista de vinhos, segurança e valets?

A Zephir o fez com a categoria nova-iorquina que era seu padrão, uma festa black-tie rigorosa, com franquia para uns poucos anarquistas espirituosos e ornamentais, os críticos do momento, um qualquer artista extraído do gueto de ocasião.

Postas na mesma sala, estavam Irani e Carol, ambas peças dos jogos de Tyche, essa deusa secundária, mas intrometida, sempre animada em misturar e desandar coincidências. Em nenhum momento, mãe e filha se viram ou, se o fizeram, não se registraram em lembrança, imagem ou suspeita. Nada. Um eco que atravessara os anos, silenciara-se nesses minutos, perversa traição do acaso.

Tyche, terrena e mundana de Nova York, confirmou gostar mais de seu jogo que dos jogadores. Durante o jantar, fez Irani fixar-se na jovem que acompanhava um ancião, ao fundo da longa perspectiva da mesa. Carol não se notou observada, continuou com um sorriso pronto, inclinou-se a recolher um comentário roufenho de Camilo Ochoa, saudou alguém do lado oposto da mesa com um aceninho simpático. Irani já não olhava.

Então, como nos contos de fada, soou a meia noite. Na calçada

do restaurante, esperando a chegada de seu carro, estavam Enzo e Irani, em despedidas polidas. O enorme carro de Camilo Ochoa chegou, parou bem mais adiante da porta. Carol, prestimosa, correu para pedir ao *valet* que retrocedesse, queria embarcar o velho Ochoa com mais comodidade. Voltou, olhando o carro em marcha à ré, o tule do seu vestido esvoaçando, uma garça noturna que se chocou contra o casal Ceccato. A *voile* prendeu-se em anzol do broche de decote de Irani e as duas, mãe e filha, enfim, depois de muitos anos e percalços foram reunidas num giro confuso de passos e sorrisos, amparando-se mutuamente, Irani dizendo "não foi nada, meu bem", Carol, com "desculpe, desculpe", um tanto corada, as duas beijando-se as faces, quando deslindadas, por fim, e prontas para seguir suas vidas.

Do outro lado da rua, encostada num poste, Tyche divertiu-se com a cena. Esperou que o sinal passasse ao vermelho do "*Don't walk*", atravessou e, por sua vez, se foi.

CAROL

II

Eu estava divorciado e no primeiro mandato de deputado, quando conheci Carol. Dita assim, a frase parece revolver-se em busca de causalidades, significações, como se a simples — bem, não tão simples — ocorrência das três coisas já não fosse suficiente para me situar e me explicar naquela quadra de vida. Muito bem. Do divórcio, não quero falar, ou seja: divorciei-me até mesmo para pôr um termo à sua digressão, esperando em Deus que a mulher, ex-mulher, não reincidisse na arenga, essa maneira odiosa de perpetuar a servidão. Servidão de ambos, bem entendido, defendo-me logo, antes que me escalem à misoginia.

Quanto à eleição, procurei-a, dispus-me a ser o escolhido, mas nada impus a esse novo casamento. Aceitei os compromissos e alianças , como aceitei os votos... Ah... todas essas palavras núbeis, e públicas, e civis que aí resgato, não acidentalmente, já devem mostrar-me associativo, em busca de um *ratio* que me sustente.

E quanto a Carol? Como ela se conformaria na lógica que todos exigem seja apresentada de imediato? Sim: "Divorciado precipita-se à primeira parceira disponível, o que atesta sua miserabilidade psíquica". Antes fosse só isso. A miserabilidade psíquica não é lá grande coisa. Qualquer cínico está dotado dos requisitos filosóficos a suportá-la e a não permitir que, embora residente, ela não embargue ou proíba vida produtiva.

Como conheci Carol?

Precisei visitar a sede do PRD, encontrar-me com seu presidente, Aderbal Arruda, o Derbinha. Sim, existia um Derbão, ainda vivia, à época. Um dinossauro que vinha se elegendo prefeito de vários municípios contíguos, no Agreste, havia décadas. Derbinha, por sua vez, era ruim de voto, estava sem mandato, não se reelegera deputado, segurava-se precariamente no diretório do partido. Era advogado, forçava as portas da política por pressão do pai, gostava de escrever, de divagar e de beber com uma turma solidária a esses gostos. Eu devia, meio enfastiado, arranjar-me com ele para compor a mesa diretora da Assembleia, negociar — e negacear, permita-se — a segunda secretaria e a presidência da Comissão de Fiscalização do Orçamento. O PRD tinha dois deputados ranhetas na bancada, sujeitos que tinham a boca mais larga que a comida oferecida.

Aderbal estava no alpendre do comitê e se despedia de um vereador que eu conhecia como chato e pegajoso. Derbinha se ancorou em mim para apressar as despedidas ao homem, pôs a mão no meu ombro e me sacudiu cada vez que falou "tudo bem, não se preocupe, isso se arranja", todo pequeno empurrão tornando-me solidário à sua fala, como se ele só não bastasse para despachar o persistente. Minha chegada fora oportuna, pusera-me de cúmplice na tarefa e também como testemunha involuntária, não sabia de que acordo.

Entramos e, logo ali na sala, encostada num birô, bebendo água de um copo plástico, a mão esquerda apenas encostada no tampo de vidro, leve apoio para pose que se completava com o quadril um tanto quebrado em ângulo e as pernas juntas, em equilíbrio insensato sobre saltos muito altos, compondo essa imagem de surpresa — não estava nesse posto dona Dilze, a velha secretária perpétua —, dando-se inteira ao meu olhar pouco discreto, a que ela não correspondia, pois sorvia a água em golinhos saborosos e olhos voltados para dentro do copo, a consultar a quanto ia o consumo...

Bem, lá estava Carol e, antes que eu pudesse resumir todos os seus traços — somente os cabelos e o volume dos seios sob a blusa de seda se haviam desenhado com boa precisão —, já alguma operação interna, dificilmente do cérebro, talvez, quem sabe, de uma super dosagem de *orgone* do Dr. Reich, fizera com que a percebesse, de imediato, como em nudez completa. Aquilo não foi um desnudamento desejado, foi uma espécie de revelação estimulada pela imagem, uma irradiação ardente, uma emanação, uma posse.

Enquanto subia a curva da escada para a sala de Aderbal, a aparição perseguiu-me. Quando perguntei "quem é a moça?" e Derbinha respondeu "que moça?", achei que ele era mesmo idiota, como todos diziam.

Assim, relevei a estupidez, tratei da política, arranquei uma posição titubeante dele, deixei para o fim da conversa uma reiteração mais explícita: "Quem é a moça que está no lugar de dona Dilze?".

"Dona Dilze foi trabalhar com papai, foi uma troca", ele não me respondeu diretamente.

Tinha esses hábitos de escritor amador, truque de escamotear elementos para atrair o leitor. Eu estava para irritar-me. Não sou artista, leio, não escrevo, sei de minhas limitações. Tenho horror a arte ruim. Para mim, um trabalho de arte medíocre é um tipo de vulgaridade, uma falha moral e obscena que o autor dá a público sem juízo da ofensa cometida ou, bem pior, dela consciente. Aderbal escrevia umas novelas ordinárias, deu-me uma, autografou "com amizade antiga", era uma história do tempo dos holandeses, com heróis nativos e invasores pérfidos, essas coisas.

"E a moça, homem? A sílfide que está no lugar de dona Dilze?"

"Ela sabe alguma coisa", ele respondeu.

"Imagino que sim, senão não ocuparia o posto", repliquei.

"Não, não, ela sabe alguma coisa do atentado", ele revelou, falando baixo como se a moça pudesse ouvi-lo, lá de baixo.

Era isso, então. Aderbal tinha fixação pela bomba que explodiram no aeroporto, o atentado contra Costa e Silva. Escrevia uma novela investigativa sobre isso, achava que faria uma obra-prima e um best-seller.

"Ah, bom, explica-se", contemporizei. "Como você sabe que ela sabe?"

Ele seguiu seu estilo de suspense:

"A mãe dela é velha conhecida de meu pai, pediu-lhe emprego para a filha."

"Sim. E?"

Ele curvou-se para mim, abaixou mais a voz, sussurrou:

"A mulher disse a meu pai que queria afastá-la de uma relação de dependência com um tenente da Aeronáutica, um tal de Ubirajara, que serve na base de Natal."

"Que tem ele a ver com o atentado, Derbinha?"

Ele recompôs-se, sério, dono de segredos profundos:

"Isso não posso dizer, meu caro. Tenho minhas fontes... é perigoso."

Dei-me por insatisfeito e grato. Mudei a abordagem:

"Me apresenta?"

Ele demorou a responder. Talvez pensasse que eu queria conhecer o tenente ou suas fontes secretas. Despertou, contudo:

"Faço isso. O que não se faz pelos amigos?"

Desci com ele, sob esse tipo de ameaça, impropriedade ou idiotice.

José Miranda é um deputado cascudo, reacionário e debochado, tudo isso sempre ao mesmo tempo. Eu entrei na sala de repouso dos parlamentares e o contínuo estava servindo a ele uma dose de uísque disfarçada em xícara de chá, expediente contumaz do sujeito. Quando passei pela sua poltrona, ele me puxou pela aba do paletó, deteve-me, com a confiança veterana que gostava de exibir.

"Você foi visto", ele disse alto como se estivesse a fazer uma denúncia grave, testando minha reação à fala.

"Não diga", respondi a provocação. "Estava distraído e você querendo esconder seu dinheiro sujo no meu bolso", engrossei, livrando o paletó.

Ele riu, apenas. Refestelado, levantou a xícara para o contínuo servir mais chá.

"Antes fosse, meu camarada. Você estava num bar com uma gatinha, ela botou o dedo espetado na sua cara, ameaçou lhe dar uma tapa. A menina estava irada, tirou um anel do dedo, mostrou. Você pegou, olhou, enfiou de volta no dedo dela. Ai ficou segurando a mão dela, consolando a garota. Quieto que nem um carneirinho. Uma cena comovedora, foi o que me contaram."

Fervi de raiva, mas me controlei.

"Disseram certo, não costumo bater em mulheres", engoli e fui para meu canto fingir ler os jornais.

Fora flagrado no meu segundo encontro com Carol, era um sábado, fomos tomar uns drinques, almoçar, passar a tarde juntos na minha casa, pela primeira vez. O sujeito viera turvar a recordação daqueles primeiros gozos, com essa comédia ordinária de equívocos, maledicência de plantão, xeretagem.

Aderbal me apresentara a Carol, conversamos tolices sobre o trabalho no diretório, telefonei para ela uma tarde, fomos tomar sorvete sob o protocolo vigente e civilizado do flerte, acertamos o encontro do sábado.

Causaria inveja a Derbinha se ele soubesse que ela me contara da relação com o tal tenente, dissera-me que estivera morando com ele, que o cara era separado da mulher com quem tinha dois filhos.

Contou-me, com todos os gestos, que um dia a mulher a encontrou — ou tocaiou — no meio da rua cheia de gente, deu-lhe um baile no compasso de todas imprecações clássicas, de puta a aproveitadora, que ela havia reagido, metera-lhe o dedo à cara com aviso de dar-lhe umas tapas, o que efetivamente fez quando a mulher gritou que ela tentasse, se fosse mulher. A primeira bofetada foi tão forte que o aro do anel amassou, entortou. As seguintes já se esbateram nos braços do povo do deixa-disso, gente que as apartou, levou-as rua afora, sob protesto da molecada circunstante, que apreciaria mais briga.

Mostrou-me o anel — presente de Ubirajara, ela disse — uma prenda que vi ser barata, amassada, de fato, com o aro um tanto ovalado. Repus no dedo de Carol, notei-a já próxima ao choro. Quando a vi chegar às lágrimas, confesso que aproveitei-me da fragilidade para tomar-lhe a mão, notei que ela retribuíra a pressão, aceitava-me.

Devia contar isso a Aderbal, tentar corrigir a maldade de José Miranda? Nem pensar. O episódio era um segredo, um sentimento de carinho em reserva e aconchego, um afeto que eu começara a cultivar.

Na Assembleia, vivia-se um clima paranoide, a relação com o governador era doentia, minada pela desconfiança, não havia legitimidade reconhecida em um Executivo nomeado. Por outro lado, quem fora eleito, mesmo que oposto ao regime autoritário, era tratado como lábil e servo do sistema pela militância clandestina, fosse ela armada ou teórica. Até estes dois matizes se conflitavam entre as linhas cubanas e chinesas, entre Debray e Althusser, doutrinas cristãs e discursos filosóficos engalfinhados. Gente que conheci nos tempos de faculdade me olhava com desprezo ou mesmo com hostilidade, viver no fio dessa navalha era isso, fui aprendendo.

Carol era um remanso, mas mesmo isso me parecia desequilibrado, minha parte na relação era maior e mais pesada. A diferença de idades também contava, embora ela não fosse uma menininha tola. Parecia-me que o tenente ainda habitava sua mente, espreitava de lá nossa intimidade, tentava impedir que Carol ingressasse completamente em nova vida. Talvez, não. Talvez Carol fosse um tanto desatenta às regras e passos amorosos. Seu entusiasmo nas ações físicas divergia da neutralidade distante que a capturava logo que saía da cama. Mesmo seu olhar mudava no antes e depois, fui notando. Era vivo e luminoso, combinado com alegria quando se deitava e nos abraçávamos, curiosamente estrábico, autista, mergulhado para o fundo do gozo; depois ficava tingido de melancolia e sombras, enquanto fumava, cabeça afundada no travesseiro, vendo alguma coisa nebulosa que se desenhasse no teto.

Quando ia vê-la ou buscá-la no diretório, eu procurava preservar um estatuto de sobriedade, de afetividade educada, algum tipo de cavalheirismo de teatro de costumes que não se aproximasse de galanteria. Ninguém, contudo, estaria a se incomodar que fosse o contrário, que eu a expusesse a vexames de escritório, cochichos dos outros funcionários: "O deputado está saindo com aquela ali", coisas piores. Quanto a ela, aceitava meus maneirismos como naturais, reservava a estarmos sós para soltar-se em conversas e diversões do espírito. Era, sim, divertida quando queria ou quando alguma amarra se desprendia dentro de sua introspecção habitual.

Uma tarde, precisei acertar coisas com Aderbal, encontrei-a no meio da escada com uma pilha de papéis. Ela inclinou-se para que a beijasse no rosto, posição curiosa, ela ali mais alta, eu tentando alcançá-la, quem nos visse assim flagraria a mesura submissa que o amor nos presenteava. Beijei-a numa face e, quando fui beijar a outra, nossos lábios se tocaram. Ela me olhou com uma espécie de reprimenda à travessura, querendo crer que eu o fizera de propósito. Tentei corrigir as coisas com um terceiro beijo, que ficou no ar. Nessa altura da comédia, Derbinha apareceu no topo da escada, riu de minha cara apatetada, acenou-me para que subisse.

"Estás saindo com a menina aí, não é?", ele havia se sentado a seu birô, manobrava um lápis em ponte entre os dedos.

Tardei a responder e ele completou:

"Já é de domínio público, não te chateies se pergunto."

"Então por que pergunta?", amuei-me.

"Para saber se ela te falou alguma coisa."

"Falou o quê, homem de Deus?", planejei trancar-me.

"Do tenente, ora."

Tranquei-me, de fato:

"Falou nada, Aderbal. Que haveria para falar?"

Ele se levantou, fechou a porta, puxou uma cadeira para junto da minha.

"Tenho uma informação de dentro, uma coisa que não chegou à perícia da polícia, nem da Aeronáutica", ele confidenciou e baixou ainda mais a voz:

"Uma faxineira do aeroporto encontrou um brinco embaixo de um balcão de *check-in*, metros além do lugar em que a bomba detonou", ele soltou, em suspense.

"Alguém perdeu, é claro", cortei-o.

"Sim, naturalmente. Mas o brinco tinha sangue e estava achatado."

"E daí?", arrependi-me de dar a deixa, mas era tarde.

"Daí que o brinco pode ter ficado despercebido dentro da maleta que continha o explosivo. Foi projetado com a detonação, feriu alguém, foi parar embaixo do balcão."

"Onde está o brinco? Você viu?"

"Ainda não. Me prometeram uma foto, primeiro. Quem tem, quer vender."

Estava pensando que o homem, além de parvo, era trouxa. Ele me provocou:

"Então, o que acha?"

"Não acho nada, Derbinha. Onde está o tenente nessa história? O homem usa brincos, por acaso?"

Ele ficou sério. Olhou para mim, por uns instantes avaliou-me ser de confiança. Resolveu-se:

"Esse tenente trabalhava na Divisão de Material da Aeronáutica. Foi afastado por irregularidades, desvio de material. Fala-se que o explosivo do atentado era de uso militar, não era dinamite de pedreira..."

"Ora, ora, Aderbal. Isso é muito vago", esqueci-me que não adianta contrariar gente de ideias fixas.

Ele ficou trombudo, ponderava se seguia falando ao incréu.

"Ah, é vago? Pois, escute isso, sabichão", ele se agastara, incomodei-me, ajeitei-me na cadeira, impaciente: "Um cara estava conversando com um fiscal de ônibus do lado de fora do aeroporto, quando chegou um carro Aero-Willys — grave bem isso: Aero-Willys —, um cabo veio dirigindo, parecia ser fuzileiro naval, o homem achou. O cabo desceu do carro e ficou encostado nele, até chegar um tipo que saiu apressado de dentro do aeroporto. Ele perguntou para o cabo: 'Onde está o negócio? Tá em cima da hora.' O cabo abriu a porta do carona, tirou do cofre do carro uma coisa enrolada, de uns trinta centímetros, entregou ao sujeito. 'Cadê a maleta?', ele perguntou e o cabo respondeu: 'Do outro lado.' O cara pegou a maleta e voltou para o saguão do aeroporto. Uns cinco minutos depois, a bomba estourou."

Ouvi quieto, sem contrariá-lo. Ele me olhava, esperando resposta.

"E um testemunho desses não foi parar no inquérito?", indaguei.

"Claro que foi. Inclusive com a placa do carro, que a testemunha anotou. Tudo sumiu quando a Aeronáutica tomou a si a investigação e botou uma pedra em cima. Só tem uma coisa."

"Qual?"

"O tenente tinha um Aero-Willys", ele revelou, indo de volta a seu trono de presidente do Diretório e, de lá, olhando-me com superioridade.

"Grande coisa", pensei, mas não disse a ele. Eu mesmo tive um carro daqueles, azul celeste, uma banheira que enferrujava tanto quanto quebrava. Vendi, com prejuízo. Perguntei:

"E os dois engenheiros que estão presos?"

"Não foram eles. Estão pagando o pato. Vou contar isso quando eu tiver todos os elementos para o livro."

Calei-me, tratei o que fora tratar, ia-me, quando ele me parou, já à saída da sala e chegou-se ao meu ouvido:

"Você não sabe se a garota aí está com um brinco faltando?"

"Sei, não, Derbinha. Um anel barato com o aro amassado, não serve?"

"Tem um anel? É fato?", ele ficou mesmo curioso.

"Tem não, é brincadeira, Aderbal. Esquece."

Quando passei pela mesa de Carol, fiz-lhe uma careta simpática. Ela deu-me uma piscadela, de volta.

O secretário de Obras solicitou uma comissão da Assembleia que o acompanhasse, e a sua equipe técnica, na visita a um sistema de açudagem em Brejinho dos Santos e Serra dos Nogueira, áreas de influência de Arruda pai, o Derbão.

Fui escalado como representante da minoria, comentei isso com Derbinha e ele entrou em ânsias de coceiras para ir também.

"Vou junto, quer dizer, vou, mas por fora da comitiva. Se isso vai ser na quinta e sexta-feira, aproveitamos para descer para uma fazenda do velho, a Sisal, ficamos lá o fim de semana."

"Ficamos quem, Derbinha?"

"Estou te convidando. Só você, é claro, não vou chamar ninguém do governo nem da Assembleia, nenhum chato. Mando matar uns bodes, levo uísque do bom, pai vai estar lá, combino com ele."

"Tenho outra ideia para sábado e domingo", quis escusar-me.

Preferia estar com Carol, em vez de ficar bêbedo com os Derbas, pai e filho, ao pé de bodes sacrificados. Essa estampa bíblica maligna me perturbava. Ele pareceu adivinhar meus motivos de recusa.

"Ah, ok. Você pode levar a garota, se quiser. Ainda melhor, eu a levo no meu carro, para você não deixar a comitiva curiosa, nem assanhada. Vai como em trabalho do partido."

Relutei e ele aproveitou-se:

"Não vai dizer que ficará com ciúmes, não é Don Juan?"

"Não tenho ciúmes, Derbinha, temo apenas que você a importune com perguntas sobre tenentes e brincos."

"Se eu tivesse de perguntar algo, já teria feito. Meu processo investigativo é mais refinado, meu chapa."

Facilitasse, ele iria dissertar sobre seu método, processo, divinação, o que fosse. Em mim, contudo, assanhara-se a curiosidade de saber mais de Carol. Colocá-la perto de Derbão, velho amigo da mãe dela, poderia estimular revelações. Conspirações e mistérios que rondavam a cabecinha de Aderbal pareciam se insinuar à minha própria.

"Falo com ela. Se ela quiser, tudo certo, vamos à Sisal e aos bodes."

"Ótimo. Levem roupa de banho. Tem uma piscina de água mineral lá. Absolutamente cristalina."

Naqueles municípios de poeira e seca, os prefeitos cultuam as águas, fontes de recursos estaduais e federais e, mais que a elas, amam calçamentos, fonte de seus caixas políticos e de negócios. As cidadezinhas são miseráveis, mas calçadas. Sob o sol de esturricar, ao fim de uma esteira de paralelepípedos escaldantes, à frente de escola precária e acanhada, há sempre uma placa federal ou anúncio estadual de obras contra as secas, a profecia perpétua que o prefeito avaliza.

A Sisal fica encravada num sovaco de vales entrecruzados, já no limite ao sertão declarado, restinho de agreste ainda habitável. Aderbal Arruda cria ali cavalos crioulos nordestinos e a fazenda tem um jeito de inutilidade decorativa, um oásis beneficiado por um veio de aquífero de onde puxam água verdadeiramente mineral.

A casa da sede é de estilo mexicano, há em seu redor árvores de verde quase sintético que causam inveja ao mato pardusco do resto da gleba. O escândalo se completa no retângulo da tal piscina cristalina.

Quando cheguei, na caminhonete que Derbão mandou para me buscar em Serra dos Nogueira, era perto das onze horas e havia uma garotada pululando em alarido na parte rasa da piscina, gente no deque, à sombra de guarda-sóis, parentada dos Arruda. Carol estava com duas mulheres e sua presença apenas, sem falar no corpo radiante e na juventude, as fazia murchar e descorar como frutas esquecidas.

Tentei chegar até ela, mas Derbinha me sequestrou, apresentou-me uma tropa díspar de agregados e vereadores da região, uns primos.

O pai chegou depois, disse que viera de "umas conversas atrasadas" com os prefeitos e com "aquele secretário songamonga". Perguntou a Derbinha se a mãe dele tinha vindo, ouviu que não, "talvez viesse no domingo", o filho falou, já me puxando para o canto:

"Você e a moça vão ficar no bangalô, por trás da capelinha. Tem ar condicionado lá, mas nem vão precisar. Esfria de noite, tem cobertor, é bem legal".

"Obrigado Derbinha", disse e livrei-me, saí do alpendre, fui pelo deque até o guarda-sol de Carol.

Ela me recebeu com beijinhos, tentando fingir surpresa, apresentou-me às duas mulheres. Um rapazote trouxe bandeja com bebidas e gelo. Servi-me de água, provavelmente do poço mineral, conversamos tolices até que um sino tocou com estardalhaço aumentado pela gritaria dos meninos em retirada da piscina. Uma das mulheres disse que chamavam para o almoço.

"Nossa, você cresceu, menina, ficou uma belezura. Se eu soubesse que estava assim, tinha ficado com você na minha secretaria e deixava dona Dilze com o Derbinha mesmo", Arruda pai despejou, piscando para mim e encabulando Carol.

Isso foi depois do almoço. Ele me pegou pelo braço, roubou-me de Carol:

"Quero te mostrar uma coisa lá na estrebaria dos crioulos", desceu comigo do alpendre para o renque de árvores, num caminho salpicado de sombras e sol, pela lateral da sede. Segui, cônscio que ele queria falar algo, nada haveria na estrebaria que pudesse me interessar, ele sabia.

Sob uma cajazeira, havia bancos de ferro forjado, almofadados. "Senta aí", ele comandou, me afagando as costas. "Vem coisa", pensei.

Veio. Ele falou que estava preocupado com Derbinha, queixou-se que o projetara como herdeiro político, que estava com a saúde minada em todos os quadrantes, que ia durar pouco, sabia, mas que o filho não se concentrava na política, era disperso, que gastara uma nota na última campanha... Derbinha perdera de ser reeleito com a faca e o queijo na mão, mantê-lo na presidência do diretório era uma dificuldade, custava acordos onerosos...

Tudo que eu já sabia ele retocou com tristeza de pai. Esperei o resto de sua conversa de raposão ferido, mas vivo:

"Olha aqui, esse regime de ditadura vai cair um dia, demora um tanto mais para amadurecer no baque, mas vai cair, militares não têm voto com sustança para aguentar eleição direta. Vai chegar a um ponto em que a economia perde o voo de cruzeiro, o empresariado puxa o tapete, os banqueiros vão querer segurança e liberdade para especular mais. Os milicos não sabem da merda em que estão pisando."

Ouvi isso com minha melhor cara de impressionado. Ainda esperava.

"O negócio é o seguinte: você é um sujeito novo, com talento, elegeu-se na base do perfil pessoal, pode crescer muito além disso, aposto. Preciso que você me apoie para manter o Derbinha na presidência do diretório, vamos montar uma chapa em dobradinha, com ele para estadual e você para federal. Te arranjo uns trinta mil votos aqui no agreste, uma laminha no sertão, mais uns vinte, vinte e cinco mil na mata. Na capital, com teu apanhado, que é muito bom, ainda posso juntar mais coisa vinculada às eleições municipais de agora. Botamos você em Brasília, que é onde as coisas vão se resolver."

Esse tipo de conversa não se deve deixar alongar. Estendi-lhe a mão. Ele a apertou com firmeza emotiva.

À noite, bebemos. Somente eu e os Derbas para selar de vez o acordo. Derbinha levou uísque puro malte de sua reserva boa, nos trancamos numa sala de sinuca, pactuamos e bebemos para liberar as línguas fora da política, muito para gosto de Derbinha, que, meio tonto, um cotovelo na tabela, carambolava o bilhar a esmo, sem taco. Lá para as tantas, despediu-se de mim com um adeusinho e do velho com um beijo filial, foi-se.

Arruda pai era seguro de copo, bebia espaçada e seriamente. Regrei meu consumo, senti que não seria páreo para o ogro.

"Derbinha me disse que o senhor é velho amigo da mãe de Carol."

"E ele me disse que vocês estão tendo um enrosco", ele riu com uma boca de sapo dentado. "Dou-lhe os parabéns, meu caro. Ela é uma lindeza, tão bonita quanto a mãe foi."

"Quem é a mãe dela?"

Ele saiu a custo de dentro da poltrona, foi até uma estante, puxou um estojo, julguei que ia tirar dali um retrato da mãe de Carol. Veio a mim com o estojo marchetado, abriu-o frente a meu rosto. Eram charutos. Agradeci, recusei. Ele colheu um, buscou fogo, acendeu o cubano, produziu umas baforadas ainda em pé, voltou a afundar-se na poltrona:

"Melhor é perguntar de onde ela era."

Percebi que o suspense era coisa de família:

"De onde era?"

"Você conheceu a casa da Denise?"

"Ouvi falar, mas não era para o meu bico."

"Ainda existe, mas agora é um muquifo comparado ao que foi. Foi um cassino e um puteiro chique de um português abonado. Lembro já o nome dele... ele transformou uma vacaria afastada num mafuá elegante, fechado, com roleta e blackjack. Os gringos frequentavam. As garotas eram de primeira linha. Conheci lá Irani, a mãe dessa menina Carol."

"Espere aí, era... puta, a mãe dela?"

"Dito assim... mas, era. Era puta. E era a princesa da casa, Denise, a cafetina, a favorecia, o preço era diferenciado."

Ele esperou que eu me reequilibrasse, bebeu um gole fundo, olhos semicerrados, creio que lembrava da Irani dos bons tempos, devia ser isso, demorou a seguir.

"O português se chamava João do Aveiro... não, não: João do Setúbal era o nome. Do Setúbal, isso mesmo, lembro. Ele ficou doente, foi se tratar na América, deixou um seu gerente da loja de carros tomando conta do cassino. O sujeito começou a pegar o apurado e emprestar a juros, rolando a grana. Fez um buraco gigantesco no negócio. E, ainda por cima, tirou Irani da casa, montou apartamento para ela, emprenhou-a dessa garota aí. Um desmantelo."

"Então a mãe e este sujeito viveram juntos. Se casaram?", vi-me enredado no sentimento pequeno burguês de corrigir, para meu uso e conforto, a vida de mãe e filha. Tomei logo um gole mais audacioso, tentei corrigir-me também.

"Acho que viveram juntos uns dois anos, não lembro quando Irani voltou para a casa, mas foi depois que o português chegou curado da América, veio de Portugal com uns sobrinhos dele, tinha passado um tempo de convalescença por lá. Encontrou os negócios andando, menos o cassino, perto de quebrar", Derbão ajuntou.

Levantou-se de novo, em grunhidos, abriu uma janelinha, o vento frio das serras descobriu aquela brecha, desceu o vale, enfiou-se ali, dispersando a fumaça do charuto. Somente as imagens gêmeas de Irani e de uma pequenina Carol continuaram suspensas na sala. Bebi mais. Ouvi o homem:

"O que aconteceu, então, foi meio misterioso. O tal gerente agiota apareceu baleado e morto dentro de seu carro, perto do escritório que ele mantinha num sobrado da rua da Concórdia... o nome da rua é ótimo..." o riso batráquio voltou, em espasmos. "Concórdia, Largo da Paz, rua da Harmonia, da Amizade...você já notou a hipocrisia nos nomes dessa cidade violenta?"

Enxugou os beiços com as costas da mão e retomou:

"De qualquer modo, a vida do usurário corre esses riscos, algum devedor apagou principal e juros, mas não é impossível, também, que o português tenha ajustado as contas à sua maneira ou à maneira dos sobrinhos. Aí, Irani voltou a trabalhar com Denise, a menina cresceu, não se pode dizer que a mãe descuidou dela, sei mesmo que se sacrificou, economizou em roupas, joias. Quando caiu do padrão da casa, continuou freelancer para alguns velhos fregueses... eu inclusive, não nego, ainda a preferi, por uns tempos, a garotas mais novas... daí que envelhecemos... os dois, não é engraçado? Ficamos amigos, essas coisas de cama criam cumplicidade, sabe como é, não é? Ajudo Irani como posso, mas ela trabalha... quer dizer, agora tem um salão de beleza, uma coisa no subúrbio, ajeitadinha."

Tive dificuldade para achar o bangalô, arranhar a porta. Carol veio abrir, sonâmbula, voltou para a cama, aninhei-me em seu corpo, perfeitamente bêbedo, vestido como estava.

Aqui estou, em Brasília, o plano do finado Derbão funcionou, suas previsões sobre os milicos vão se confirmando, tem gente voltando para casa, alguns conhecidos meus, mutilados na alma, chegam de Paris e Londres, há outros que permanecerão nostálgicos do exílio e dos seus jovens anos, embora venham habitar as velhas mansardas pátrias.

Moro num apartamento funcional que ficou como encontrei, não tenho mulher para dar-lhe feição de casa, os quadros na parede são tão ruins que o antigo ocupante não quis levar, os móveis são parecidos com os de outros apartamentos da quadra, alguns de nós não ligam para isso.

"Nós" somos uns alienígenas em terra ignota com missões e dores e desejos pessoais que conflitam com desígnios de programas partidários e outros mapas da República, de modo que há um estado de alma em transitoriedade perpétua e, como tal, um desdobramento de personalidades em muitos avantesmas. Sou um que discursa, outro na Comissão de Constituição e Justiça, outro mais na delegação que vai a Oslo, alguém que regressa dessa missão inútil.

Há três anos, um avião de transporte da FAB estatelou-se na pista de Marabá, morreram seis militares, entre eles o tenente Ubirajara. O que poderia ser a libertação do espírito de Carol — e do seu corpo, eu viria a constatar —, pelo contrário, tornou-se a praga e a danação que a condenou ao luto, que a afastou de mim, mostrou-me que a vida do tenente dentro dela era um molde do avatar que eu apenas preenchia.

Íncubo poderoso, o maldito. Voltara para a mulher e os filhos, morrera e continuava na posse e em tormento a Carol. Nem o fogo do avião explodido fora capaz de calcinar o demônio.

Carol sumiu. Busquei a mãe, achei-a em seu "Salão Carol", pobre homenagem. Ela me atendeu e à minha tristeza. De dentro de uma beleza arruinada, veio a voz rouca:

"Doutor, Carol me falou que o senhor, mais cedo ou mais tarde, iria me procurar. Ela não quer mais vê-lo, pede que entenda isso. Disse que lhe quer bem, mas que a vida de vocês juntos não ia dar certo. Não sei para onde ela foi, até lhe juro, se for preciso. Sei que o senhor vai aceitar o desejo dela, é um homem de bem, ela me dizia isso."

Estava muito massacrado para me comover com a fala da mulher. Dentro da minha cabeça só existia a frustração de um outro tipo que dizia "Puta, puta. Tinha que ser uma puta para me falar isso, me dar esse recado".

Sinto falta de Carol todos os dias e todas noites, é uma maldição e acaricio até mesmo isso.

Não foi a morte de Ubirajara que sustou o livro de Derbinha. Ele o deixou na gaveta, desanimado, quando se soube que o atentado foi estimulado por um ex-padre maoísta da Ação Popular. O homem preparou quatro militantes para a empreitada que também implodiu a AP, estuporou os laços da organização com Cuba, abriu um racha nos quadros. Agora o beletrista teimoso me diz que quer escrever sobre a "morte misteriosa de Castelo Branco".

Leio muito, é o que há a fazer aqui. Ou, então muito se come, bebe-se, enquanto intrigas e traições se urdem automaticamente.

Há uma passagem de Proust que me prendeu, esses dias. Ele diz que quando todos os homens que moram nele silenciam e caem sob a provação da dor, resta um único de pé: é parecido com um boneco de capuchinho que exibiam nas vitrinas das óticas. Quando ia chover, o boneco abria o guarda-chuva, quando ia fazer sol, se descobria do capuz.

Como seria útil, a nós todos, um desses bonecos nessa cidade e nesse mundo de dores inesperadas.

CAROL

III

Júlio Vargas, ou Giulio Mordini, ou Varguinhas, estacionou o carro alugado no acostamento da Provinciale 84, desceu até uma brecha no arvoredo da margem, espiou para a ravina. Lá embaixo, estava Molino del Prato, pintado sob o sol da manhã, uma nesga de telhados arrumados na curva que o rio desenhava entre olivares e vinhedos.

Essa montagem de cartão postal e vista aérea continha quase todo o vilarejo e se completava nas cores azuladas do horizonte toscano, o plano de fundo das pinturas místicas e também de óperas elaboradas em exageros.

Forçando a vista, Vargas podia distinguir o torreão, à sombra do qual, num sobrado rosado, ficava a Sociedade Puccini, um grêmio musical. O prédio, ele acreditava, fora de sua família.

Tinha alugado o piso de um outro sobradinho na praça Umberto de Savoia, ia tomar posse dele, comprara gêneros, veria o que mais seria preciso para se instalar ali, numa temporada. Carol viria se juntar a ele, estava ainda em Dusseldorf, a trabalho, chegaria em Florença no fim de semana. Ficaria com ela, fariam turismo, depois desceriam a Molino.

Carol tirou férias que lhe eram devidas, concluiria, já na quinta-feira, o treinamento das comissárias de bordo novatas, embarcaria para Milão, de lá, faria uma perna até Florença, teria três semanas de pura vagabundagem.

Viu num mapa de guia turístico onde era o tal Molino del Prato, um arruado bonitinho, policrômico, nada além disso, nada diferente de outros vilarejos da Toscana, porém menor que outros mais afamados. Por que Júlio escolhera a aldeia, ele não disse, ou melhor, disse que era surpresa, que ela ia gostar, que, de qualquer modo, era pertinho de Florença, muita gente que trabalhava lá dormia em Molino, ali levavam vida tranquila, sem a avalanche de turistas. Havia o "campo, as colinas, comida honesta, pessoas simples e de bom humor". Carol considerava que essa redação de bonomia era própria do Vargas publicitário, um cacoete inofensivo.

"...estou lhe escrevendo para o endereço de Londres que você disse era o mais garantido, porque não sei por onde você anda agora, a última notícia que tive sua veio no cartão-postal americano com carimbo de San Francisco, mas a cidade não era aquela, era Seattle, e sua letra parecia de garranchos e quase não cabia nas costas do postal, acho que você deve ter escrito em cima das pernas, no avião.

Não estou me queixando, é bom ter notícias mesmo assim, me acostumei a saber que você não para nos cantos, é de seu trabalho, mas pensei que quando você passou para o treinamento de comissárias, esse tipo de função de professora, era para eu ficar orgulhosa e mais tranquila, mesmo não sabendo se a Alemanha é melhor que Londres e se você gosta da cidade. Minha experiência com alemães nunca foi boa, você sabe, eles me achavam 'muito branca', ora veja só.

Você falou que quando tirasse férias iria para a Itália com esse homem que eu não sei como chamar, acho que vou chamar mesmo de namorado, veja se manda um dia uma fotografia dele, você me disse que ele foi casado, pois eu lhe digo, todos eles ficam casados, mesmo quando se separam, o casamento é parecido com um carimbo, não, me engano, é mais como uma tatuagem que eles não tiram do corpo, sei disso, eles disfarçam e reclamam mas a figura da ex fica gravada neles, não tem jeito. E tem uns com o corpo já todo tomado, de tanta separação.

Não sei por que sua companhia não tem voos para cá, devem achar que isso é terra de gente pobre, mas tem outras empresas que vinham e continuam vindo, não são 'exclusivas' como você me explicou, elas têm primeira classe e contrato com os hotéis de cinco estrelas. Denise tentou um esquema com os hotéis e as gerências locais, o próprio seu João de Setúbal meteu-se no negócio, que seria trazer esses clientes para a casa, mas não deu certo, eles ficaram com medo. Já os americanos não se incomodavam. Tinha o pessoal do ponto quatro, muito ligado aos militares da Aeronáutica, eles frequentavam todo fim de semana, jogavam muito, gostavam de blackjack e pôquer. Perto tinha uma casa cheia deles, a casa dos gringos, os meninos dos sítios chamavam, o lugar era um casarão com sobrado, todo cercado, no meio dos cajueiros. Eram as duas casas maiores naquele descampado, a casa de Denise e a dos gringos, o resto eram casinhas soltas, pequenas e os mocambos na beira do mangue. Pois bem, hoje em dia está tudo construído, a maior área foi tomada por um shopping, a casa de Denise ficou cercada de prédios de escritórios, virou uma ruína, tem uma revenda de água mineral lá, tenho pena de ver quando passo na frente, pela rua que abriram..."

A vida dos turistas não conformados é difícil, o sujeito da capelinha pouco visitada acha estranho ver aquele casal xereta enfiando-se pelo jardinzinho quase oculto, dupla que se desgarrou da manada. Os restaurantes comuns temem se desviar das pedidas típicas, o garçom titubeia, conferencia com o dono ou gerente, o tipo lança um olhar inquisitorial à mesa, a preferia ocupada por japoneses dos *charters*.

Vargas escolhia restaurantes muito caros onde era mais difícil que o esnobassem, ditava suas ordens e pedidos esdrúxulos como desafios que se antecipavam e inibiam a tirania soberba dos maîtres.

"Havia um inglês, um lorde não sei das quantas, não lembro o nome, mas era um tipo rico que gostava de empulhar os maîtres dos melhores restaurantes de Paris. Atravessava o Canal somente para jantar e, ofensivamente, comandava: 'Crêpes Suzette!'. O homem anotava a sobremesa e inquiria com o nariz emproado: 'E para jantar, senhor?'. O inglês respondia, definitivo: 'Crêpes Suzette', fechando qualquer questão sobre o todo restante da culinária francesa."

Carol ouvia essa anedota pela segunda vez. Vargas a contara numa roda de jantar em Petrópolis, pouco depois de se conhecerem. Os outros ouvintes pouco riram ou entenderam da blague, eram gente de política, candidatos e assessores, muito mais atentos e urgentes para os fatos de campanha que às amenidades da mesa. Ela registrava agora, um tanto agastada, que Vargas não lembrara que ela estava no jantar, repetira a história.

Ali em Florença, no "segundo restaurante mais caro e famoso da Itália, dizem", ela era audiência única e, dificilmente, Vargas convocaria o dono para contar essa pilhéria. Carol considerava que, talvez, o sujeito pudesse gostar. Era um *settentrionale* altíssimo e louro que publicara dois enormes livros de arte gastronômica da Itália e, num deles, resgatava pratos medievais populares, tripas, cartilagens, rejeitos de matadouros, essas coisas. Os livros estavam abertos numa vitrina, na entrada do restaurante, vizinhos das fotos do *biondo* e da mulher dele, uma atriz conhecida, acompanhados de chefes de Estado, artistas de cinema, príncipes e paxás. "Vai ver, o homem gostaria da ofensa à *haute cuisine* francesa", ela pensou.

De qualquer modo, Vargas dispensou a carta de vinhos e teve a grosseria de pedir champanhe. Foi atendido com frieza tácita.

O dinheiro de Júlio Vargas não veio somente da publicidade. Ele foi substancialmente espessado com as campanhas políticas, um campo das finanças com mais latitude criativa para ingresso de recursos que os orçamentos de empresas ou de governos. Nos últimos quinze anos, enquanto ele enriquecia, se separava da mulher, pagava-lhe pensão exorbitante, políticos e partidos não enxergavam nada mais sábio e miraculoso que a batuta de Varguinhas para lhes reger a sinfonia, as bandas e as charangas de suas campanhas. Era maestro indiscutível e vitorioso no grosso e no varejo.

"...sua carta foi reendereçada de Londres e chegou aqui quando eu me preparava para viajar. Gostaria de ter tempo para lhe escrever mais vezes, não somente em cartões-postais. Seguir, porém, cada coisa que você põe nas cartas me exige concentração e tato para não lhe ferir, e me pede esforço de memória, principalmente das memórias nem sempre cômodas e que, sim, podem me ferir.

Você vive fixada nas recordações da casa de Denise como se fossem de uma época dourada, certamente porque, ali e então, era jovem e desejável, não se via explorada, sentia-se recompensada e mimada pelos serviços que prestava, que dispunha com naturalidade.

Esse paraíso pacífico fui levada a entender como meu natural também, fosse você, para minhas coleguinhas de escola e para as mulheres nossas vizinhas, a 'enfermeira no turno da noite', a telefonista de plantão ou a cuidadora de idosos, coisas que tal. Vivi convicta esses roteiros, ignorante de suas penas para elaborá-los, bem sei agora. Eu era a criancinha inocente a ser protegida, agradeço isso e entendi-o também, mesmo quando, mais crescida, decifrei o que era a casa de Denise. Mantive-me em silêncio prudente para preservar nossas vidas e em silêncio altivo quando exposta à verdade dos insultos. Não tenho direito de queixar-me, sei de seu sacrifício.

Vivo com Júlio uma relação que vai além ou à margem da condição de 'namorado' que você nomeia. Apesar de ver os homens separados como os maridos de sempre, condenados e marcados, creio que você deseja intimamente que eu me case, com Júlio ou com alguém, a ideia ou a miragem do casamento vive em você.

Você 'escapou' da casa de Denise para outro paraíso artificial quando foi viver com Bonifácio, aquele farsante.

Ele tirava os funcionários da cabine de projeção, me subia a um tamborete para que eu visse os filmes proibidos por uma das janelinhas vazias. Punha as mãos entre as minhas pernas e depois metia a boca em mim. Eu sentia uma agonia prazerosa que só vim a descobrir o que era com os primeiros namoradinhos. Esse era o sujeito que você imaginou marido. Fico feliz que você tenha voltado para a casa da Denise, que não tenha se acertado com ele, nem com nenhum outro mais.

Vou mandar algum dinheiro, não vai me fazer falta e pode lhe ajudar, é bom ter uma folga. O salão vai bem? Dê notícias."

"Os alemães, em retirada, explodiram todas as pontes da cidade menos a Ponte Velha, por ordens de Hitler, segundo dizem. Em 1938, Mussolini mandara alargar a janela central da galeria suspensa para o visitante ilustre ter um panorama mais amplo do rio. Não destruíram a ponte, mas estouraram as construções nas duas cabeceiras".

Júlio era um guia turístico banal, uma data era um quadrado no calendário, uma pedra, um objeto com peso, tamanho, forma e idade precisas. Carol não tinha exata certeza de por que se envolvera com ele, o fato de Júlio ter dinheiro não pesava, ela conhecera e descartara homens mais ricos. Ela se detinha, talvez, numa espécie de dependência, uma fraqueza que o possuía quando estava fora de sua ação de homem prático, quando as engrenagens dos cálculos dormiam, quando não estava pilotando uma situação. Júlio estava com cinquenta e dois anos e era como se essa idade fosse um fiel entre o apascentamento da maturidade e a estupefação da juventude. Quando visitava esses extremos do pêndulo, agarrava-se a Carol não em desespero, mas com ternura e — Carol temia aceitar — num estado de servidão e carência.

Ela contou isso, conversou num voo com Inge, uma austríaca pragmática, bela como uma princesa de ilustração em papel cuchê. "Não aguentaria ser babá de um tipo desses nem que ele fosse Einstein encarnado em Marlon Brando." Carol riu. Júlio Vargas não era uma coisa nem outra, mas não era burro nem era feio, disse a ela, "e lidar com isso é ainda mais difícil".

"Meu tio-avô foi morto pelos alemães aqui perto."

Carol se surpreendeu. Não tinha um histórico detalhado da família de Júlio. Ambos haviam pactuado se aceitarem "no estado". Retratos de parentes inexistiam, lembranças eram esboçadas em névoas passageiras e acidentais, o suficiente para que não parecessem marcianos um ao outro.

"Minha mãe chama-se Irani. É enfermeira aposentada. Tem agora um pequeno salão de beleza."

"Tive uma tia enfermeira. Cuidou de minha mãe quando ela teve o derrame que a acamou."

Não passavam disso. Um tio-avô morto na guerra já é outra história e um outro Júlio, Carol pensou.

O outro Júlio mostrou o canto da praça onde o tio-avô foi abatido. Segundo ele, haveria que afastar as mesinhas de rua de uma sorveteria e café para que se visse exatamente onde o homem tombara.

À falta de placa memorial, Júlio narrou que o tio-avô era membro da resistência atuante nas colinas do entorno de Florença, que um grupo de combatentes se adiantara ao avanço das tropas aliadas e perseguira os alemães da 305ª de infantaria. Três alemães se haviam refugiado em um sótão, provavelmente para desertarem ou se renderem. Moradores os denunciaram, membros da resistência assediaram o prédio, os soldados entraram em desespero e atiraram para a praça. Gente ficou ferida, mas apenas o tio-avô de Júlio recebeu um tiro fatal. Os soldados se entregaram e foram trucidados pelo povo.

Carol, de fato, preferia ir ver os Botticelli nos Uffizi, pois um antigo namorado dissera-lhe que seus pés pareciam com os pés das figuras do pintor. Júlio, porém, animara-se com a história do tio, tentou descobrir em qual sobrado ficaram entocados os alemães, decidiu-se por um que abrigava uma agência de turismo no térreo e uma residência, acima. Foi bem recebido na primeira, onde o imaginaram provável cliente, e teve a porta batida à sua cara, quando uma senhora atarefada o percebeu como o turista intrometido que insistia em "visitar o sótão".

Vagaram por Florença. Mesmo essa cidade, que Ruskin não esgotou em oito visitas e seis livros ao longo de quatro décadas, pareceu entediar e inquietar Júlio. Logo Carol se viu levada em ronda pelas colinas, pelos vilarejos, correndo o Val di Sieve e o Arno, chegando a Molino del Prato em grande expectativa de cama e sono.

"...Estou escrevendo para o endereço da Alemanha, espero que remetam de lá para seu endereço na Itália.

Eu nem podia imaginar que o patife do Bonifácio pudesse ter chegado à baixeza que você contou na sua carta. Enganei-me com ele mais do que com qualquer outro. Meu único consolo, por tudo que ele me fez passar, era saber que teve o fim que mereceu. Cinco tiros até foi pouco para aquele miserável, e agora que você me disse o que ele fazia com você, queria que ele voltasse para morrer de novo do mesmo jeito, ou pior, o maldito.

Deus sabe do cuidado que tive para você crescer defendida da vergonha e da humilhação que minha vida pudesse lhe trazer. Não me arrependo de ter levado aquele tipo de vida. Pude educar você, lhe ver adulta, bonita, independente, com saúde. Tudo que uma mãe deseja, mesmo uma mãe solteira e 'da vida', como eu. Não quero ser agora a velha que lamenta e chora os pecados da juventude. Outro dia, vi na televisão uma entrevista de um escritor que já morreu, até. Era um velho com uma voz mais velha ainda, acho que ele falava daquele jeito para impressionar. No meio da conversa, ele disse: 'A prostituta gosta do que faz'.

É claro que a prostituta gosta do que faz. Nenhum homem vai pagar a uma mulher insatisfeita, a gente é paga para ser feliz. Também não acho que ele estava dizendo que se tenha prazer, ou gozo ou satisfação, seria muita criancice dele, mas, do jeito que foi dito, todo mundo pensa, principalmente os homens, que é isso, que a questão é o gozo, como se fosse a coisa mais importante do mundo.

Não tenho miragem com seu casamento, Carol. Sei que um dia você casa, encontra alguém que saiba pensar como você ou aceite o jeito como você pensa. Não sei se vai ser com esse homem agora, ou mais para a frente. Você tem a cabeça melhor do que a minha quando eu tinha sua idade. Não vai cair em trapalhadas e erros de julgamento."

Carol gostou do sobradinho alugado. Era limpo, arrumado, com um jeito íntimo de moradia verdadeira. A dona, a viúva Graziana, moradora do térreo com uma filha solteirona, tomou-se de simpatia pelos inquilinos, levou-lhes pratinhos de guloseimas. Ficava para prosear com Carol. Júlio provava um bolinho, um biscoito, apenas para ser gentil e despedia-se como se tivesse trabalho a fazer.

Tanto isso parecia, que levava um caderno e um mapa dobrado da cidade, partia, geralmente a pé, mas também de carro, quando a expedição se projetava para as cercanias.

Nos primeiros dias, Carol andou quase toda a cidade, com Júlio ou sem ele. Conheceu a mercearia e a farmácia, o pequeno armarinho. Foi à feira, comprou frutas, flores e uma travessa de cerâmica, armou na mesa da sala de jantar uma natureza-morta incomível, que Júlio desarrumou em busca de algo que o apetecesse. Retomou a leitura de livros que deixava pelo meio nos longos voos e nos hotéis de trânsito. Dormiu o que nunca dormira ao longo dos últimos cinco anos, acordou ouvindo o canto dos galos, abriu a janela para ver se avistava algum desses bichos em ação. Foi com dona Graziana e a filha à novena da igrejinha de São Martinho, onde foi inquirida se era parente da senhora, se estava em visita, por que nunca estivera ali antes, onde morava.

Menos sorte nas relações urbanas teve Júlio. Pelo fim de tarde, chegou no sobradinho emputecido com os "idiotas da Sociedade Puccini":

"Imagine que desconheciam que o prédio da sede foi propriedade dos Mordini. Mais que isso. O diretor, um sujeito balofo e meio surdo... veja só... um surdo dirigindo uma sociedade musical... o cara disse que os Mordini que ele conhecia eram de Fiesole, que eu devia estar enganado."

Júlio desabafou tirando os sapatos e jogando-os contra a parede, como se estivesse arrependido de passos dados através de um equívoco. Carol, muito surpresa com o destempero, buscou-lhe um copo de vinho. Doméstica, recolheu os sapatos, não gostou de ver a sala fora de ordem, foi guardá-los sob uma cadeira, no quarto de dormir. Quando voltou à sala, Júlio ia no meio de uma fala inflamada.

"...o mais engraçado é que havia lá uma exposição de fotos antigas da cidade. Disse ao pascácio que eu próprio tinha em casa a mesma foto que mostrava os alunos da escola provincial agrupados numa escadaria, uma foto dos anos vinte. Meu avô materno Gianni é o quinto da terceira fila. Meti o dedo na foto, mostrei."

Carol sentou-se, atenta. Viu que Júlio bebia o vinho em duas, três goladas. As longas meias de listras no assoalho de tábuas enceradas, o cabelo desfeito e a cara afogueada dele tinham algo de teatro de fantoches, uma bizarria que lhe era estrangeira.

"Pois sabe o que me falou o imbecil?", ele se dirigiu um tanto a esmo na direção de Carol.

Ela teve a cautela de apenas fazer não, com a cabeça.

"Ele me disse que aquele menino não era nenhum Gianni. Chamara-se Alberto Giusi, fora alfaiate em Florença, morrera em Bardellone, há alguns anos."

Em seguida, ergueu o cálice para Carol, como a brindar. Mas, não. Imperativo, balançou-o pedindo mais vinho.

Carol foi à copa, voltou com a garrafa, pôs na mesinha ao lado dele. Calada, o coração assustado e raivoso, desceu para a casa de dona Graziana, moendo a vontade de ter dito: "Você está pensando que eu sou sua aeromoça, seu merda?".

Terminou ficando para tomar a sopa que dona Graziana serviu na mesa da cozinha. Conversaram, Carol acompanhando com atraso a palração de mãe e filha, respondendo como podia, tentando, ela mesma, contar-lhes algo com uma frase inteira.

Quando voltou, notou que Júlio havia esvaziado a garrafa, viu-o dormindo emborcado na diagonal da cama, semivestido. Pensou ir dormir na sala, mas a noite esfriara, o sofá era curto. Arrumou-se num canto da cama, o corpo ajustado num ângulo difícil. Temia acordar Júlio, que ele despertasse numa das crises de fragilidade, buscasse amparo nela para conversa que tomasse a madrugada ou, pior, que o vinho pudesse o ter espevitado ao sexo.

Adormeceu sob esses temores e acordou quebrada, as costas travadas. Júlio já se levantara, estaria no banheiro, ela pensou. Lá, achou apenas um bilhete, pregado no espelho: "Fui a Bardellone. Beijo. Giulio Mordini".

Arrancou do espelho o papelzinho colado com sabonete e olhou-o como um pedaço de um mundo outro que se tivesse destacado do seu curso e ido parar ali, num banheiro alienígena toscano. Como, então, ela conhecia um tal de Giulio, dormira na cama com ele, esse homem que lhe deixava um beijo e se firmava com sobrenome e tudo?

Indagava-se se era ela o ser estranho que entrara no outro mundo onde vivia o tal Mordini, uma entidade que visitava sua vida com o nome adaptado de Julio, mas que também era conhecido no meio publicitário como Vargas, o Varguinhas das campanhas milagrosas.

Que tipo de comédia era aquela? E que diabos fora o homem fazer em um lugar chamado Bardellone, mal clareara o dia? Carol irritava-se não somente com a situação bizarra, mas com a necessidade de indagar-se, de procurar e inserir sentido e lógica num itinerário que devia ser de férias e passeio, de lazer sem compromissos. Vivia já os protocolos de atendimento de voos, seguia os horários e tabelas, ajustava o jet lag aos sonos difíceis e às insônias inevitáveis, vinha-lhe, agora, essa escala imprevista, um pouso num país desconhecido e totalmente estrangeiro, com pernoite em hotel incômodo?

"Mãe, mandei dinheiro para sua conta, fiz a transferência numa agência que funciona nos fundos de uma farmácia, mas garantiram-

-me que o dinheiro chega aí em duas semanas, a mais tardar. Peço que verifique no seu banco.

Estou numa cidadezinha chamada Molino del Prato, tem esse nome porque havia um moinho de roda d'água numa descida do rio que corta a pradaria. Deixei em Dusseldorf o endereço daqui para a correspondência e qualquer urgência de trabalho, não é raro que precisem de gente para completar as escalas de serviço, para algum voo extra.

Júlio encasquetou em buscar as origens que ele diz 'de sua família', uma ideia que, em mim, seria vazia de significado. Minha família sempre se resumiu a você e ao que você guardava dentro de si, uma espécie de segredo pouco revelado, talvez apenas exposto num descuido, numa falha, uma evocação desgarrada que se ligava a outra coisa adiante ou passada, por acaso.

Nunca lhe pressionei a saber quem foi meu pai, mesmo porque, com a idade, essa pergunta parecia-me sempre uma coisa assustadora a ser feita, temerária, se respondida, terrível se irrespondível. Essas coisas se misturavam no sentimento de que seria injusto lhe pedir essa revelação, isso nunca se constituiu em mim como direito, foi sempre um débito que eu sabia impossível ser pago.

Pacifiquei-me quanto a isso, não se preocupe. Já o Júlio, está vivendo essa compulsão — que é novidade ou me era desconhecida — de 'buscar raízes', expressão que julgo idiota, coisa que não está à altura da inteligência dele. O que parece existir na base dessa mania de afirmar-se italiano seria uma espécie de transposição do trabalho dele com personalidades. Transformar idiotas em nomes elegíveis é o que ele faz. Temo que esteja ocorrendo com ele o inverso, que seu espírito se está empobrecendo na ideia fixa de ter um passado com história e família.

Ontem ele chegou de um vilarejo, maior e mais velho que esse Molino, onde tinha ido conferir a existência lá de um alfaiate que imaginava ser sósia ou alter ego — não sei ao certo — de um seu avô materno. Chegou e queria já voltar, levando-me até a tal cidadezinha para que eu visse a 'descoberta notável' que fizera: que havia lá, numa praça, a escultura de uma Diana Caçadora cujo modelo, segundo ele, foi a bisavó.

Vou lhe poupar os detalhes enredados dessa história que, de fato, deu-me dor de cabeça e o pretexto oportuno para recusar segui-lo em aventura na tal cidade — Bardellone, achei o papel onde está o nome —, e ele foi, sozinho, dizendo que contrataria fotógrafo para 'documentar o achado', que levantaria o histórico da peça, que a sabia ali instalada por ordem de Umberto de Savoia, sendo, contudo, a obra de fundição francesa, que não era de lavor italiano etc. e tal.

Toda essa maluquice seria divertida não transitasse apenas entre ele e eu, houvesse mais gente para escutar e rir da trama. Tenho que levá-lo a sério, isso é o mais incômodo. Acho que é para aliviar a carga que estou lhe contando essa novela. Nem me imagino contando-a à proprietária deste sobrado que Júlio alugou. Ela mora no térreo com uma filha solteira, um espelho do que seríamos, estivéssemos juntas..."

O propósito de Júlio Vargas fora mesmo descobrir a verdade sobre o alfaiate fantasma, mas, ao entrar na cidade pelo norte, dera-se numa pracinha arborizada, com caramanchões e semicírculo de lâmina d'água orlado por colunata. No laguinho raso, sobre uma base em travertino, estava, em bronze, uma Diana Caçadora.

O conjunto o atraíra. A escultura era diferente das imitações greco-romanas habituais nos vilarejos, tinha um estilo clássico retificado por mão mais moderna. E a Diana...

Naquele momento, à visão do rosto da deusa, algum mecanismo associativo engrenara-se em sua cachola, um retrato de família — o cartão em sépia de um rosto de mulher — animara-se contra o cenário da pracinha, ele se quedara na contemplação do filme.

Havia um banco de ferro e ripas, sob o treliçado onde se enroscava uma trepadeira florida. Ali sentara-se, deixara que esse transe o tomasse num enredo de imagens e memórias. Logo Umberto I conhecera em Paris a bisavó de Giulio, jovem viúva. Mas como?

O rei encomendara a Jacek Leibowitz , um polonês, uma cópia da Diana Caçadora de Jean Goujon. Conhecera-a na réplica do Vaticano, que achava superior à original, do Louvre. Ele gostaria de ter sua própria cópia, para o jardim da Vila Real de Monza.

Esse roteiro viera espontaneamente a Giulio Mordini. Tudo se fora encaixando como resgatado de uma conversa domingueira, após o almoço, moços e velhos folheando o álbum familiar ilustrado com histórias. O rei dissera a Jacek: "Faça-a moderna, como se ela tivesse vivido além dos séculos, mudando-se aos estilos do tempo".

O resultado disso fora o escultor ter tomado por composição a réplica romana e, por molde, as feições e o corpo de Mariangela Mordini, modelo italiana em voga no meio artístico parisiense, favorita de Jacques-Émile Blanche.

O filme avançava, Giulio dera velocidade à moviola. Umberto veio a conhecer Mariangela no ateliê do escultor, tomou-a por amante, logo enjoou dela ou teve-lhe desgosto, desistiu de ter a escultura em seu jardim, doou-a à cidade que a ex-amante dissera ser seu local de origem e nascimento.

Essa fabulação roubara Júlio do curso. O alfaiate Giusi, o avô Gianni, perderam-se nas vielas de Bardellone, lá foram esquecidos, apagados do filme.

Carol começou a ficar preocupada quando Júlio não voltou para dormir e alarmada quando ele não chegou no dia seguinte. Lamentou não ter ido com ele à tal cidade, pouco custaria olhar uma escultura, dar uma volta no vilarejo, comer algo típico com o vinho da casa, apascentar-se e a Júlio do "estresse das férias" que começava a os acometer.

Disse a dona Graziana de sua preocupação, e a mulher, suspeitando que alguma briga ocorrera, logo propôs solução: "Annunziata leva você a Bardellone, são vinte minutinhos de vespa".

Carol aceitou, saíram depois do almoço, desceram pela margem do Sieve até o Arno, atravessaram ao miolo da cidade.

"Onde fica uma praça com a escultura de Diana Caçadora?", Carol perguntou a um grupo de rapazes numa esquina.

Eles se entreolharam, voltaram às duas, estranhando a pergunta, sem saber de qual Diana se tratava.

"Uma mulher caçando, uma coisa antiga", ajudou.

Um deles despertou: "La donna del cervo. Tem uma mulher deitada com um veado galheiro na praça Mazzini", destacou-se do grupo, sinalizou o caminho que Annunziata devia fazer.

A escultura estava lá, de fato. Nenhum sinal de Júlio nem do carro por perto, porém. Em frente à praça havia um restaurante, o dono e um rapazote arrumavam as mesas preguiçosamente. Carol perguntou ao homem se havia visto "um senhor que se tivesse interessado pela escultura da praça, tivesse fotografado".

"Mas é claro!", animou-se. "É o senhor Giulio, Giulio Mordini. Ele descobriu uma coisa formidável sobre a escultura. A modelo foi uma residente desta cidade", disse, e baixou a voz:

"Ela foi amante do rei Umberto. Umberto, o primeiro, que o anarquista matou, sabe?"

Carol mentiu que sabia. Ia perguntar onde Júlio andava, mas o homem seguiu:

"O senhor Giulio contratou Tomazzo Devicaro, o fotógrafo, tiraram um monte de fotos da escultura, revisavam aqui, no restaurante. O senhor Giulio foi a Roma, disse que ia conferir coisas da pesquisa sobre a escultura."

"Foi a Roma?"

"Sim, a Roma. Tem outra escultura dessa no Vaticano, ele disse", franziu o cenho, indagou:

"A senhoras também são da pesquisa?"

"Não, não. Ele é nosso inquilino em Molino del Prato", Annunziata antecipou-se a Carol, para sua surpresa. "Falou quando voltava?".

"Não disse, mas vai voltar. Quer completar o trabalho aqui em Bardellone."

Annunziata rabiscou o nome e o endereço das duas num guardanapo do restaurante, passou para o homem:

"Por favor, diga que entre em contato, logo que volte."

Carol decidiu-se esperar dois dias pelo regresso de Júlio. Era o tempo para rearrumar sua vida, o prazo que arbitrara para romper com ele cara a cara, "mandá-lo às favas".

Annunziata convidou-a para uns bailaricos, ela foi, dançou com cavalheiros maduros e rapazes, bebeu umas taças, recusou jantares e passeios no campo. Esperou.

Pela manhã do último dia do prazo, quando começara a fazer as malas, chamaram-na à porta.

Era Annunziata, acompanhada de um inspetor de polícia e um carabiniere.

Traziam notícias do "cidadão Julio Vargas", que insistia chamar-se Giulio Mordini. O inspetor perguntou se Carol era mulher do "cidadão", ao que ela respondeu com um "viajamos juntos" acrescido de um "que aconteceu?" pouco emotivo.

"Ele está detido na delegacia de Bardellone, por danos ao patrimônio público, insultos às autoridades e perturbação da ordem", pontificou e ajuntou: "O comissário pede que a senhora compareça à delegacia para providências, se for possível, hoje mesmo. Temos uma viatura aqui, podemos levá-la..."

Annunziata o atalhou, evitando o vexame dos vizinhos verem Carol no carro da polícia:

"Eu mesmo a levo, daqui a pouco. Tempo para mudarmos de roupa."

O comissário Mancuso recebeu Carol de pé, em saudação cortês quase risonha, um prenúncio de que o crime, transgressão ou ofensa social de Júlio se enquadraria, talvez, nos capítulos de embriaguez ou loucura. Experimentado, ele fotografou a juventude e formosura de Carol, emparelhou-as ao retrato de um Júlio passando da madureza à velhice mal aceita, folheou o passaporte que a moça lhe estendeu, devolveu-o, apontou uma cadeira, sentou-se depois que Carol se acomodou.

"Senhorita Carol, o senhor Júlio teve um surto, um ataque de nervos, uma alteração mental... Sabe de algum episódio anterior assim, ele é paciente psiquiátrico, toma alguma medicação controlada?"

"Não que eu saiba, isto é, creio que não."

"Certo. Tivemos que detê-lo porque ficou violento. Um guarda do município impediu que ele tirasse um molde de gesso da cabeça de uma estátua na praça Mazzini. Havia já passado graxa na peça, preparava o gesso num balde. Trata-se de um monumento antigo, protegido pelo Patrimônio Histórico..."

"Estive aqui antes. Vi a escultura. Júlio interessou-se pelo histórico da peça, a estava estudando."

"É provável", disse o comissário com um repuxo de riso que queria controlar. "É provável, mas ele se agarrava à escultura e a chamava de 'avó Mariangela'. Foi preciso o concurso de mais um guarda e um carabiniere para arrancá-lo de lá. A senhorita sabe, nesses casos, eles, quero dizer, os indivíduos afetados, ficam fortíssimos, não se sabe de onde tiram tanta força."

Carol também começou a tentar evitar o riso. A imagem de Júlio agarrado à avó Mariangela era comédia irresistível. Conteve-se a custo, ouviu o comissário:

"Então ele começou a chamar guardas e circunstantes atraídos à cena de 'fascistas filhos da... de...', bem, a senhorita entende. Isso é ofensa gravíssima e dolorosa para nós. Ao final, conseguiram enfiá-lo numa viatura e ele veio gritando até aqui que aquela era uma 'prisão política', que o perseguiam por ser um 'Mordini', *partigiane*, outras coisas sem sentido."

"Não sei bem o que dizer", Carol falou, com sinceridade.

Mancuso suspirou. Queria resolver aquilo antes que algum repórter fuçasse a história, botasse a circular aquele ridículo da cidade.

"Seria interessante ter auxílio médico. Ele agora dorme, exausto e provavelmente faminto. Atirou para fora das grades a comida oferecida. Gritou e falou sozinho uma eternidade. Posso mandar vir um médico amigo meu, pessoa séria, de confiança, o Dr. Fabbri. Ele pode dar uma orientação ao caso."

"Agradeço muito, senhor. Também acho que é o melhor, na situação."

Somente no meio da tarde, chegou o Dr. Carlo Fabbri. Com jeito, entendeu-se com Júlio, tratando-o por Sr. Mordini — havia se instruído do teor do surto —, disse que o tiraria da delegacia, mostrou interesse na pesquisa, garantiu que ele poderia continuá-la numa biblioteca, que todo material coligido lhe seria entregue, fotos, anotações...

Reuniu-se com Carol, indicou internamento, sugeriu a clínica Villa dei Pini, em Florença:

"A senhorita me autoriza, inicio desde já o protocolo, uma ambulância virá buscá-lo, eu acompanharei o internamento. Não é prudente deixá-lo sem tratamento adequado. É possível contatar a família? Mancuso disse-me que a senhorita apenas o acompanhava... Turismo, não é?"

"Turismo, basicamente", Carol concordou. "Ligarei para a empresa dele, não tenho relação direta com a família."

Annunziata deixou Carol num hotel em Florença. Ela foi dormir depois de saber que um dopado Júlio já estava sob cuidados da clínica. Acordou, esperou o giro do fuso horário, ligou para a companhia de publicidade, deu-lhes conta do ocorrido. Disseram-lhe que avisariam Gustavo, o filho de Júlio que trabalhava em Londres, ele seguiria a Florença, agradeciam...

Ela ligou para sua companhia, pediu que providenciassem passagem para Dusseldorf. Tinha ainda algum tempo, pela tarde. Foi aos Uffizi ver os Botticelli, olhou bem os pés das mulheres, confirmou que o namorado errara na comparação:

"Não tem nada a ver, que malucos são esses caras!"

CAROL

IV

"Acho que tomaria uma cerveja."

"Não tem cerveja aqui, Benevides. Isso aqui é bar de uísque. Se você quer cerveja tem que ir no Arizona."

"Fui lá, uma vez. Aquilo é bar de puta, sujo, com barulho."

"Pois é, bar de puta tem radiola de ficha, barulho, a sujeira faz parte. Trouxe você num bar de cavalheiros, de gentlemen. Não entram putas. Olhe ali o retrato da rainha... pois é... ela preside o ambiente, é outra coisa."

"A rainha está meio desbotada."

"Ô Chanceler... meu amigo aqui está dizendo que sua rainha está desbotada."

"É a tradição e o tempo, seu Juvêncio. A foto é original, assinada."

"Ele recortou de uma revista *O Cruzeiro*, faz séculos. Me diz, Chanceler. Chegou navio da Escócia?"

"Chegou. Peguei duas caixas de Passeador e duas de Cachorrinhos. Vai dar para o gasto até o fim de semana."

"O uísque aqui é honesto, garantido. Chega nos porões clandestinos das naus, atravessa a rua direto para as adegas reais. Importadíssimo. Só o gelo é nacional. Você toma com gelo? Estava com sede, queria cerveja... Tem mineral, soda, tem tônica também, às vezes tem água de coco. O desembargador Antunes gosta, o Chanceler guarda alguns na geladeira."

"Tomo com gelo."

"Passarinho, este moço imberbe aqui é o fiel escudeiro do Chanceler. Passarinho: nos traga dois Johnny Walker e gelo."

Tem nada para comer aqui, vou lhe avisando. No máximo, passam uns meninos com amendoim torrado, mas Chanceler enxota, não quer que eles entrem."

"Uísque está bom."

"Na mesa do fundo, aqueles três são o deputado Pedroza, Paranhos, que é delegado, e o juiz Silvino. Apresento você, depois. Esse que está chegando é Caio, é médico."

"Senta aqui, Caio. Conheça o Benevides que veio lá das Paraíbas. Está trabalhando no *Commercio*. Política."

"Prazer. Vão tomar o quê?"

"Passeador. Passarinho está trazendo."

"Para mim está bom, também. Peço a ele."

Renatão estava comigo, mas ficou no caminho, conversando com um gerente, na saída do banco. Está vindo para cá. Ele me deu notícia que o Cézar Targino morreu. Em Brasília. Lugar de merda para morrer, não é?"

"Ih, foi mesmo? Morreu quando?"

"Semana passada, Waltinho foi quem avisou. Ele estava internado. Cirrose, era de se esperar."

"O Cézar era um amigo nosso. Aliás, da sua terra, Benevides. Era do sertão de Patos ou Souza, não sei bem, mas veio para cá ainda rapaz, formou-se bacharel."

"Não conheci. Fazia o quê em Brasília?"

"O Waltinho, que era procurador aqui, quando foi para o Tribunal de Justiça levou-o para lá, como assessor. Fez isso já para dar um jeito na vida dele."

"Pouco adiantou, foi até pior. Fora Waltinho, ele não tinha amigos lá. Uns conhecidos na Câmara, mas amigo mesmo, nenhum."

"Pois é… Será que o pessoal lá atrás está sabendo? Paranhos, ô Paranhos! Estão sabendo aí que Cézar Targino morreu em Brasília?"

"Quiospariu! Foi nada! Como foi isso?"

"Cirrose. Estava internado."

"Porras… mas que chato. E o Waltinho? Deve estar arrasado, eram muito amigos, como irmãos."

"Quem morreu?"

"Foi o Cézar Targino, Chanceler. Ele morreu em Brasília."

"Ah, que pena. Gostava dele. Às vezes bebia aqui sozinho, no meio da tarde. Proseava com ele. Ele gostava de recitar umas poesias."

"Era o melhor texto que já li no Fórum. Eu mesmo encomendei a ele uns relatórios e pareceres. Coisa fina."

"Estava com aquela mulher?"

"Não, não estava mais com ela. Ainda passaram um tempo juntos, mas se separaram."

"Ah! Olha aí quem está chegando…

Oi, Renatão, você sabia que Cézar Targino morreu?"

"Ora, fui eu mesmo quem deu a notícia. Waltinho me ligou no Instituto. Chorou, foi uma merda. Matou minha tarde. Fiquei lascado."

"Paranhos, quem é aquele que está na mesa com Caio e Juvêncio?"

"O cara é um jornalista que veio trabalhar aqui, um Benevides das quantas. Assinei as credenciais dele para o Palácio e para a Assembleia."

"Ei! Por que vocês não vêm pra cá? Vamos ficar gritando de uma mesa para a outra?"

"Passarinho, junte uma mesa naquela do fundo. Vamos mudar para lá".

"Dr. Renato vai querer beber o quê?"

"Bote um duplo Passeador com gelo, Passarinho. Não, não. Espere. Tem Black and White?"

"Tem, doutor."

"Traga desse, duplo."

"Dr. Antunes me disse que vai passar aqui, mais para tarde. Ia comprar um presente para o aniversário do neto e vinha para cá."

"Ele conhecia o Cézar?"

"Muito. Foi professor dele na Católica. E é parente próximo de Waltinho. Se dava com Cézar por conta disso, também."

"Gente, esse aqui é o José Benevides Assis, está no *Commercio*. Tenham pena dele."

"Lamentamos. Senta aí, seja bem-vindo."

"Obrigado. Prazer. Pêsames pela perda do amigo."

"Chega para todos. Está aí o Dr. Caio para assinar o óbito. Vai enterrar nós todos."

"Brincadeirinha besta, Pedroza. Só por causa disso não lhe faço mais o exame de próstata que você adora."

"Seu dedo é brocha, não funciona, Caio."

"Passarinho, põe um calço na perna dessa mesa que ela está em falso. Ali, do lado do Dr. Renato."

"Depois, traz um balde com gelo e pede a Chanceler uma garrafa das que chegaram. Qualquer marca. Fica mais fácil a gente mesmo se servir."

"Vamos brindar ao Cézar. Alguém fala?"

"Fala aí Pedroza, você é o deputado aqui."

"Falo nada. Gostava do Cézar, mas oração fúnebre não é meu forte. Vou propor um voto de pesar na Assembleia."

"Não é oração fúnebre, pombas. É um brinde."

"Então, saúde!"

"Como saúde, cara? Ele morreu."

"Então, como dizem os judeus: L' chaim, à vida..."

"Deixa de ser palhaço, Pedroza... Parece que já bebeu, porra."

"Acho essa coisa de brinde um negócio cafona."

"Não é nada. É um gesto civilizado."

"Então, faz você o brinde, Silvino."

"Faço. Passarinho, abra a garrafa e encha os copos...

'...Ó tu que das noturnas plagas
Vens, embora a cabeça nua tragas,
Sem topete, não és ave medrosa,
Dize os teus nomes senhoriais;
Como te chamas tu na grande noite umbrosa?
E o corvo disse: 'Nunca mais.'"

"Isso foi um brinde?"
"Isso é Poe, analfabeto. Cézar gostava de recitar esses versos".
"O corvo fúnebre aí assustou nosso Passarinho. Não foi, moço?"
"Sei não, doutor. O que é corvo?"
"Melhor não saber, Passarinho. São coisas da cabeça de Dr. Silvino."
"Não fode, Pedroza."
"Brincadeira. Vou mesmo propor o voto de pesar."
"Faça isso."
"Estou impressionado. Vocês gostavam mesmo do falecido."
"Não se impressione, Benevides. Você acostuma. Isso é do caráter da terrinha. Gostamos muito mais dos amigos mortos. Até os frevos, que deviam ser alegres, viram elegias. Tome evocação, saudade, tempos que não voltam mais... essas coisas."
"Ei, Juvêncio. Não corrompa nosso amigo aí."
"Estou só treinando ele para quando morrer mais um de nós."
"Ligue não, meu caro. Sujeito mórbido é esse aí. Cruzamento atávico de famílias de usineiros. Dá nesses tipos."
"E você, não, Paranhos?"
"Só por parte de mãe, não pega tanto. Olhe aí, desocupe a cabeceira, Dr. Antunes chegou."
"Boas tardes, desembargador. Queira assumir a cabeceira de decano."
"Mesa comprida. Aniversário ou morte?"
"Morte, Dr. Antunes. Cézar Targino."

"Ah, foi."

"Estava sabendo?"

"Estava. Waltinho me ligou desde que internaram Cézar. Coisa triste. Aliás, a vida desse rapaz foi uma tristeza só."

"Foi seu aluno..."

"Já começou, Pedroza?"

"Não, não. Desculpe. Quer dizer... Lembramos, aqui na mesa, que ele foi seu aluno na Católica."

"E foi mesmo. O mais brilhante que já tive."

"Já bebia, quando estudante?"

"Ah, bebia. Caso clássico de desgosto amoroso de rapazinho."

"Com a moça da faculdade? Como era o nome da moça, Silvino?"

"Carol. Dr. Antunes deve lembrar."

"Lembro, é claro. Espera aí. Passarinho! Tem água de coco?"

"Sim, senhor."

"Põe numa jarra e traz uma dose de Haig. Não foi só a menina Carol. Com essa aí, já parece até coisa de Maugham..."

"Quem é Maugham?"

"Foi um escritor. Cala a boca, Pedroza. Ouve aí."

"Cézar veio para cá fazer Direito e deixou uma noiva no sertão da Paraíba. Em Souza, acho. Moça filha de fazendeiro. O pai foi senador, rico. Ela estudou fora, na Europa. Morreu num acidente."

"Porra! Azar..."

"Pior que isso. Ela estava trepando, uma noite, com o irmão mais velho de Cézar dentro do carro dela, num acostamento. Um caminhão acertou eles, destroçou o carro. Ela morreu ali mesmo. O irmão de Cézar ficou paraplégico, um horror."

"E Cézar começou a beber a partir daí."

"Foi isso. Ele trancou matrícula, passou um ano de luto, isolado, morando numa pensão. Afastou-se da família, a mãe dele quase morreu de desgosto, com um filho aleijado e outro perdido, bebendo. Cézar vendia enciclopédias de porta em porta, para se manter. Foi nesse tempo que ele conheceu Waltinho, os dois gostavam de literatura. Waltinho escrevia bem, o juridiquês matou o talento dele, uma pena."

"Essas coisas, quem lhe contou foi Waltinho ou o próprio Cézar?"

"Waltinho contou. Ouvira dele, acho que era o único a quem Cézar contava de sua vida. Waltinho o via como um irmão mais novo, frágil. Ou filho crescido, desamparado. Sempre o protegeu."

"E como é que Carol entrou na vida dele?"

"Você conheceu Carol?"

"Não, Dr. Antunes. Só de nome."

"Pelo nome, só, não dava para conhecer mesmo. De rosto e de corpo ela era capaz de entrar na vida de qualquer um, sem qualquer esforço. Waltinho me mostrou uns sonetos que Cézar fez para ela. Umas coisas lindas."

"Funcionaram, os sonetos?"

"Veja bem, Renatão. Acho que funcionaram, de algum modo. Começaram, os dois, um namoro, ou convívio, coisa assim. Andavam juntos, nas minhas classes sentavam lado a lado. Cézar perdera um ano, emparelhara com ela. Oi?"

"Eu tinha separado Buchanas para o senhor. Uma garrafa. Mas, o senhor pediu Haig … "

"Então traz o Buchanas, Chanceler. Vou partilhar com esses selvagens, vai ser o jeito. Onde é que eu estava?

"No namoro de Carol com Cézar."

"Sim. Era um namoro assimétrico, vamos dizer assim."

"Sem enlevo, paixão? Da parte de quem?"

"Não sei os detalhes. O que se notava é que Carol era mais aberta aos outros colegas, tinha interesses mais diversificados que Cézar. Os tempos eram miseráveis, com os milicos apertando professores e estudantes. Os jesuítas eram visados, a Faculdade era insegura. Cézar era apolítico, eu acho. Ou cético. Não creio que Carol também tivesse entusiasmo por política, mas ela se enturmava com a garotada mais à esquerda. O curioso era que essa turma tinha um apelido para ela: era a 'Gringa.'"

"E ela parecia uma?"

"Aí é que está. Deixem Passarinho trazer a garrafa de Buchanas. Estou me sentindo generoso a ponto de revelar a vocês uma coisa que sequer o Waltinho sabe direito."

"Passarinho, Passarinho, se avexe, rapaz, antes que Dr. Antunes se arrependa."

"Que agitação é aquela na cabeceira do Antunes?"

"Diz que vai contar um segredo."

"De Estado?"

"Infelizmente não. E, desses, ele sabe vários. É do Cézar Targino mesmo."

"Fale alto, Dr. Antunes. A gente não escuta daqui."

"Agucem vocês as oiças ou acheguem as cadeiras. Não é coisa de se contar alto. Obrigado Passarinho. Traga mais água de coco, se tiver.

Chanceler, ali no balcão, é bem capaz de saber do que vou contar. É mais do tempo dele e do meu que de vocês."

"Olha o suspense, desembargador, passe segunda."

"Então lá vai: conheci a mãe dessa moça Carol..."

"Ôpa, vem coisa."

"A mãe dela chamava-se Irani e trabalhava na casa da Denise. Olha aí. Chanceler já está rindo. Ele sabe do que eu estou falando, não é?"

"Sei, Dr. Antunes. Conheci a dona Denise. Quer dizer, conheci a casa dela. Como fornecedor de bebidas. Sempre atendia lá quando seu João de Setúbal, o proprietário, não conseguia abastecer das fontes próprias."

"Estão vendo? Não estou inventando. A casa da Denise foi um cassino e um puteiro chique. Funcionou num sítio enorme, perto de onde hoje fica o Shopping, mais para as bandas do terminal. Naquele tempo, só havia cajueiros e mangues por ali. No sítio, havia uma espécie de casa de campo que esse sujeito, Setúbal, um português abastado, reformou, transformou numa coisa elegante, de luxo. A clientela era seleta... — Esperem aí, acabem com a risadagem, porra. Eu ia

lá jogar. Jogar roleta, somente... Que coisa! — A clientela era selecionada, mas também havia os americanos, que jogavam com dólares. Esse pessoal enxameava aqui. Primeiro, foi gente do Ponto Quatro, depois, uns militares e técnicos que ficavam no Ibura e tinham base também na estação de rastreamento de foguetes, em Noronha. Alguns viviam em Parnamirim, perto de Natal, no que persistiu da base da Segunda Guerra. Um desses daí se engraçou da Irani, tirou-a da casa da Denise, montou apartamento com ela e a emprenhou da Carol. Foi produto da Guerra Fria, a gringuinha."

"O Dr. Antunes não arriscou uma roleta com a tal Irani?"

"Não vou responder, Dr. Silvino. Isso está sob segredo de justiça e o jogo era proibido. A mulher de Dutra, há tempos, ordenara que ele fechasse os cassinos."

"E o americano cuidou, levou a menina com ele, ou o quê?"

"Levou nada. Passou um tempo vivendo com Irani, foi transferido, deixou de mandar dinheiro. Irani lutou para obter reconhecimento. Em vão. O cara foi dado como desaparecido no Camboja ou Vietnam. Carol já estava taludinha."

"A Irani criou a menina sozinha?"

"Sozinha. Ela voltou para a casa da Denise, mas o negócio lá estava decaindo, a própria Irani já estava meio fanada... e vou dizer uma coisa: Ela foi deslumbrante, parecia uma Rita Hayworth, uma Ava Gardner."

"Tem retrato aí na carteira, Dr. Antunes?"

"Vai à merda, Paranhos. Estou falando sério."

"Ligue não, desembargador. É inveja. Paranhos não sabe de coisas refinadas."

"E você sabe, Juvêncio..."

"Vocês querem ouvir a história ou vão ficar discutindo? Aí, prefiro beber quieto, fodam-se."

"Não. Conte, conte. O nosso paraibano, ali, está de olho arregalado, nós todos estamos interessados.

Tinha somente uma garrafa de Buchanas?"

“Ô, Chanceler: baixa outra garrafa para esses interesseiros, quer dizer, interessados. Veja mais gelo. Pois bem. A casa terminou fechando, o português adoeceu, passou adiante as firmas, foi morrer lá para as terras dele, não sei. Dona Denise começou um negócio por conta própria, num sobrado da Concórdia. Coisa meio mequetrefe, durou pouco. A Irani também montou um serviço moderno, tipo *escorts*, com agendamento por telefone. Mas as garotas eram pilantrinhas, roubavam, faturavam por fora, Irani não tinha um macho para botar ordem na coisa.”

“Dr. Fagundes conheceu bem a mãe da moça...”

“Conheci, Pedroza. E acompanhei as dificuldades dela. Qual o problema? Só tem uma coisa: nunca disse a Carol que lhe conhecera a mãe. Quando a Irani se retirou, quis botar um salão de beleza, pediu ajuda, um dinheirinho emprestado. Quer dizer: pediu a mim e a outros conhecidos dos tempos na casa da Denise. Quase todos emprestamos, mesmo sabendo que não ia haver reembolso.”

“Fã-clube.”

“Quase isso.”

“A Carol sabia da profissão da mãe?”

“Sempre acreditei que sim.”

“E a Irani ainda vive?”

“Aí, já não sei. A última notícia que tive dava que ela fora para Salvador. Perdi a pista.”

“E a Carol, como se virava?”

“Trabalhava de vendedora em boutique, estudava de noite, o normal para garota daquela idade.”

“E quando ela casou com o Cézar?”

“Aí reside a questão. Vocês têm certeza que vão querer ouvir essa tristeza? Já não basta saber que o Cézar morreu, que foi infeliz?”

“Até a última amarga gota, doutor. Vá em frente.”

“Vocês são abutres insaciáveis. ‘Inaudita altera parte’, digo apenas o que sei: Carol conheceu um padre jovem, esquerdinha, carioca. Padre de passeata, como diziam. Eu via o tipo na Católica, ele ensinava

Princípios da Doutrina Cristã, uma veste litúrgica para as teses da Teologia da Libertação. Carol não conhecia a mitologia da mula sem cabeça. O sacerdote produziu-lhe um potrinho."

"Como é? Engravidou? Não foi do Cézar?"

"Lamentavelmente, não. Ela largou a faculdade esperando que o padre fosse abjurar a batina, assumir a paternidade. Nada disso. O padre livrou-se da batina, sim, mas foi trocado numa daquelas barganhas de sequestro, voou para a Argélia, adeus."

"Puta que os pariu! Mas o Cézar tinha o menino como filho, não é do Edgar, o 'Gazinho' que estamos falando?"

"Dele mesmo, Juvêncio, Renatão, distinta audiência. O menino era esse mesmo. Filho cartorial legalmente reconhecido de Cézar Targino."

"O Cézar casou com ela, então."

"Não casou. Viveram juntos temporadas salteadas. Tempos difíceis. Cezar estava estagiando ainda, eles arrastavam o menino de um canto para outro. O próprio Waltinho e a mulher tomavam conta, vez em quando. Não era raro ver o Cézar num boteco com o menino, numa cadeira ao lado."

"Lembro disso."

"E a Carol, não trabalhava?"

"Trabalhava na mesma coisa. Vendedora em boutique. Não parava em emprego, tinha uma vida meio nebulosa..."

"Vai ver, trabalhava para a mãe."

"Isso simplificaria as coisas. Pelo menos, para entendimento cômodo, para satisfação no óbvio. Mas, não há evidências de que ela fizesse programas. A cidade transmite essas coisas com velocidade, a clientela conversa, avalia, recomenda, evita. Fica-se sabendo."

"Quando foi que o Cézar foi para o Rio?"

"Waltinho, o São Waltinho, conseguiu uma colocação para ele na banca de Alencastro Associados, empenhou o nome nisso, queria tirá-lo daqui, dar-lhe responsabilidades. O Cézar estava bebendo todas... quer dizer, é engraçado, isto é, não é engraçado, é miserável:

de preferência, não bebia uísque, cerveja, vinho. Enchia a cara com cachaça, bebia de forma rude, suicida."

"E a mulher, Carol, foi com ele?"

"Não foi logo. E vou dizer uma coisa: isso foi bom para Cézar. Ele deixou as carraspanas letais, passou a beber civilizadamente com o pessoal do escritório que, aliás, gostava dele e, mais que isso: o próprio Silvério Alencastro, o Velho, passou a admirá-lo, encarregou-o de algumas causas enroladas, arranjou-lhe até um bico no *Jornal do Brasil*, no corpo de editorialistas, imagine. Estes foram os melhores anos para Cézar. Ele estava subindo os degraus do Paço, agraciado como prodigioso par da Corte. Então, ele mandou vir Carol e o menino. Fecho o pano aqui. O resto os senhores sabem. Ele voltou a beber, o roteiro da *Human Bondage* se reinstalou, uma lástima."

"Mas é assim? É assim que o senhor trata os ouvintes? Mesmo o ouvinte Pedroza, que estava olhando uma mosca no teto?"

"Conversa essa, Juvêncio? Eu estava seguindo toda a história, me motivando, inclusive, para o cabeçalho do voto de pesar."

"Você está maluco, está doido da cabeça? Vai falar nada que escutou aqui. Diga que perdemos uma grande voz, um espírito iluminado, essas coisas."

"É isso mesmo que vou dizer. Pensa que sou idiota?"

"Não é preciso pensar para perceber, porra."

"Quer saber, 'Jumêncio'? Morra, que eu faço um voto de louvor e agradecimento ao diabo que te levou."

"Ora, vá..."

"Calma, calma, conto o resto, conto tudo às lágrimas dos senhores. Passarinho: mais gelo e copos limpos. Enxugue a mesa, rapaz. Deixe-a virgem, tábula rasa para o chororô dos cavalheiros. Carol chegou no Rio com o menino, se instalaram numa casinha em Santa Teresa. Cézar adorava o garoto, passeava com ele, o levava ao Zoo, Jardim Botânico, praia. O menino também se apegou a ele, não sei pintar uma aquarela melhor de pai e filho. Carol conheceu as mulheres de outros advogados jovens, sua experiência nas boutiques a tornou conselheira

delas. Alguma lhe arranjou serviço numa agência receptiva, *hostess* para convenções, feiras. Ela possuía o *physique du rôle*, aliás, excedia na qualificação de aparência. Era ímã para industriais, empresários..."

"Ah, Dr. Antunes... já dá para adivinhar."

"Sinto muito. Não dá para retocar o destino em voo. O cavaleiro da armadura fulgurante que se apresentou no Centro de Convenções da Barra foi um prosaico industrial de calçados e artigos de couro, mineiro e viúvo. Três meses depois, ele e Carol estavam juntos em Belo Horizonte. Cezar voltou ao álcool, bebeu até o descontrole. Voltou para cá, aos tropeços físicos e morais."

"Isso é um tango ruim, samba mal acabado de Lupicínio. Banalidade atroz."

"Concordo. A música é comum e também acho a letra injusta ao espírito de Cézar. Agora, tem uma coisa: essa caricatura ridícula vai aumentar, vai se acrescer do grotesco, vai virar um drama onde já não cabe o riso, onde se introduz a loucura e o absurdo. Vai passar à dignidade da tragédia.

Vou seguir. Foram vocês que pediram, não culpem o narrador.

Cézar foi internado duas vezes aqui. Não era só alcoolismo, ver ratos, soldados, baratas gigantes, esses bichos. O fígado já estava comprometido, está aí uma expressão cara aos médicos, não é Dr. Caio?"

"Procede perfeitamente, comendador."

"É como se esse órgão elaborasse o desejo suicida de Cézar. Comprometido, em seu sentido íntimo, significa promessa mútua, um contrato... Mas, deixa isso para lá. Acho que o Buchanas já está me possuindo. O fato é que ele morreria mesmo, não houvesse a sorte e algumas ingerências políticas terem levado Waltinho ao Superior Tribunal de Justiça. Arrastou para lá o nosso Cézar, internou-o numa clínica campestre e saudável, salvou-o de novo, vamos dizer assim."

"Waltinho vai para o céu, direto, sem escala, beatificado."

"Lutou muito pelo amigo, sou testemunha. Brasília foi a última tentativa, a cidade não era só difícil para o Cézar, era um deserto de afeto, um lugar seco no clima e na alma. Para Walter também foi, desde sempre, agreste e traiçoeira. O pessoal diz que aquilo é uma cidade abstrata, sem esquinas. Pode ser que seja, no traçado. Tem inúmeras delas, perigosas, invisíveis ao público. A pior é a esquina do Judiciário com a Política. Waltinho sofreu e sofre nelas cronicamente, mas é inteligente e hábil, conseguiu sobreviver."

"E Cézar? Pelo visto, não aguentou o tranco."

"Cézar? Como disse o poeta: 'Senhoras, levantem a barra da saia porque vamos atravessar o inferno.' Ele até melhorara um pouco da saúde, estava bebendo menos, recomeçou a escrever. De repente, Carol reingressou na sua vida, uma danação, provação bíblica. O homem dos sapatos morreu e ela sequer ficou viúva. Os filhos do falecido caíram-lhe em cima, a perseguiram e ameaçaram, puseram-na para fora de Minas, sob as mais graves acusações. Infidelidade, roubo, apropriação, estelionato, pensem num crime, estava capitulado. Deu com os costados em Brasília, foi com o filho Edgar, já rapazote. Cézar os recebeu e não só os abrigou. Pendurou-se neles com sentimento e desespero, cego ao que Waltinho aconselhava: arranjar um emprego para ela, manter-se afastado. Nada adiantou. A praga de Maugham vingou, viçou em Brasília, ia ser fatal para Cézar, ele ainda não percebera, meses e meses se passaram nesse *pathos*, Cézar tateando a desgraça, imaginando que tudo, num encantamento súbito, se transformaria em felicidade e esplendor. O álcool ajudava nisso, pintava dias de sol. Carol passara a frequentar uma tal Igreja da Revelação Pentagonal, em Ceilândia. Logo estaria seguindo carnalmente o carisma do pastor."

"Caramba! De novo? Padre, pastor... A mulher tinha inclinação religiosa, está se vendo."

"Não. Ela estava doida. Na cabeça dela se formara a convicção que havia matado o industrial dos sapatos com veneno. Fora à igreja para aconselhar-se, lavar-se do pecado e da culpa, redimir-se. O pastor passou a atendê-la com métodos físicos, purgas da carne e exorcismos invasivos extenuantes. Enfim, cansou, resolveu livrar-se dela. Disse-lhe que a justiça divina já a havia perdoado, que ela, contudo, devia

à justiça dos homens. Fosse a Belo Horizonte e se entregasse à polícia. Ela, obediente, deixou para Cézar bilhete com seu propósito, também deixou Edgar dormindo, partiu da Rodoviária, pela madrugada. Sairia nos jornais: 'Morte do industrial teria sido homicídio', 'Mulher diz ter usado veneno'. Mas, logo: 'Suposta assassina sob tratamento psiquiátrico', 'Laudo confirma enfarto como causa da morte de empresário', etc. *Exit*."

"Como *exit*, Dr, Antunes?"

"*Exit, exeunt*. Acabou, pelo amor de Deus! Cézar foi ladeira abaixo, não durou um ano. Foi internado, morreu. Waltinho conseguiu que uma família de serventuários cuidasse do Edgar, está ajudando com dinheiro, vai conseguir algum emprego para o rapaz. Satisfeitos?"

"Vamos embora, Benevides. Essa turma não larga a mesa e o assunto tão cedo. Olhem aqui. Estou deixando minha quota e gorjeta para o Passarinho. Não, não, Benevides. Você foi convidado, não paga. Boa noite, meus senhores, divirtam-se. Chanceler, até amanhã."

"Amanhã não abro, seu Juvêncio. É dia santo, com procissão."

"Ah! É mesmo, esqueci, que chato! O que diabo se pode fazer num feriado aqui, Benevides?"

"Faça um frevo. Dou até o título: Frevo do Nunca Mais."

"Está aí uma boa ideia, paraibano. Você já está pegando o espírito da cidade."

CAROL
V

"**Tudo é a visibilidade, meu caro,** mas não o visível que nos vence e limita, a origem solar que nos deu a contingência natural da vida — de filhos do Sol, tão naturais à sua luz como ao ar que respiramos sem perceber.

Estou falando de outro visível, o visível que impomos, o desafio de vaidades que fazemos ao impiedoso Deus que nos criou, a imitação melhor que intentamos, minúsculos e frágeis, finitos construtores de monumentos, escrevinhadores de apocalipses, arquitetos e pedreiros de cidades, artesãos de explosões atômicas e capelas sistinas.

É claro, mas não nítido, que toda imitação transita entre o trocadilho razoável do visível para o risível. O próprio Apocalipse, revelação do mundo intangível, torna-o em desenho grotesco porquanto ótico, compreensível aos tementes.

O que dizer do sujeito ali na praia, que fez sua casa de veraneio a molde de navio, quase habitável como tal? Nave afrontando, imóvel e pétrea, o ciclo das marés cósmicas, um viajante fixo em sua espreguiçadeira de convés?

Os americanos suprem esse turismo da alma com suas viagens às infâncias impossíveis, seus heróis físicos, suas Disneylândias anímicas, fantasias regradas, orquestradas em veemência retiniana. Também tornaram o cinema, uma atração circense, ilusão divertida, em indústria dita artística e nos exportam isso com enormes lucros.

Ao longo e ao largo desse mundo, 'essa criação perdida de Deus', como disse o teólogo — indicando o natural ontológico dessa perda como irrevogável doação a que fizéssemos como achássemos melhor — por esse mundo afora, das pirâmides egípcias à casa da bota, à do cisne, à do barril de chope residencial, todos exemplos, bizarros e *kitsches*, são brotos insistentes nos ramos da evolução de nossa soberba patrimonial, demiúrgica.

Essa propriedade aqui, que construí — melhor seria dizer, adaptando uma palavra que o Inglês conformou em séculos, desde o Latim — , que 'renderizei', que revelei ao visível —, esses velhos galpões e fornos são fantasias funcionais, operantes, onde o barro é queimado à temperatura nativa dos altos fornos celestes. É o que imagino, é o que projeto quando modelo um corpo de mulher em *vas hermeticum*, matriz de segredos e origens.

Você sabe, quando jovem, eu tinha ótimos pulmões. Coração e pulmões são órgãos vivos, pulsam, inflam, dão sinais de vida animal verdadeira. O cérebro é silencioso e latente, uma condensação ultra comprimida da Galáxia, uma massa de substância frágil com tentáculos em filamentos que tocam sentidos falaces, tateiam percepções enganosas. É substância ensimesmada, voraz e precária. Todo o resto, no corpo, é um tubo que processa alimentos, excreta químicas, solta gases e dejetos, determina e condiciona-se a seu tempo de existência, estimula e processa a reprodução do próprio organismo.

Veja: as ficções de transplante de cérebro são dramáticas e monstruosas, as fábulas priápicas e genesíacas são cômicas, farsas ilusionais. A essência da reprodução não se liga diretamente ao território do cérebro: Deixa que ele recolha e sugue o tóxico, embebede-se, divague, invente o prazer, elabore o desespero de não o ter, sinta a dor de perdê-lo.

Tinha ótimos pulmões, lhe digo. Alphonso Tavares, médico, fumante de cubanos, tentava manter os dele em forma, praticando caça submarina. Convenceu-me a mergulhar. Tinha um cunhado, um industrial rebelde que brigou com o Iate Club, fez seu próprio ancoradouro nos fundos da fábrica. Partíamos de lá numa lancha potente, americana, vencíamos a barra, tomávamos o Sul, para as ilhotas, ali mergulhávamos, caçando a arpão.

Matávamos mais que o desejável, aproávamos à praia para dar o excedente de caça aos moradores de um arruado. Era uma área de veraneio, com poucas casinhas melhores e uma faixa de mocambos, nada parecida com os *resorts* que existem agora. Meninos viam a lancha chegando, gritavam a notícia, gente se aglomerava em torno de um grande guarda-sol de palha de coqueiro, fazíamos a partilha. Uma festa.

Agora, deixe-me dizer: um dia daqueles, juntou-se ao grupo, como curiosa, uma mulher notável. Estava de maiô inteiro colado, nada da obviedade erótica de biquíni ou duas peças, essas vestimentas de *boudoir* juvenil, vulgares e obscenas. Antes que lhe diga do rosto, sob o chapéu de palha, digo-lhe das ancas da mulher: a ossatura dos quadris modelava-se imodesta sob a malha justa, realçava aquilo que chamam, tão sabiamente, *love handles*, pois, sim, viviam ali como artefatos de apreensão e condução, davam-se a essas palavras. E, sim, o rosto. O chapéu de abas largas protegia a alvura da tez, ensombrava os olhos esverdeados, vulneráveis. Não era uma mulherzinha débil, mas não parecia um ser diurno, menos ainda, matinal. Exposta à praia e ao sol, era como uma flor aberta descuidadamente à luz. Seu momento seria o fulgor vespertino que precede o poente, os breves minutos antes do colapso do dia.

Ela olhou os peixes sem muito aproximar-se, parecia vê-los como animais feridos e não como caça ou pesca, coisas a serem comidas. Disse-me exatamente isso, que não pareciam mortos, parece viveriam, curariam as feridas, devolvidos ao mar. Ri. Ela também, acordada da tolice graciosa.

Quando se afastou, segui-a, perguntei afoito se não gostaria de ver o lugar onde caçáramos os peixes, se já fora às ilhas. Não respondeu logo, mas concordou, com um traço discreto de alegria: 'Vou andando pela praia, siga com a lancha'.

Descartei Alphonso, ele entendeu, instalou-se na areia, proseando com os garotos. Segui-a devagar, parei numa curva em que os coqueiros escondiam o arruado, ela entrou n'água, nadou decidida e rápida, icei-a a bordo. Estava ainda mais bela, o corpo terso, os cabelos molhados, os olhos piscando, líquidos, completa Vênus, de pé na proa, tacitamente desafiando-me: 'E agora, senhor?'."

***

Grande parte da área era mangue, banhados sensíveis às marés, pois, em algum ponto da rede de córregos, uma calha mais funda seria rio, vaso comunicante, daria no mar em estuário de lama e areia. O solo era de barro grosso, socado com pátina salina. No que estivesse acima da linha do banhado salobro, elevação de poucos rasos metros, cresciam cajueiros e mangueiras, coqueiros, capins cortantes, mínimo pasto a vacas e bezerros.

Isso se estendia aquém da orla da praia e da faixa atlântica de bangalôs. Terras de pouca valia, impróprias à cana, com mocambos mordendo as beiras do mangue, um sítio perdido, uma casa que ficou em tijolos, inconclusa. Uma vacaria.

João de Setúbal comprou aquilo barato, passou dois anos esculpindo uma miragem, uma alucinação concreta, um templo de jogo — e, também, de sexo pago —, reduto seguro para cavalheiros. Ao término, a Casa teria pouco do Estoril ou do Castelo da Fortuna dos Grimaldi. A imaginação e aventura lusitanas a levaram a navegar além, a Macau e Shangai, como que adicionaram à tinta vívida das paredes e aos vernizes dos lambris os perfumes exóticos do oriente. Tudo recendia a mistério e luxo incomum.

Dona Denise era cafetina sóbria, morava na Casa como gerente e sócia menor de João de Setúbal, seria uma espécie de abadessa mundana no que dizia respeito à administração dos negócios e disciplina fiel das moças. Essas, ela mesmo escolhia, rigorosa na avaliação da beleza e integridade moral. João cuidava que elas não vivessem miseravelmente, afastava-as dos rufiões, dispunha-lhes médicos e dentistas, costureiras para as roupas de fora e de baixo. Fiscalizava isso à minúcia, com a mesma atenção dedicada à rede de proteção para a tavolagem, a que via meios não ortodoxos para sanar falta de licenciamento, persuadindo suavemente autoridades quanto aos benefícios do jogo e do lazer sensual.

Eram serviços e manutenção dispendiosos, suportados preferencialmente por clientela de escol e fortuna. Exceção a isso foi se impondo com a chegada dos americanos, uma legião não somente de funcionários civis, consulares, mas de militares, técnicos, um corpo multidisciplinar sob as rubricas e espectros das agências da Guerra Fria.

A Casa ganhou inclusive uma vizinhança animada. Logo um chalé estava construído bem perto, residência em *turnover* de revoadas de jovens oficiais munidos de dólares e da sensação de peripécias oceânicas e tropicais.

João de Setúbal empreendia sonhos, mas não era louco, sabia o valor da moeda. Os simpáticos e gastadores gringos foram incorporados ao clube.

***

"Como cantava o poeta: 'Y que yo me la llevé al río creyendo que era mozuela, pero tenía marido'. Voltei a vê-la. Chamava-se Irani, um nome indígena ou oriental, persa, que sabia?

Difícil precisar, aceitei a ambivalência, a alternância entre o nativo e o estrangeiro, a passagem fugaz entre o misterioso e o maroto, a elegância maneirosa do desvestir-se ao abandono naturalista da nudez completa.

Viera do Rio seguindo um sujeito que a mantinha cativa na promessa de deixar mulher e filhos para estar com ela, em recomeço de vida.

Era homem maduro, ex-militar, diretor na Administração do Porto, uma dessas peças da mecânica do Governo, elemento do estoque de reposição. Um dia em Santos, depois, com trastes e bagagens, família, mandado a Tubarão, a Vitória, aonde necessário. Irani estava nesse trânsito há quase dois anos, cansara, frustrara-se, perdera paixão e desejos na névoa de indecisão do homem.

O roteiro era previsível a quem não o vivia. O sujeito não deixaria as duas comodidades. Continuaria casado, ela seguiria dependente da imprecisão.

Morava numa casinha de veraneio, servida por uma moça saltada de litografia de Debret — Isa —, completamente dedicada, admirativa, cúmplice, solidária e macambúzia nos sofrimentos da patroa. Creio que me via como o salvador ungido, o prometido final de Irani.

Eu procurava não demorar-me na casa, temia a cena de ser surpreendido pelo amante titular, temia acomodar-me como amante em cópia, ambas situações de ridículo declarado e difícil escape. Levava-a a passeio, escondíamo-nos nas horas garantidas e cuidadosas do expediente.

Isso durou quase dois meses. Tive que viajar, passei um mês fora. Voltei ansioso para vê-la, dei com a casinha fechada, a placa de alugar. Disseram-me que a moça se mudara, viajara, se fora sem deixar endereço.

Sondei com amigos se houvera mudanças no porto. Sim, o homem fora transferido.

Dei-me conta de estar triste. O cérebro se intoxicava, bebia todos os licores negros disponíveis, estava em febril produção de melancolia, seu pior destilado. Dei o capítulo por encerrado, fechei o livro sombrio numa pancada, respirei fundo — a isso serviam-me, ao menos, os pulmões —, segui."

***

Uma cabeleireira apresentou-a a Denise. Irani havia se desprendido das cadeias, agora estava atrelada a uma filhinha de um ano, zanzara em empregos que não duravam, vivia com pouco dinheiro, partilhava as dificuldades com a fiel Isa, numa casa modesta, num subúrbio triste. Não queria voltar, mostrar-se derrotada ao Rio de Janeiro. Vivia entre a amargura e a resolução de independência orgulhosa e, sempre que tomava fôlego e impulso para um salto fora daquilo, frustrava-se, abatida, sem forças.

Procurara emprego no salão, a dona saíra-se com um conselho benigno e santificado pela simpatia: "Minha querida, não perca tempo e não gaste sua beleza aqui." Chamou Denise a vê-la.

Denise olhou-a, a previu vestida em roupas adequadas. Tinha essa percepção, por experiência: via o corpo nu em seu invólucro hábil e sedutor. Havia meninas que não tinham corpo de misses de concurso, mas se vestiam como a serem desvestidas, a beleza dos corpos modelava-se no desvelamento. Contudo, com Irani, não se iludia, essa era bela em todos os sentidos e satisfações.

"Você nos faz uma visita, aposto que vai gostar. Vá de noite, para ver em funcionamento."

Denise ligara para João de Setúbal : "Por mim, já teria contratado de cara, mas não quero te privar de acertar pessoalmente."

"Compre e mande fazer roupas para ela. Do melhor. Umas bijuterias vistosas. Veja que se mude para casa boa, pelo menos numa rua com calçamento. Dê-lhe algum dinheiro adiantado. Tem uma filhinha, disse-me. Nem tudo é perfeito. Contanto que não venham mais surpresas ou imprevistos. Que mais? De início, ponha-a no salão de jogos, ao lado do bacará. Dê um jeito de tirar os bebuns e os gringos de baixa patente de perto dela. Tenho a impressão que ela vai ser nossa estrela, nossa Gilda."

João baixou esses decretos após a entrevista com Irani no pequeno escritório do quarto de Denise. Deixara-a sentada, tensa, na borda da cadeira chippendale, fora instruir Denise num canto do bar.

Ele jamais tocava em qualquer garota. Era clínico, objetivo. Vendia automóveis, novos e usados. Era doméstico, casado, acreditava piamente na Revelação de Fátima e detestava Salazar.

Irani desceu, foi olhar o salão de jogo. Denise obstou-a: "Ainda não, meu bem. Vamos fazer-lhes um escândalo mortal".

***

"**Envolvi-me no trabalho de recuperação** e construção dessa fábrica no mesmo passo contraditório em que procurava infundir-me de uma matéria pessoal, largar-me do desígnio e estigma financeiro da família, fazer emergir meu espírito próprio de artista, romper o cerco das palavras dos outros — dos amigos e do senso comum — sobre minha obra e impulsos. Não foi fácil.

Queriam-me na fronteira do aprazível grandioso e decorativo, tradutor da marca popular ao reino do erudito palatável, à épica demagógica, à ética do salvacionismo solidário.

Eu estava atormentado e o tormento era minha matéria de elaboração, alimento e fantasia. Aceitavam-me, talvez, enquanto exótico, um estranho no ninho das nomenclaturas, mas jamais levariam a sério qualquer desvio ou fuga que eu intentasse para além do razoável. Um moço de família e fortuna não enlouquece à perdição, não cai na desagregação total e cósmica. Provável que o imaginem, o retratem piedosamente num estado de imitação, emulação, um deslocamento de classe, como as nobres do castelo senhorial que brincavam de pastorinhas plebeias nas pinturas galantes. Isso seria perdoável e até divertido. A loucura real era o campo do interdito.

Mas, eu não tinha a benção ou maldição da loucura, não estava beatificado, provado em inocência. Pecava. Minha alma, eu a adulava com a razão e o método, acariciava-a com a promessa da singularidade, do egoísmo criativo e delirante, expunha-a aos malditos, avessos e solitários. Que ela aguentasse ou morresse.

Alphonso enuviava-me com suas baforadas de 'puros' e com o diagnóstico preguiçoso de uma ´segunda adolescência', algo que acometeria homens sob a ameaça da maturidade. As agonias seriam diversões do espírito face a responsabilidades, filtros que deformavam necessidades práticas e da vida em comum numa caricatura desprezível. Esperasse eu pelos sessenta anos. O anúncio da velhice corrigiria essa ótica.

Meu outro amigo de estrada, outro cavalheiro dourado e brasonado, era Marcelão. Este, quando assediado por tormentos da psique, não sofrendo qualquer dor criativa a não ser manter-se progressivamente muito rico, espancava as inquietações com farras e cinismo.

Foi Marcelão quem me levou a conhecer 'uma maluquice da cidade', um insuspeitado 'templo sino-bizantino de jogatina e sexo'.

Lá, reencontrei Irani.

Juro a você que não a reconheci de imediato. Enquanto Marcelão se entregava, guloso, à mesa da roleta, dei um giro pela casa, conferi a patologia estética daquelas alegorias. No íntimo, a cena me perturbava, eu avizinhava aqueles exageros cômicos à minha própria tentativa de exotismo, de ruptura com o regional e o doméstico.

Seria impossível reconhecê-la na mulher que estava reclinada no recamier estofado em damasco, vestida em escamas de dragão fêmea, lábios em escarlate e enormes cílios negros.

Pousara os olhos nela e seu corpo ondulara como a serpente *kundalini*, a fita escarlate se moveu num sorriso de surpresa e a ouvi:

'Marinheiro, ora vejam só... Você por aqui?'

Chamava-me Marinheiro desde o passeio de lancha, mas naquele momento o nome perdera o aconchego, o sussurro íntimo, assumira um tom que era impossível não associar à saudação num lupanar de cais de porto.

Encostei-me no balcão do bar americano, surpreendido e em defesa. Ela veio a mim para um abraço áspero, as escamas de réptil roçando minha roupa. Senti-a quente e encapsulada num perfume aceso e doce enquanto sua mão procurava a minha, a prendia, ela me puxava para um sofá num canto da sala.

Ali sentamo-nos, numa luz âmbar de caverna. Sob a máscara da maquilagem, vi-a enternecida, um traço de riso rememorativo insinuando-se entre suas falas e minhas perguntas idiotas.

Ela ordenou bebidas, num aceno ao bar. Foi preciso, talvez, um brinde, certamente um estímulo para o que ela me iria dizer, chegando-se a mim, baixando a voz e a vista:

'Tenho uma filha sua. Chama-se Carol. Vai fazer três anos.'

Você sabe, com a idade, nunca me senti incômodo em assumir e celebrar paternidades, registrar filhos e filhas de relações sazonais. Naquele momento, porém, tive outra sensação, a percepção de um acidente impróprio, de algo que não me parecia dizer respeito. Minha reação não foi diferente de qualquer outro macho:

'Como sabe que não foi de seu parceiro?'

'Não foi, Marinheiro. Uma mulher tem sempre a certeza. Além do que, ela tem, atrás da orelha, o mesmo sinal de sangue em forma de coração que você tem nas costas'.

Você sabe qual foi minha sensação naquele instante? Eu lhe digo: Não quis continuar a conversa, não quis conhecer a menina, não quis tornar-me de novo amoroso de Irani. Fui possuído pela covardia e pelo egoísmo a tal ponto que o que restou ao meu espírito foi a defesa em afastá-la de qualquer afeto, passar a olhá-la como a puta que era. Devia apenas trepar com ela. Pagar por isso me eximiria, apagaria passado e futuro.

Paguei a franquia para subir ao quarto. Ela fora na frente, me esperava encostada no parapeito do mezanino, me sorria. Pus o pé no primeiro degrau...

...estaquei, virei-me sem voltar a olhá-la. Fui à sala de jogos, encontrei Marcelão agitado, rubro. Disse-lhe que não estava bem, queria ir embora. Ele me olhou, contrariado: 'Estou perdendo, cara. Me dê um tempo para recuperar.'

'Também perdi, Marcelão. Me dê a chave do carro, fique aí.' Eu não quis negociar o prazo de minha fuga."

***

Dom Jessé Carrilho chamou o Padre Olaf ao Palácio do Arcebispado. Os dois não poderiam ser mais diferentes. Dom Jessé era uma espécie de pequena fruta morena de redondeza atrofiada. Tinha simpatias veladas pelo arcebispo Lefebvre e era, dizia-se, mais chegado aos destilados que aos vinhos de missa. O padre Olaf era um holandês tão alto que chegava a corcunda. Louro, míope, com dentes equinos, diziam-no comunista.

Dom Jessé o convocara a explicar a agitação que tomara conta da paróquia do Ibura, da alçada do holandês. Rumores lhe haviam informado de um surto de fanatismo no bairro, aglomeração com simulacros de novenas, violento contencioso com as denominações evangélicas do bairro, manifestações de sincretismo com exibição escandalosa de imagens sagradas, iminente apostasia.

"Afinal, o que está havendo, padre Olaf?"

Olaf estava de pé, frente ao birô do arcebispo. Sentado, ainda assim pareceria grande demais em comparação ao superior. Estar de pé amenizava isso, tinha a vantagem da distância respeitosa e lhe dava autonomia, também. Supunha que sim, sempre se intimidara com a pompa dos palácios e mesmo das igrejas, temia impregnar-se do luxo, temia cadeiras almofadadas, espaldares volutuosos, não queria ser parte daquilo.

Queria relatar o evento de uma forma despojada, dar-lhe a dimensão do bairro e da população, não gostaria que o arcebispo escalasse o fato a um Cisma do Ibura de Baixo, lançando-lhe culpa pelo descontrole, pela desatenção ao rebanho e à ordem no redil.

"Sucede que uma criança, Reverendíssimo, uma menina de uns sete, oito anos, teve um episódio que, se supõe, foi catalepsia. Amanheceu como morta, depois de uma noite de febre. Nada a despertava. A empregada da casa, moça de fé africana..."

"Macumbeira?"

"...Bom, em desespero, ela a cobriu com uma toalha ritual, lançou na menina águas e ervas... pôs sobre o corpo uma imagem da Virgem. A vizinhança acorreu, a mãe da criança gritava como louca, ampararam-na, a consolaram... o senhor sabe da solidariedade dos pobres..."

"Sim, eu sei, padre Olaf. Mas, a criança não morreu, não foi?"

"Ah, Reverendísimo... Estavam todos na sala da frente da casinha, já havia gente na rua, essas coisas se espalham rapidamente, havia comoção. De repente, a menina apareceu na sala envolta na toalha, tinha na mão a imagem da Santa. Disse que tinha sede, riu, surpresa ao ver tanta gente, levantou a imagem mostrando-a ao povo. Foi o bastante para que todos irrompessem em gritos de 'Milagre! Milagre!', a coisa se espalhou como um rastilho. Enfim, foi isso."

"Acho que não, padre Olaf. Sei que agora temos uma Menina Santinha do Ibura em franca operação de milagres, atraindo romarias e vigílias, disputada pelos nossos fiéis e pelos batuques de Ogum, Ofum, seja lá o quê. Ainda mais, um pastor da Pentecostal anda espalhando que a menina é filha de uma prostituta de Satanás, que ela anda com uma boneca de gesso que diz ser a mãe..."

"Algumas coisas saem do controle, Reverendíssimo. Tenho tentado..."

"Desculpe-me padre Olaf. Tentativas não vão resolver esse vexame. É uma vergonha que, aliás, cresceu: falam que já há um templo..."

"Exageros, senhor. É apenas um galpão. Um galpão alugado. Funcionava ali uma borracharia. Coisa humilde."

"Cobram entrada. Não é uma questão religiosa, é caso de polícia e...e... de exploração de menor, padre Olaf."

"Entendo, senhor. Quanto à questão de dinheiro, ingressos... O que sei é que uma vizinha, aliás, lamentavelmente, uma de nossas fiéis, convenceu a mãe da menina a cobrar pelas visitas e graças. Disse-lhe que havia despesas, pessoal para organizar a fila, agendar consultas, custos para 'santinhos', como chamam... vêm com uma oração impressa."

"Basta, padre. Poupe-me. Vou pôr um termo nisso."

Tivesse rabo, padre Olaf o teria entre as pernas, à saída do palácio.

Dom Jessé consultou-se demoradamente nos espíritos da cevada maltada, veio-lhe enfim inspirada resposta para o problema.

Convocou a palácio dona Carmita Assunção, uma católica fervente, muito rica de família, dama da sociedade às portas de ser viúva do preclaro usineiro e senador Elísio Assunção, um dos esteios do Estado.

"Dona Carmita, venho lhe pedir não um favor para mim ou para nossa Igreja", ele a exortou. "Peço-lhe que ajude a salvar uma alma inocente, uma criança desassistida de amor, tomada refém por forças malignas e mundanas. Cumpre resgatá-la à salvação, trazê-la ao seio da piedade, livrá-la da perdição do espírito e, quem sabe, do risco à sua frágil matéria, sua própria virgindade."

Ele sentiu quase ultrapassar a linha da persuasão. Parou sobre ela, encarou dona Carmita, expediu o requesto objetivo:

"Creio que a senhora já ouviu da Santinha do Ibura", ele confirmou-se na resposta de dona Assunção, viu-lhe os olhos picados pela curiosidade. "Temos que tirá-la daquele meio pernicioso, pagar esse resgate, trazer aquela alminha à proteção de Jesus. E a senhora, dona Carmita, por sua fé e pela Providência Divina, tem plenas condições de operar essa caridade."

Em matérias de dinheiro, fé e salvação, dona Carmita era de objetividade expedita. Logo aceitou e implementou o plano, "sem interferência inadequada, inábil e estrangeira do padre Olaf, entenda", o arcebispo frisou e ela entendeu perfeitamente.

A santinha foi negociada com a mãe com uma ajuda de custos para moradia digna, a promessa garantida de que a menina teria bolsa de estudos em instituição religiosa de primeira linha, que receberia instrução de noviça no estrangeiro, despontasse-lhe vocação para tal.

Em um fim de semana, dissiparam-se as romarias ao galpão da santinha. À porta havia placa de "aluga-se". Irani, Carol e Isa foram morar em Casa Amarela, em "moradia digna", conforme contratado.

Em seis meses, Carol foi levada para Nova Friburgo, sob guarda e proteção de Beneditinos. Em um ano, repassada a uma escola de Irmãs do Sagrado Coração em Ferrara, Itália. Dois anos depois, estaria com Irmãs Ursulinas em Fribourg, Suíça.

***

Quando foi assistida pela oportuna caridade de dona Carmita, Irani vivia uma fase ruim. Aquilo que as colegas de trabalho chamavam inferno astral passageiro, parecia-lhe uma danação perpétua. Seu João de Setúbal adoecera, viajara desesperançado a tratamento na América. Dona Denise era experiente na gerência do bordel, mas atrapalhara-se na condução do cassino, contratara um contador infiel, tivera problemas de caixa. Teve que dispensar algumas mulheres e o critério foi a idade. Desculpou-se com Irani. Disse-lhe que não poderia mantê-la em tempo integral, talvez a pudesse chamar para fins de semana, a depender que cobrassem sua presença, clientes habituais que a apreciavam, "sabe como é, não é minha filha?".

Irani não sabia, mas logo aprendeu. Arranjou-se noutra casa, inferior em estilo e freguesia. Quando, em dois anos, cessou a benesse do aluguel pago por dona Carmita, decidiu-se pela aventura, juntou a coragem restante, um dinheiro mínimo, arrastou Isa no caminho de Fortaleza, de São Luís, de Belém. Ali, ficaria Isa, cansada, estropiada.

Irani alcançou Manaus, conseguiu lugar em um puteiro de terceira, já não tinha lá grandes esperanças. Temia perder os dentes, ser roubada e esfaqueada, adoecer, morrer na indigência.

Veio-lhe a sorte, então. Um comerciante boliviano se engraçou dela, fez-lhe a proposta irrecusável de subir o rio com ele. Era um homem quase velho, separado, com filhos já maduros que viviam espalhados pela Bolívia, Peru, Venezuela.

Um ano depois, Irani estava estabelecida como companheira do homem em Cobija, a um passo de Brasileia, onde moravam. Cuidava ali do armarinho e loja de confecções do marido. Sentia-se segura, casada e pacificada. Começara a usar óculos e a tingir a insistência grisalha do cabelo.

À noite, na beira do rio, sentada no quintal, olhava o silêncio das estrelas, algumas vezes chorava com saudades de Carol.

Esta, do outro lado do mundo, tinha lembranças borradas da mãe e de Isa. Estava crescida, educada. A língua nativa encolhera a um canto, o pensamento pouco se servia de suas palavras e sentidos.

De repente, ia fazer dezoito anos, o consulado dera-lhe novo passaporte, a madre superiora lhe sugerira um retiro, uma preparação para decidir-se, pela reflexão e orações, se faria votos, esposa do Cristo.

Fazia frio na madrugada de Fribourg. Pouco antes das matinas, Carol saiu do dormitório, foi à despensa da cozinha onde escondera roupas, as vestiu, pegou uma faca no balcão. Voltou pelo corredor, subiu as escadas até a secretaria da escola. Ali, forçou com a faca a gaveta do birô e um armário de parede, tirou o seu passaporte e subtraiu de um estojo a quantia exata de dois mil euros, deixou sobre a mesa um bilhete de adeus, agradecendo por tudo e desculpando-se por não ter vocação. Desceu, abriu cautelosamente a tranca do portão para a rua, encolheu-se, com frio, na parede da capela.

Do fundo da rua de Lausanne, veio Paul, o ajudante do vitralista que trabalhara em restauros no convento. Ele encostou a motocicleta junto a Carol, ela montou na garupa, partiram para as repúblicas europeias dos mochileiros.

***

"**Comecei a achar-me velho** com a morte dos amigos. Sentir-me sobrevivente da geração não somente me induzia à solidão, ao silêncio resignado, ao desânimo pelo já visto. Cada um que se foi levara uma parte da minha própria vitalidade, era como se cada lembrança, cada convívio, entendimento do mundo e das coisas partilhadas, cada um dos projetos reais e idealizações rarefeitas que vivemos tivessem sido empréstimos, eles os levavam na morte, os resgatavam ao oblívio.

Havia concluído a reforma da fábrica e da oficina. Olhava para aquilo não mais como sonho, delírio e compulsão realizados, mas

como o símbolo de um memorial, um mausoléu de pedras e tijolos, fornos, cariátides, torsos, urnas, jarras e mosaicos, intrincados numa linguagem que só a mim fariam sentido.

Sim, havia, há os turistas. Olham isto não exatamente como obras de arte mas como o adjetivo a seus retratos. Fotografam-se, como se num parque temático, contra a iconografia obrigatória do viajante. Vagam num *showroom* muito mais que numa galeria ou museu, são ruidosos e riem onde deveria haver gravidade, contenção, modéstia para imaginar que nem tudo que o artista mostra ali é uma comédia aos seus sentidos.

Por uma brecha, uma seteira do meu escritório, vejo sem ser visto, espiono as hordas. É um divertimento mórbido, sei. É como se os olhasse de dentro de minha cripta, não creio que me imaginem vivo. Não o louco que construiu essa bizarria, eles pensam, riem.

Pois bem. Mesmo nessa rotina de paradoxos desencontrados alguma coisa persiste, me atrai. A beleza me atrai, sempre me atraiu, dela sou escravo.

Ouça isso:

Um ônibus trouxe um grupo de turistas estrangeiros. Não os pense diferentes dos nacionais. Eram tão bulhentos quanto estes, igualmente dependentes das câmeras para se tornarem visíveis a si próprios. De minha vigia, vi, porém, que uma moça se destacara da tropa, andava olhando com atenção as peças e recantos menos visitados, curiosa. Chegou até minha janelinha, espiou para dentro. Retraí-me para não ser visto, mas flagrei ainda um rosto espantosamente belo, desenhado pela crença pré-rafaelita, recuperado ao mundo por um Blanche, um Boldini. Desculpe-me esse óbvio: ela era realmente uma pintura.

Chamei Amaury, o factótum da oficina, mandei que, discretamente, a abordasse, dissesse que gostaria de vê-la no escritório. Ele a trouxe. E, em corpo inteiro, sob a luz doce do interior, era ainda mais esplêndida. Uma mulher jovem, quase alta, que sabia, ou bem aprendera, a andar e sentar-se como se num filme de mistério e sedução.

E, ao mesmo tempo, era carnal, tinha peso no corpo, nos cabelos densos, suas nádegas comprimiam o estofado da poltrona como se estivessem ali para a feitura de um molde perfeito. Admirei-lhe os olhos, amplos olhos cinzentos de névoa escura. Tenho o hábito de ver as mulheres que tomo por modelos como espécimes do reino animal. Há corças, lobas, onças, lontras delicadas. Não conseguia encaixá-la nas grades desse zoo, parecia escapar-me no talhe e na fala, um francês com acento que não identifiquei. Deu-me um nome, Juliette qualquer coisa, disse-me suíça.

Não quis que se fosse quando ela me despertou para a saída de seu ônibus. 'Fique', eu disse; 'mando levá-la onde queira, depois'. Ela acedeu.

Levei-a ao meu estúdio privado, pedi que servissem o almoço lá, conversamos toda a tarde, ela me falou de uma Europa que conhecia palmo a palmo. Lera poucos livros, apenas o obrigatório 'no colégio interno', mas vira todos os museus, conhecia a Grécia, 'amava Istambul', sentia-se ali 'oriental de fábrica', disse e riu, encantadoramente.

Perguntei se posaria para mim. Ela surpreendeu-se: 'Ainda fazem isso?', uma pergunta que supunha existirem no mundo malucos que se davam a isso, a retratar mulheres em arte, coisa arcaica.

Disse-lhe que sim, que apreciava tomar-lhes os traços, que a expressão tomar significava aquilo mesmo, uma posse, um furto talvez consentido de um momento, uma postura, um abandono de pensamento.

Fiquei tentado a dizer que uma pose, comandada ou apreendida, implicava a submissão a um ângulo de escolha, um modo de ver e de conhecer a retratada, que a submissão era um pacto, um conúbio a seu modo.

Reprimi-me, e antes de montar uma folha de papel na prancheta, tomei-lhe umas fotos polaroide. Você sabe desse meu velho hábito. Fotografar na caixa de mágica instantânea, independer de negativos, banhos químicos, cópias. A imagem imediata susta o tempo verdadeiramente, revela-se, não é revelada, sei que você me entende. Pois bem. Ela olhou as fotos, pegou a máquina, retratou-me em dois momentos, achou o ângulo de um espelho em que pôde incluir-se a meu lado, num terceiro instantâneo.

Trabalhei a carvão e tinta, enchi todo um bloco. Está guardado, um dia lhe mostro. Isso durou toda a tarde, avançou até depois do jantar, quando ela começou a bocejar dando tapinhas na boca, desculpando-se com um sorriso. Era já muito tarde. Sugeri que dormisse no sofá, mandaria levá-la pela manhã.

Recolhi-me ao apartamento, dormi, exausto.

Pela manhã, ela não estava no escritório, nem no espaço da oficina. Procurei-a nos jardins e o porteiro da manhã disse-me que ela pegara carona com alguém largado do turno da noite, se fora cedinho.

Remoí essa partida, um tipo de fuga, pensei, olhando os desenhos da véspera. Não estavam lá grande coisa, não faziam jus à beleza da moça. As fotos estavam melhores, guardei-as na gaveta, no propósito de esquecê-las.

Assim foi, esqueci as fotos e a moça, tal é a vantagem da senilidade.

No meio da semana, ligou-me o gerente do banco para dizer que sustara dois cheques meus com assinaturas duvidosas. Eu olhasse o talão a ver se faltavam folhas do final do bloco. Deu-me os números. Faltavam. Disse ao gerente que verificaria o que sucedera. Agradeci, mas sabia que fora a moça. O talão estava em uma caixa de charutos na estante, havia nele um maço com dólares, uns três mil, penso. Sumiram.

Agora eu remoía a partida da moça e a decepção de sabê-la uma ladra. Tudo isso, porém, iria se precipitar em novela barata.

Semana depois, cedo pela manhã, ligaram-me da portaria dizendo que 'aquela moça que dormiu aqui' estava no portão. Disse que não a receberia, mandassem-na embora. A resposta foi: 'Está acompanhada de dois policiais'.

Recebi a trinca. Ela estava malamanhada, despenteada, sofrera algum suadouro em delegacia.

'Conhece essa mulher?' um deles indagou, ignorando a presença da moça e passando-me a polaroide do retrato duplo, uma ação da cretinice policial que tornava meu 'sim' perfeitamente idiota.

Adiantei, olhando para ela: 'Posou para mim. Sou artista'.

'Sabemos disso. Também sabemos que a moça aí deu um golpe num empresário conhecido na praça. Adulterou o valor num cheque do homem, comprou um carro de luxo numa agência, tentou vendê-lo por dinheiro vivo.'

'Lamento saber', continuei, fixando-a. Ela baixou o olhar.

'Deu por falta de valor ou objeto após a permanência dela aqui? Tem alguma queixa a fazer?'

'Nenhuma...'

'Então, muito bem. Tenha um bom dia', eles a arrastaram para a saída.

Segui-os, chamei o tira mais velho a um canto, indaguei quem fora o empresário logrado. Sussurrou-me o nome de um conhecido, um político ligado a turismo, hotelaria.

Liguei para ele, perguntei se ele me faria o favor de retirar a queixa de uma modelo minha, moça que passava por instabilidade emocional, dificuldades, essas coisas esfarrapadas.

Ele riu, matreiro, matou ou armou alguma charada que pescou no ar: 'Faço isso, artista. Você me deve uma. Não se preocupe'.

Pensa que acabou?

Ainda não. Ela voltou. Disse-me ter vindo agradecer meu gesto de cavalheiro. Que posaria para mim para compensar qualquer aborrecimento ou prejuízo que tivesse causado.

Entendi que não se tratava de pose, era um simples reembolso ou uma proposta de fornecimento. Comércio. Dentro de mim passearam formiguinhas de desejo. Levei-a ao apartamento. Ela sentou-se numa otomana, eu fiquei numa poltrona a vê-la despir-se lentamente. Vi-lhe o dorso alvo quando desfolhou-se do vestido de alças. Levantei-me para beijar suas costas, acerquei-me, senti seu cheiro morno, toquei-lhe a pele de seda. Ela alçou os braços para levantar o cabelo, ofereceu-me o pescoço nu.

Já sabe o que se seguiu? Adivinhou? Não o imagina? Quer saber?

Pois, então: ali, exposto entre a nuca e a orelha, estava o coração de sangue que partilhávamos, eu e ela. A visão disso me atirou de volta à poltrona, as pernas em fracasso, os tímpanos latejando.

Ela virou-se no banquinho, viu-me ali, prostrado e pálido, acercou-se rindo, tentou animar-me com carinhos.

Segurei-lhe os pulsos, afastei-a e me levantei, a custo.

'Melhor que se vá agora. Vou lhe chamar um táxi.'

Ela desmanchou o sorriso, ficou séria, quase severa. Puxou de volta o vestido, arrumou-se. Olhou-me: eu era agora modelo para o retrato que ela capturava com olhar indiferente, o esboço de um velho impotente e assustado.

'Ok. Se prefere assim…', foi só o que disse, uma fala para a qual minha única resposta possível foi o silêncio."

Este livro, composto nas fontes Minion e RNS Camelia,
foi impresso em papel Offset 150g/m²,
na Gráfica Santa Marta, em maio de 2025.